屋根裏の散歩者

江戸川乱歩

JN181662

春陽堂

目次

屋根裏の散歩者

一

多分それは一種の精神病ででもあったのでしょう。郷田《ごうだ》三郎《さぶろう》は、どんな遊びも、どんな職業も、何をやって見ても、いっこうこの世が面白くないのでした。

学校を出てから――その学校とても一年に何日と勘定の出来るほどしか出席しなかったのですが――彼に出来そうな職業は、片ッ端からやって見たのです。けれど、これこそ一生を捧げるに足ると思うようなものには、まだ一つも出くわさないのです。恐らく、彼を満足させる職業などはこの世に存在しないのかも知れません。長くて一年、短いのは一月ぐらい、彼は職業から職業へと転々しました。そして、とうとう見切りをつけたのか、今では、もう次の職業を探すでもなく、文字通り何もしないで、面白くもないその日その日を送っているのでした。

遊びの方もその通りでした。かるた、球突き、テニス、水泳、山登り、碁、将棋、さては各種の賭博に至るまで、とてもここには書き切れないほどの、遊戯という遊戯は一つ残らず、娯楽百科全書というような本まで買い込んで、探し廻って試みたのですが、職業同様、これはというものもなく、彼はいつも失望させられていました。だが、この世には「女」と「酒」という、どんな人間だって一生涯飽きることのない、すばらしい快楽があるではないか。諸君はきっとそうおっしゃるでしょうね。ところが、わが郷田三郎は、不思議とその二つのものに対しても興味を感じないのでした。酒は体質に適しないのか、一滴も飲めませんし、女の方は、むろんその欲望がないわけではなく、相当遊びなどもやっているのですが、そうかと云って、これがあるために生き甲斐《がい》を感じるというほどには、どうしても思えないのです。

「こんな面白くない世の中に生き長らえているよりは、いっそ死んでしまった方がましだ」

ともすれば、彼はそんなことを考えました。しかし、そんな彼にも、生命《いのち》を惜しむ本能だけは具《そな》わっていたと見えて、二十五歳の今日が日まで、「死ぬ死ぬ」と云いながら、つい死に切れずに生き長らえているのでした。

親許《おやもと》から月々いくらかの仕送りを受けることの出来る彼は、職業を離れても別に生活には困らないのです。一つはそういう安心が、彼をこんな気まま者にしてしまったのかも知れません。そこで彼は、その仕送り金によって、せめていくらかでも面白く暮すことに腐心《ふしん》しました。例えば、職業や遊戯と同じように、頻繁に宿所を換えて歩くことなどもその一つでした。彼は、少し大げさに云えば、東京中の下宿屋を一軒残らず知っていました。一《ひ》と月か半月もいると、すぐに次の別の下宿屋へと住みかえるのです。むろんその間には、放浪者のように旅をして歩いたこともあります。或《あ》るいはまた仙人のように山奥へ引込んで見たこともあります。でも、都会に住みなれた彼には、とても淋しい田舎に長くいることは出来ません。ちょっと旅に出たかと思うと、いつのまにか、都会の燈火に、雑沓《ざっとう》に、引寄せられるように、彼は東京へ帰ってくるのでした。そして、その度毎《たびごと》に下宿屋を換えたことは云うまでもありません。

さて、彼が今度移ったうちは、東栄館《とうえいかん》という、新築したばかりの、まだ壁に湿り気のあるような、新しい下宿屋でしたが、ここで彼は一つのすばらしい楽しみを発見しました。そして、この一篇の物語は、その彼の新発見に関連したある殺人事件を主題とするのですが、お話をその方に進める前に、主人公の郷田三郎が、素人探偵の明智《あけち》小五郎《こごろう》――この名前は多分ご承知のことと思います。――と知り合いになり、今までいっこう気づかないでいた「犯罪」という事柄に、新しい興味を覚えるようになったいきさつについて、少しばかりお話ししておかねばなりません。

二人が知り合いになったきっかけは、或るカフェで彼らが偶然一緒になり、その時同伴していた友達が、明智を知っていて紹介したことからでしたが、三郎はその時、明智の聰明《そうめい》らしい容貌や、話しっぷりや、身のこなしなどに、すっかり引きつけられてしまって、それからはしばしば彼を訪ねるようになり、又時には彼の方からも三郎の下宿へ遊びに来るような仲になったのです。明智の方では、ひょっとしたら、三郎の病的な性格に——一種の研究材料として——興味を見出していたのかも知れませんが、三郎は明智からさまざまの魅力に富んだ犯罪談を聞くことを、他意なく喜んでいるのでした。

同僚を殺害して、その死体を実験室の竈《かまど》で灰にしてしまおうとした、ウェブスター博士の話、数カ国の言葉に通暁《つうぎょう》し、言語学上の大発見までしたユージン・エアラムの殺人罪、いわゆる保険魔で、同時にすぐれた文芸批評家であったウエーンライトの話、小児の臀肉《でんにく》を煎《せん》じて養父の癩病を治そうとした野口男三郎の話、さては、数多《あまた》の女を女房にしては殺して行ったいわゆるブルーベヤドのランドルーだとか、アームストロングなどの残虐な犯罪談、それらが退屈しきっていた郷田三郎をどんなに喜ばせたことでしょう。明智の雄弁な話しぶりを聞いていますと、それらの犯罪物語は、まるで、けばけばしい極彩色《ごくさいしき》の絵巻物のように底知れぬ魅力をもって、三郎の眼前にまざまざと浮かんで来るのでした。

明智を知ってから二三カ月というものは、三郎は殆んどこの世の味気なさを忘れたかに見えました。彼はさまざまの犯罪に関する書物を買い込んで、毎日毎日それに読み耽《ふけ》るのでした。それらの書物の中には、ポーだとかホフマンだとか、或いはガボリオだとか、そのほかいろいろの探偵小説なども混っていました。「ああ、世の中には、まだこんな面白いことがあったのか」彼は書物の最終のページをとじる毎に、ホッとため息をつきながら、そう思うのでした。そして、出来ることなら、自分も、それらの犯罪物語の主人公のような、目ざましい、けばけばしい遊戯（？）をやって見たいものだと、大それたことまで考えるようになりました。

しかし、いかな三郎も、さすがに法律上の罪人になることだけは、どう考えてもいやでした。彼はまだ、両親や、兄弟や、親戚知己などの悲歎や侮辱を無視してまで、楽しみに耽る勇気はないのです。それらの書物によりますと、どのような巧妙な犯罪でも、必ずどこかに破綻《はたん》があって、それが犯罪発覚のいと口になり、一生涯警察の眼を逃れているということは、ごく僅かの例外を除いては、全く不可能のように見えます。彼にはただそれが恐ろしいのでした。彼の不幸は、世の中のすべての事柄に興味を感じないで、事もあろうに「犯罪」にだけ、云い知れぬ魅力を覚えたことでした。そして、一層の不幸は、発覚を恐れるために、その「犯罪」を行い得ないということでした。

そこで彼は、一と通りの手に入るだけの書物を読んでしまうと、今度は「犯罪」の真似事を始めました。真似事ですから、むろん処罰を恐れる必要はないのです。それは例えばこんなことを。

彼はもうとっくに飽き果てていた、あの浅草《あさくさ》に再び興味を覚えるようになりました。おもちゃの箱をぶちまけて、その上からいろいろのあくどい絵具をたらしかけたような浅草の遊園地は、犯罪嗜好者《しこうしゃ》にとっては、こよなき舞台でした。彼は、そこへ出かけては、活動小屋と活動小屋の間の、人一人漸《よう》く通れるくらいの細い暗い露地や、共同便所の背後《うしろ》などにある、浅草にもこんな余裕があるのかと思われるような、妙にがらんとした空地を、好んでさ迷いました。そして、犯罪者が同類と通信するためでもあるかのように、白墨でその辺の壁に矢の印を書いて廻ったり、金持らしい通行人を見かけると、自分が掏摸《すり》にでもなった気でどこまでもどこまでも、そのあとを尾行して見たり、妙な暗号文を書いた紙切れを――それにはいつも恐ろしい殺人に関する事柄などを認《したた》めてあるのです――公園のベンチの板の間へ挟んでおいて、樹蔭《こかげ》に隠れて、誰かがそれを発見するのを待ち構えていたり、そのほかこれに類したさまざまの遊戯を行っては、独り楽しむのでした。

彼は又、しばしば変装をして、町から町をさ迷い歩きました。労働者になってみたり、乞食になってみたり、学生になって見たり、いろいろの変装をした中でも、女装する事が、最も彼の病癖を喜ばせました。そのためには、彼は着物や時計などを売りとばして金を作り、高価な鬘《かつら》だとか女の古着だとかを買い集め、長い時間かかって好みの女姿になりますと、頭の上からすっぽりと外套を被《かぶ》って、夜更けに下宿屋の入口を出るのです。そして、適当な場所で外套を脱ぐと、或る時は淋しい公園をぶらついて見たり、或る時はもうはねる時分の活動小屋へはいって、わざと男子席の方へ紛れ込んで見たり、はては、きわどい悪戯《いたずら》までやって見るのです。そして、服装による一種の錯覚から、さも自分が妲己《だっき》のお百《ひゃく》だとか蟒蛇《うわばみ》お由《よし》だとかいう毒婦になった気持で、いろいろな男たちを自由自在に飜弄《ほんろう》する有様を想像しては、喜んでいたのです。

しかし、これらの「犯罪」の真似事は、ある程度まで彼の慾望を満足させてはくれましたけれども、そして、時にはちょっと面白い事件を惹《ひ》き起しなぞして、その当座は充分慰めにもなったのですけれど、真似事はどこまでも真似事で、危険がないだけに――「犯罪」の魅力は見方によってはその危険にこそあるのですから――興味も乏しく、そういつまでも彼を有頂天《うちょうてん》にさせる力はありませんでした。ものの三カ月もたちますと、いつとなく彼はこの楽しみから遠ざかるようになりました。そして、あんなにもひきつけられていた明智との交際も、だんだん遠々しくなって行きました。

二

以上のお話によって、郷田三郎と明智小五郎との交渉、又は三郎の犯罪嗜好癖などについて、読者に呑み込んでいただいた上、さて、本題に戻って、東栄館という新築の下宿屋で、郷田三郎がどんな楽しみを発見したかという点にお話を進めることにいたしましょう。

三郎が東栄館の建築が出来上がるのを待ちかねて、いの一番にそこへ引き移ったのは、彼が明智と交際を結んだ時分から、一年以上もたっていました。従ってあの「犯罪」の真似事にも、もういっこう興味がなくなり、といって、ほかにそれに代るような事柄もなく、彼は毎日毎日の退屈な長々しい時間を、過ごしかねていました。東栄館に移った当座は、それでも、新しい友達が出来たりして、いくらか気がまぎれていましたけれど、人間というものはなんと退屈きわまる生物なのでしょう。どこへ行って見ても、同じような思想を、同じような表情で、同じような言葉で、繰り返し繰り返し発表し合っているに過ぎないのです。せっかく下宿屋を替えて、新しい人たちに接して見ても、一週間たつかたたないうちに、彼は又しても、底知れぬ倦怠《けんたい》の中に沈み込んでしまうのでした。

そうして、東栄館に移って十日ばかりたった或る日のことです。退屈のあまり、彼はふと妙なことを考えつきました。

彼の部屋には、――それは二階にあったのですが――安っぽい床《とこ》の間《ま》の傍に、一間《けん》の押入れがついていて、その内部は、鴨居と敷居とのちょうど中程に、押入れ一杯の巌丈《がんじょう》な棚があって、上下二段に別れているのです。彼はその下段の方に数個の行李《こうり》を納め、上段には布団をのせることにしていましたが、一々そこから布団を取り出して、部屋のまん中へ敷く代りに、始終棚の上に寝台《ベッド》のように布団を重ねておいて、眠くなったらそこへ上がって寝ることにしたらどうだろう。彼はそんなことを考えたのです。これが今までの下宿屋であったら、たとい押入れの中に同じような棚があっても、壁がひどく汚れていたり、天井に蜘蛛《くも》の巣が張っていたりして、ちょっとその中へ寝る気にはなれなかったのでしょうが、ここの押入れは、新築早々のことですから非常に綺麗《きれい》で、天井もまっ白なれば、黄色く塗った滑らかな壁にも、しみ一つ出来てはいませんし、そして全体の感じが棚の作り方によるのでしょうが、なんとなく船の中の寝台に似ていて、妙に、一度そこへ寝てみたいような誘惑を感じさえするのです。

そこで、彼はさっそくその晩から押入れの中へ寝ることを始めました。この下宿は、部屋ごとに内部から戸締りが出来るようになっていて、女中などが無断ではいって来るようなこともなく、彼は安心してこの奇行を続けることができるのでした。さてそこへ寝て見ますと、予期以上に感じがいいのです。四枚の布団を積み重ね、その上にフワリと寝転んで、目の上二尺ばかりの所に迫っている天井を眺める心持は、ちょっと異様な味わいのあるものです。襖をピッシャリ締め切って、隙間から洩れて来る糸のような電気の光を見ていますと、なんだかこう自分が探偵小説の中の人物にでもなったような気がして、愉快ですし、又それを細目に開けて、そこから、自分自身の部屋を、泥棒が他人の部屋をでも覗くような気持で、いろいろの激情的場面を想像しながら、眺めているのも、興味がありました。時によると、彼は昼間から押入れにはいり込んで、一間と三尺の長方形の箱のような中で、大好物の煙草《たばこ》をプカリプカリとふかしながら、取りとめもない妄想に耽ることもありました。そんな時には、締め切った襖の隙間から、押入れの中で火事でも始まったのではないかと思われるほど、おびただしい白煙が洩れているのでした。

　ところが、この奇行を二三日続けているあいだに、彼は又しても、妙なことに気がついたのです。飽きっぽい彼は、三日目あたりになると、もう押入れの寝台にも興味がなくなって、所在なさに、そこの壁や、寝ながら手の届く天井板に落書きなどをしていましたが、ふと気がつくと、ちょうど頭の上の一枚の天井板が、釘を打ち忘れたのか、なんだかフカフカと動くようなのです。どうしたのだろうと思って、手で突っぱって持ち上げて見ますと、なんなく上の方へはずれることははずれるのですが、妙なことには、その手を離すと、釘づけにした筒所は一つもないのに、まるでバネ仕掛けのように、元々通りになってしまいます。どうやら、何者かが上から圧《おさ》えつけているような手ごたえなのです。

はてな、ひょっとしたら、ちょうどこの天井板の上に、何か生物が、例えば大きな青大将《あおだいしょう》か何かがいるのではあるまいかと、三郎は俄《にわ》かに気味がわるくなって来ましたが、そのまま逃げ出すのも残念なものですから、なおも手で押して試みて見ますと、ズッシリと重い手ごたえを感じるばかりでなく、天井板を動かす度に、その上で何だかゴロゴロと鈍い音がするではありませんか。いよいよ変です。そこで彼は思い切って、力まかせにその天井板をはね除《の》けて見ました。すると、その途端、ガラガラという音がして、上から何かが落ちて来たのです。彼は咄嗟《とっさ》の場合ハッと片傍《かたわき》へ飛びのいたからよかったものの、若《も》しそうでなかったら、その物体に打たれて大怪我《おおけが》をしているところでした。

「なあんだ、つまらない」

ところが、その落ちて来た品物を見ますと、何か変ったものであればよいがと、少なからず期待していた彼は、余りの事に呆《あき》れてしまいました。それは漬物石《つけものいし》を小さくしたような、ただの石塊《いしころ》に過ぎないのでした。よく考えて見れば別に不思議でもなんでもありません。電燈工夫が天井裏へもぐる通路にと、天井板を一枚だけわざと外して、そこから埃《ほこり》などが押入れにはいらぬように石塊で重しがしてあったのです。

それはいかにもとんだ喜劇でした。でも、その喜劇が機縁となって、郷田三郎は、あるすばらしい楽しみを発見することになったのです。

彼はしばらくの間、自分の頭の上に開いている、洞穴《ほらあな》の入口とでも云った感じのする、その天井の穴を眺めていましたが、ふと、持ち前の好奇心から、いったい天井裏というものはどんなふうになっているのだろうと、恐る恐るその穴に首を入れて、四方を見廻しました。それはちょうど朝の事で、屋根の上にはもう陽《ひ》が照りつけていると見え、方々の隙間から沢山の細い光線が、まるで大小無数の探照燈を照らしてでもいるように、屋根裏の空洞へさし込んでいて、そこは存外明るいのです。

先ず目につくのは、縦に、長々と横たえられた、太い、曲りくねった、大蛇のような棟木《むなぎ》です。明るいといっても屋根裏のことで、そう遠くまでは見通しが利かないのと、それに、細長い建物ですから、実際長い棟木でもあったのですが、それが、向うの方は霞んで見えるほど、遠く遠く連なっているように思われます。そして、その棟木と直角にこれは大蛇の肋骨《ろっこつ》に当る沢山の梁《はり》が、両側へ、屋根の傾斜に沿ってニョキニョキと突き出ています。それだけでもずいぶん雄大な景色ですが、その上、天井を支えるために、梁から無数の細い棒が下がっていて、それがまるで鍾乳洞《しょうにゅうどう》の内部を見るような感じを起させます。

「これは素敵だ」

一応屋根裏を見廻してから、三郎は思わずそうつぶやくのでした。病的な彼は、世間普通の興味にはひきつけられないで、常人には下らなく見えるような、こうした事物に、かえって云い知れぬ魅力をおぼえるのです。

その日から、彼の「屋根裏の散歩」が始まりました。夜となく昼となく、暇さえあれば、彼は泥棒猫のように足音を盗んで、棟木や梁の上を伝い歩くのです。幸いなことには、建てたばかりの家ですから、屋根裏につき物の蜘蛛の巣もなければ、煤《すす》や埃もまだ少しも溜っていず、鼠《ねずみ》の汚したあとさえありません。ですから、着物や手足の汚なくなる心配はないのです。彼はシャツ一枚になって、思うがままに屋根裏を跳梁《ちょうりょう》しました。時候もちょうど春のことで、屋根裏だからといって、さして暑くも寒くもないのです。

三

東栄館の建物は、下宿屋などにはよくある、中央に庭を囲んで、そのまわりに、桝《ま》型《がた》に、部屋が並んでいるような作り方でしたから、したがって、屋根裏もずっとその形に続いていて、行き止まりというものがありません。彼の部屋の天井裏から出発して、グルッと一と廻りしますと、又元の彼の部屋の上まで帰って来るようになっています。

下の部屋部屋には、さも厳重に壁の仕切りが出来ていて、その出入口には締りをするための金具まで取りつけてあるのに、一度天井裏に上がって見ますと、これは又何という開放的な有様でしょう。誰の部屋の上を歩き廻ろうと、自由自在なのです。若しその気があれば、三郎の部屋のと同じような、石塊の重しのしてある箇所が方々にあるのですから、そこから他人の部屋へ忍び込んで、盗みを働くことも出来ます。廊下を通って、それをするのは、今も云うように、桝型の建物の各方面に人目があるばかりでなく、いつ何時《なんどき》他の止宿人《ししゆくにん》や女中などが通り合わさないとも限りませんから、非常に危険ですけれど、天井裏の通路からでは、絶対にその危険がありません。

それから又ここでは、他人の秘密を隙見することも、勝手次第なのです。新築とは云っても、下宿屋の安普請《やすぶしん》のことですから、天井には到る所に隙間があります。——部屋の中にいては気がつきませんけれど、暗い屋根裏から見ますと、その隙間が意外に多いのに一驚《いっきょう》を喫《きっ》します——稀には、節穴さえもあるのです。

この屋根裏という屈強の舞台を発見しますと、郷田三郎の頭には、いつの間にか忘れてしまっていた、あの犯罪嗜好癖が又ムラムラと湧き上がって来るのでした。この舞台でならば、あの当時試みたそれよりも、もっともっと刺戟《しげき》の強い、「犯罪の真似事」が出来るに相違ない。そう思うと彼はもう嬉しくてたまらないのです。どうしてまあ、こんな手近な所に、こんな面白い興味があるのを、今日まで気づかないでいたのでしょう。魔物のように暗闇の世界を歩き廻って、二十人に近い東栄館の二階じゅうの止宿人の秘密を、次から次へと隙見して行く、そのことだけでも、三郎はもう充分愉快なのです。そして、久かたぶりで、生き甲斐を感じさえするのです。

彼は又、この「屋根裏の散歩」を、いやが上にも、興深くするために、先ず、身支度からして、さも本ものの犯罪人らしく装うことを忘れませんでした。ピッタリ身についた、濃い茶色の毛織のシャツ、同じズボン下——なろうことなら、昔映画で見た、女賊プロテアのように、まっ黒なシャツを着たかったのだけれど、あいにくそんな物は持ち合わせていないので、まあ我慢することにして——足袋《たび》をはき手袋をはめ——

天井裏は、皆荒削《あらけず》りの木材ばかりで、指紋の残る心配などはほとんどないのですが——そして、手にはピストルが……欲しくても、それがないので、懐中電燈を持つことにしました。

夜更けなど、昼とは違って、洩れて来る光線の量がごく僅かなので、一寸《いっすん》先も見分けられぬ闇の中を、少しも物音を立てないように注意しながら、その姿で、ソロリソロリと棟木の上を伝っていますと、何かこう、自分が蛇にでもなって、太い木の幹を這い廻っているような気持がして、われながら妙に凄くなって来ます。でも、その凄さが、何の因果か、彼にはゾクゾクするほど嬉しいのです。

こうして、数日、彼は有頂天になって、「屋根裏の散歩」を続けました。その間《あいだ》には、予期にたがわず、いろいろと彼を喜ばせるような出来事があって、それを記すだけでも、充分一篇の小説が出来上がるほどですが、この物語の本題には直接関係のない事柄ですから、残念ながら端折《はしょ》って、ごく簡単に二、三の例をお話するに止《とど》めましょう。

天井からの隙見というものが、どれほど異様に興味のあるものだかは、実際やって見た人でなければ恐らく想像も出来ますまい。たとい、その下に別段の事件が起っていなくても、誰も見ているものがないと信じて、その本性をさらけ出した人間というものを観察するだけで、充分面白いのです。よく注意してみますと、ある人々は、その側に他人のいる時と、ひとり切りの時とでは、立居ふるまいはもちろん、その顔の相好《そうごう》までが、まるで変るものだということを発見して、彼は少なからず驚きました。それに、不断《ふだん》、横から同じ水平線で見るのと違って、真上から見下すのですから、この、目の角度の相違によって、あたり前の座敷が、ずいぶん異様な景色に感じられます。人間は頭のてっぺんや両肩が、本箱、机、箪笥《たんす》、火鉢などは、その上方の面だけが主として目に映ります。そして、壁というものは、ほとんど見えないので、その代りに、すべての品物のバックには、畳が一杯にひろがっているのです。

何事がなくても、こうした興味がある上に、そこには、往々《おうおう》にして、滑稽《こっけい》な、悲惨な、或いは物凄い光景が展開されています。平常《ふだん》過激な反資本主義の議論を吐いている会社員が、誰も見ていない所では、貰《もら》ったばかりの昇給の辞令を、折鞄《おりかばん》から出したり、しまったり、幾度も幾度も、飽かずに打ち眺めて喜んでいる光景、ゾロリとしたお召《めし》の着物を不断着にして、果敢《はか》ない豪奢《ごうしゃ》振りを示している、ある相場師が、いざ床《とこ》につく時には、その、昼間はさも無造作《むぞうさ》に着こなしていた着物を、女のように、丁寧に畳んで、床の下へ敷くばかりか、しみでもついたのと見えて、それを丹念に口で舐《な》めて――お召などの小さな汚れは、口で舐めとるのが一ばんいいのだと云います――

一種のクリーニングをやっている光景、何々大学の野球の選手だというニキビ面の青年が、運動家にも似合わない臆病さをもって、女中への附文《つけぶみ》を、食べてしまった夕飯のお膳の上へ、のせて見たり、思い返して引込めてみたり、又のせて見たり、モジモジと同じことを繰り返している光景、中には、大胆にも、淫売婦（？）を引き入れて、茲《ここ》に書くことを憚《はばか》るような、すさまじい狂態を演じている光景さえも、誰憚らず、見たいだけ見ることが出来るのです。

三郎は又、止宿人と止宿人との、感情の葛藤《かっとう》を研究することに、興味を持ちました。同じ人間が、相手によって、さまざまに態度を換えて行く有様、今の先まで、笑顔で話し合っていた相手を、隣の部屋へ来ては、まるで不倶戴天《ふぐたいてん》の仇《あだ》でもあるように罵っている者もあれば、蝙蝠《こうもり》のように、どちらへ行っても、都合のいいお座なりを云って、蔭でペロリと舌を出している者もあります。そして、それが女の止宿人——東栄館の二階には一人の女画学生がいたのです——になると一層興味があります。「恋の三角関係」どころではありません。五角六角と、複雑した関係が、手に取るように見えるばかりか、競争者たちの誰も知らない本人の真意が、局外者の「屋根裏の散歩者」にだけ、ハッキリとわかるではありませんか。お伽噺《とぎばなし》に隠れ蓑《みの》というものがありますが、天井裏の三郎は、いわばその隠れ蓑を着ているも同然なのです。

若しその上他人の部屋の天井板をはがして、そこへ忍び込み、いろいろないたずらをやることが出来たら、一そう面白かったでしょうが、三郎には、その勇気がありませんでした。そこには、三間《みま》に一箇所くらいの割合で、三郎の部屋のと同様に、石塊で重しをした抜け道があるのですから、忍び込むのは造作もありませんけれど、いつ部屋の主が帰って来るか知れませんし、そうでなくとも、窓は皆透明なガラス障子《しょうじ》になっていますから、外から見つけられる危険もあり、それに、天井板をめくって押入れの中へ下り、襖をあけて部屋にはいり、又押入れの棚へよじ上って、元の屋根裏へ帰る、その間には、どうかして物音を立てないとは限りません。それを廊下や隣室から気づかれたら、もうおしまいなのです。

さて、ある夜更けのことでした。三郎は、一巡《ひとまわり》「散歩」を済ませて、自分の部屋へ帰るために、梁から梁を伝っていましたが、彼の部屋とは、庭を隔てて、ちょうど向い側になっている棟の、一方の隅の天井に、ふと、これまで気のつかなかった、かすかな隙間を発見しました。径二寸ばかりの雲形をして、糸よりも細い光線が洩れているのです。なんだろうと思って、彼はソッと懐中電燈をともして、検《しら》べて見ますと、それは可なり大きな木の節で、半分以上まわりの板から離れているのですが、その半分で、やっとつながり、危うく節穴になるのを免れたものでした。ちょっと爪でこじさえすれば、なんなく離れてしまいそうなのです。そこで、三郎はほかの隙間から下を見て、部屋の主がすでに寝ていることを確かめた上、音のしないように注意しながら、長い間かかって、とうとうそれをはがしてしまいました。都合のいいことには、はがした後の節穴が杯形《さかずき》に下側が狭くなっていますので、その木の節を元々通りつめてさえおけば、下へ落ちるようなことはなく、そこにこんな大きな覗き穴があるのを、誰にも気づかれずに済むのです。

これはうまいぐあいだと思いながら、その節穴から下を覗いて見ますと、他の隙間のように、縦には長くても、幅はせいぜい一分《ぶ》内外の不自由なのと違って、下側の狭い方でも直径一寸以上はあるのですから、部屋の全景が、楽々と見渡せます。そこで、三郎は思わず道草を食って、その部屋を眺めたことですが、それは偶然にも、東栄館の止宿人の内で、三郎の一ばん虫の好かぬ、遠藤《えんどう》という歯科医学校卒業生で、目下はどっかの歯医者の助手を勤めている男の部屋でした。その遠藤が、いやにのっぺりした虫唾《むしず》の走るような顔を、一層のっぺりさせて、すぐ目の下に寝ているのでした。ばかに几帳面《きちょうめん》な男と見えて、部屋の中は、他のどの止宿人のそれにもまして、キチンと整頓《せいとん》しています。机の上の文房具の位置、本箱の中の書物の並べ方、布団の敷き方、枕許に置き並べた、舶来物でもあるのか、見なれぬ形の目覚し時計、漆器《しっき》の巻煙草入れ、色硝子《がらす》の灰皿、何《いず》れを見ても、それらの品物の主人公が、世にも綺麗好きな人物であることがわかります。又遠藤自身の寝姿も実に行儀がいいのです。ただ、それらの光景にそぐわぬのは、彼が大きな口を開いて、雷のような鼾《いびき》をかいていることでした。

三郎は、何か汚ないものでも見るように眉をしかめて、遠藤の寝顔を眺めました。彼の顔は、綺麗といえば綺麗です。なるほど彼自身で吹聴《ふいちょう》する通り、女などには好かれる顔かも知れません。しかし、なんという間延びな、長々とした顔の造作でしょう。濃い頭髪、顔全体が長い割には変に狭い富士額《ふじびたい》、短い眉、細い目、始終笑っているような目尻の皺《しわ》、長い鼻、そして異様に大ぶりな口。三郎はこの口がどうにも気に入らないのでした。鼻の下の所から段をなして、上顎と下顎とが、オンモリと前方へせり出し、その部分一杯に、青白い顔と妙な対照をして、大きな紫色の唇が開いています。そして、肥厚性鼻炎《ひこうせいびえん》ででもあるのか、始終鼻を詰らせ、その大きな口をポカンと開けて呼吸をしているのです。寝ていて鼾をかくのも、やっぱり鼻の病気のせいなのでしょう。

三郎は、いつでもこの遠藤の顔を見さえすれば、なんだかこう背中がムズムズして来て、彼ののっぺりした頬っぺたを、いきなり殴《なぐ》りつけてやりたいような気持になるのでした。

四

そうして、遠藤の寝顔を見ているうちに、三郎はふと妙なことを考えました。それは、その節穴から唾《つば》をはけば、ちょうど遠藤の大きく開いた口の中へ、うまくはいりはしないかということでした。なぜならば、彼の口は、まるで誂《あつら》えでもしたように、節穴の真下の所にあったのです。三郎は物好きにも、股引《ももひき》の下にはいていた、猿股《さるまた》の紐を抜き出して、それを節穴の上に垂直に垂らし、片目を紐にくっつけて、ちょうど銃の照準でも定めるように、試して見ますと、不思議な偶然です。紐と、節穴と、遠藤の口とが、全く一点に見えるのです。つまり節穴から唾を吐けば、必ず彼の口へ落ちるに相違ないことがわかったのです。

しかし、まさかほんとうに唾を吐きかけるわけにもいきませんので、三郎は、節穴を元の通りに埋《うず》めておいて、立ち去ろうとしましたが、其《そ》の時、不意に、チラリとある恐ろしい考えが、彼の頭に閃《ひら》めきました。彼は思わず、屋根裏の暗闇の中で、まっ青になってブルブルと震えました。それは実に、なんの恨みもない遠藤を殺害するという考えだったのです。

彼は遠藤に対してなんの恨みもないばかりか、まだ知り合いになってから半月もたってはいないのでした。それも偶然二人の引越しが同じ日だったものですから、それを縁に、二三度部屋を訪ね合ったばかりで、別に深い交渉があるわけではないのです。では、何故《なにゆえ》その遠藤を殺そうなどと考えたかと云いますと、今も云うように、彼の容貌や言動が殴りつけたいほど虫が好かぬということも、多少手伝っていましたけれど、三郎のこの考えの主たる動機は、相手の人物にあるのではなくて、ただ殺人行為そのものの興味にあったのです。先からお話して来た通り、三郎の精神状態は非常に変態的で、犯罪嗜好癖ともいうべき病気を持ってい、その犯罪の中でも彼が最も魅力を感じたのは殺人罪なのですから、こうした考えの起るのも決して偶然ではないのです。ただ今までは、たといしばしば殺意を生ずることがあっても、罪の発覚を恐れて、一度も実行しようなどと思ったことがないばかりです。

ところが、今遠藤の場合は、全然疑いを受けないで、発覚の虞《おそ》れなしに、殺人が行われそうに思われます。わが身に危険さえなければ、たとい相手が見ず知らずの人間であろうと、三郎はそんなことを顧慮《こりょ》するのではありません。むしろ、その殺人行為が残虐であればあるほど、彼の異常な慾望は、一そう満足させられるのでした。それでは、なぜ遠藤に限って殺人罪が発覚しないか——少くとも三郎がそう信じていたか

――と云いますと、それには次のような事情があったのです。

東栄館へ引越して四五日たった時分でした。三郎は懇意《こんい》になったばかりの、或る同宿者と、近所のカフェへ出掛けたことがあります。その時同じカフェに遠藤も来ていて、三人が一つテーブルへ寄って酒を――尤《もっと》も酒の嫌いな三郎はコーヒーでしたけれど――飲んだりして、三人とも大分いい心持になって、連れ立って下宿へ帰ったのですが、少しの酒に酔っぱらった遠藤は、「まあ僕の部屋へ来て下さい」と無理に二人を、彼の部屋へ引っぱり込みました。遠藤は独りではしゃいで、夜が更けているのも構わず、女中を呼んでお茶を入れさせたりして、カフェから持越しの惚気《のろけ》話を繰り返すのでした。――三郎が彼を嫌い出したのはその晩からです――その時、遠藤は、まっ赤に充血した唇をペロペロと舐め廻しながら、さも得意らしくこんなことを云うのでした。

「その女とですね、僕は一度情死《しんじゅう》をしかけたことがあるのですよ。まだ学校にいた頃ですが、ホラ、僕のは医学校でしょう。薬を手に入れるのは訳ないんです。で、二人が楽に死ねるだけの莫児比涅《モルヒネ》を用意して、聞いて下さい、塩原へ出かけたもんです」

そう云いながら、彼はフラフラと立ち上がって、押入れの所へ行き、ガタガタ襖を開けると、中に積んであった行李の底から、ごく小さい、小指の先ほどの、茶色の瓶《びん》を探して来て、聴き手の方へさし出すのでした。瓶の中には、底の方にホンのぽっちり、何か白い光った粉がはいっていました。

「これですよ。これっぽっちで、充分二人の人間が死ねるのですからね。……しかし、あなた方、こんなことを喋《しゃべ》っちゃいやですよ。ほかの人に」

そして、彼の惚気話は、更《さ》らに長々と、止めどもなく続いたことですが、三郎は今、その時の毒薬のことを、計らずも思い出したのです。

「天井の節穴から、毒薬を垂らして、人殺しをする！　まあなんという奇想天外な、すばらしい犯罪だろう」

彼は、この妙計に、すっかり有頂天になってしまいました。よく考えて見れば、その方法は、如何にもドラマティックなだけ、可能性に乏しいものだということがわかるのですが、そして又、何もこんな手数のかかることをしないでも、他にいくらも簡便な殺人法があったはずですが、異常な思いつきに眩惑《げんわく》させられた彼は、何を考える余裕もないのでした。そして、彼の頭には、ただもうこの計画についての都合のいい理窟《りくつ》ばかりが、次から次へと浮かんで来るのです。

先ず薬を盗み出す必要がありました。が、それは訳のないことです。遠藤の部屋を訪ねて話し込んでいれば、そのうちには、便所へ立つとかなんとか、彼が席をはずすこともあるでしょう。その暇に、見覚えのある行李から、茶色の小瓶を取り出しさえすればいいのです。遠藤は、始終その行李の底を検べているわけではないのですから、二日や三日で気のつくこともありますまい。たとい又気づかれたところで、その毒薬の入手経路が、すでに違法なのですから、表沙汰《おもてざた》になるはずもなく、それに、上手にやりさえすれば、誰が盗んだのかもわかりはしません。

　そんなことをしないでも、天井から忍び込む方が楽ではないでしょうか。いやいや、それは危険です。先にも云うように、いつ部屋の主が帰って来るか知れませんし、硝子障子の外から見られる心配もあります。第一、遠藤の部屋の天井には、三郎の所のように、石塊で重しをした、あの抜け道がないのです。どうしてどうして、釘づけになっている天井板をはがして忍び入るなんて危険なことが出来るものですか。

　さて、こうして手に入れた粉薬を、水に溶かして、鼻の病気のために始終開きっぱなしの、遠藤の大きな口へ垂らし込めば、それでいいのです。ただ心配なのは、うまく呑み込んでくれるかどうかという点ですが、なに、それも大丈夫です。なぜといって、薬がごく少量で、溶き方を濃くしておけば、ほんの数滴で足りるのですから、熟睡している時なら、気もつかないくらいでしょう。又、気がついたにしても恐らく吐き出す暇なんかありますまい。それから、莫児比涅が苦い薬だということも、三郎はよく知っていましたが、たとい苦くとも分量が僅かですし、なお其の上に砂糖でも混ぜておけば、万々失敗する気遣いはありません、誰にしてもまさか天井から毒薬が降って来ようなどとは想像もしないでしょうから、遠藤が、咄嗟の場合、そこへ気のつくはずはないのです。

しかし、薬がうまく利くかどうか、遠藤の体質に対して、多すぎるか或いは少な過ぎるかして、ただ苦悶するだけで死に切らないというようなことはあるまいか。これが問題です。なるほどそんなことになれば非常に残念ではありますが、でも、三郎の身に危険を及ぼす心配はないのです。というのは、節穴は元々通り蓋をしてしまいますし、天井裏にも、そこにはまだ埃など溜っていないのですから、なんの痕跡も残りません。指紋は手袋で防いであります。たとい天井から毒薬を垂らしたことがわかっても、誰の仕業《しわざ》だか知れるはずはありません。殊《こと》に彼と遠藤とは、昨今の交際で、恨みを含むような間柄でないことは周知の事実なのですから、彼に嫌疑のかかる道理がないのです。いや、そうまで考えなくても、熟睡中の遠藤に、薬の落ちて来た方角などが、わかるものではありません。

これが、三郎の屋根裏で、又部屋へ帰ってから、考え出した虫のいい理窟でした。読者はすでに、たとい以上の諸点がうまくいくとしても、そのほかに一つの重大な錯誤のあることを気づかれたことと思います。が、彼はいよいよ実行に着手するまで、不思議にも、そこへ気がつかないのでした。

五

三郎が、都合のよい折を見計らって、遠藤の部屋を訪問したのは、それから四五日たった時分でした。むろんその間には、彼はこの計画について、繰り返し繰り返し考えた上、大丈夫危険がないと見極めをつけることが出来たのです。のみならず、いろいろと新しい工夫をつけ加えもしました。例えば、毒薬の瓶の始末についての考案もそれです。

若しうまく遠藤を殺害することが出来たならば、彼はその瓶を、節穴から下へ落しておくことにきめました。そうすることによって、彼は二重の利益が得られます。一方では、若し発見されれば重大な手掛りになるところのその瓶を、隠匿《いんとく》する世話がなくなること、他方では、死人の側に毒物の容器が落ちていれば、誰しも遠藤が自殺したのだと考えるに相違ないこと、そして、その瓶が遠藤自身の品であるということは、いつか三郎と一緒に彼の惚気話を聞かされた男が、うまく証明してくれるに違いないのです。なお都合のよいのは、遠藤は毎晩、キチンと締りをして寝ることでした。入口はもちろん、窓にも、中から金具で止めをしてあって、外部から絶対にはいれないことでした。

さて其の日、三郎は非常な忍耐力をもって、顔を見てさえ虫唾の走る遠藤と、長い間雑談を交えました。話の間に、しばしばそれとなく、殺意をほのめかして、相手を怖がらせてやりたいという、危険極まる慾望が起って来るのを、彼はやっとのことで喰い止めました。「近いうちに、ちっとも証拠の残らないような方法で、お前を殺してやるのだぞ。お前がそうして、女のように多弁にペチャクチャ喋るのも、もう長いことではないのだ。今のうちにせいぜい喋り溜めておくがいいよ」三郎は、相手の止めどもなく動く、大ぶりな唇を眺めながら、心の内ではそんなことを繰り返していました。この男が、間もなく、青ぶくれの死骸になってしまうのかと思うと、彼はもう愉快で耐《たま》らないのです。

そうして話し込んでいるうちに、案の定、遠藤が便所に立って行きました。それはもう、夜の十時頃でもあったでしょうか、三郎は抜け目なくあたりに気を配って、硝子窓の外なども充分検べた上、音のしないように、しかし、手早く押入れを開けて、行李の中から、例の薬瓶を探し出しました。いつか入れ場所をよく見ておいたので、探すのに骨は折れません。でも、さすがに、胸がドキドキして、脇の下からは冷汗が流れました。実をいうと、彼の今度の計画のうち、一ばん危険なのはこの毒薬を盗み出す仕事でした。どうしたことで遠藤が不意に帰って来るかも知れませんし、又誰かが隙見をして居ないとも限らぬのです。が、それについては、彼はこんなふうに考えていました。若し見つかったら、或いは見つからなくても、遠藤が薬瓶のなくなったことを発見したら——それはよく注意していればじきわかることです。殊に彼には天井の隙見という武器があるのですから——殺害を思い止まりさえすればいいのです。ただ毒薬を盗んだというだけでは、大した罪にもなりませんからね。

それはともかく、結局彼は、先ず誰にも見つからずに、うまうまと薬瓶を手に入れることが出来たのです。そこで遠藤が便所から帰って来ると間もなく、それとなく話を切り上げて、彼は自分の部屋へ帰りました。そして、窓には隙間なくカーテンを引き、入口の戸には締りをしておいて、机の前に坐ると、胸を躍らせながら、懐中から可愛らしい茶色の瓶を取り出して、さてつくづくと眺めるのでした。

MORPHINUM HYDROCHLORICUM (o.—g.)

多分遠藤が書いたのでしょう。小さいレッテルにはこんな文字が記してあります。彼は以前に毒物学の書物を読んで、莫児比涅のことは多少知っていましたけれど、実物にお目にかかるのは今が始めてでした。多分それは塩酸莫児比涅というものなのでしょう。瓶を電燈の前に持って行って、すかして見ますと、小匙《こさじ》に半分もあるかなしの、ごく僅かの白い粉が、綺麗に透《す》いて見えています。いったいこんなもので、人間が死ぬのか知ら、と不思議に思われるほどです。

三郎は、むろん、それをはかるような精密な秤《はかり》を持っていないので、分量の点は遠藤の言葉を信用しておくほかはありませんでしたが、あの時の遠藤の態度口調は、酒に酔っていたとは云え、決して出鱈目《でたらめ》とは思われません。それにレッテルの数字も、三郎の知っている致死量の、ちょうど二倍なのですから、よもや間違いはありますまい。

そこで、彼は瓶を机の上に置いて、側に、用意の砂糖や清水《せいすい》を並べ、薬剤師のような綿密さで、熱心に調合を始めるのでした。止宿人たちはもう皆寝てしまったと見えて、あたりは森閑《しんかん》と静まり返っています、その中で、マッチの棒に浸した清水を、用心深く、一滴一滴と、瓶の中へ垂らしていますと、自分自身の呼吸が、悪魔のため息のように、変に物凄く響くのです。それがまあ、どんなに三郎の変態的な嗜好を満足させたことでしょう。ともすれば、彼の目の前に浮んで来るのは、暗闇の洞窟の中でふつふつと泡立ち煮える毒薬の鍋を見つめて、ニタリニタリと笑っている、あの古い物語の恐ろしい妖婆の姿でした。

しかしながら、一方に於《お》いては、其の頃から、これまで少しも予期しなかった、ある恐怖に似た感情が、彼の心の片隅に湧き出していました。そして時間のたつに随《したが》って、少しずつ少しずつ、それが拡がって来るのです。

MURDER CANNOT BE HID LONG;
A MAN'S SON MAY, BUT AT THE
LENGTH TRUTH WILL OUT.

誰かの引用で覚えていた、あのシェークスピアの不気味な文句が、目もくらめくような光を放って、彼の脳髄に焼きつくのです。この計画には、絶対に破綻がないと、あくまで信じながらも、刻々に増大して来る不安を、彼はどうすることも出来ないのでした。

なんの恨みもない一人の人間を、ただ殺人の面白さに殺してしまうとは、それが正気の沙汰か、お前は悪魔に魅入《みい》られたのか、お前は気が違ったのか。いったいお前は、自分自身の心を空恐ろしくは思わないのか。

長い間、夜の更けるのも知らないで、調合してしまった毒薬の瓶を前にして、彼は物思いに耽っていました。いっそこの計画を思い止まることにしよう。幾度そう決心しかけたか知れません。でも、結局はどうしても、あの人殺しの魅力を断念する気にはなれないのでした。

ところが、そうして、とつおいつ考えているうちに、ハッと、ある致命的な事実が、彼の頭に閃めきました。

「ウフフフ……」

突然、三郎は、おかしくて堪《たま》らないように、しかし寝静まった四辺《あたり》に気を兼ねながら、笑いだしたのです。「馬鹿野郎。お前は何とよく出来た道化役者だ！　大真面目でこんな計画を目論《もくろ》むなんて、もうお前の麻痺《まひ》した頭には、偶然と必然の区別さえつかなくなったのか。あの遠藤の大きく開いた口が、一度例の節穴の真下にあったからといって、その次にも同じようにそこにあるということが、どうしてわかるのだ。いや、むしろ、そんなことは先ずあり得ないではないか」

それは実に滑稽極まる錯誤でした。彼のこの計画は、すでにその出発点に於て、一大迷妄《めいもう》に陥っていたのです。しかしそれにしても、彼はどうしてこんな分り切ったことを今迄気づかずにいたのでしょう。実に不思議と云わねばなりません。恐らくこれは、さも利口ぶっている彼の頭脳に非常な欠陥があった証拠ではありますまいか。それはとにかく、彼はこの発見によって、一方では甚しく失望しましたけれど、同時に他の一方では、不思議な気安さを感じるのでした。

「お蔭で俺はもう、恐ろしい殺人罪を犯さなくても済むのだ。ヤレヤレ助かった」

そうはいうものの、その翌日からも、「屋根裏の散歩」をする度に、彼は未練らしく例の節穴を開けて、遠藤の動静を探ることを怠りませんでした。それは一つは、毒薬を盗み出したことを遠藤が勘づきはしないかという心配からでもありましたけれど、しかし又、どうかして此の間のように彼の口が節穴の真下へ来ないかと、その偶然を待ちこがれていなかったとは云えません。現に彼は、いつの「散歩」の場合にも、シャツのポケットからあの毒薬を離したことはないのでした。

六

ある夜のこと――それは三郎が「屋根裏の散歩」を始めてからもう十日ほどもたっていました。十日の間も、少しも気づかれる事なしに、毎日何回となく、屋根裏を這い廻っていた彼の苦心は、一と通りではありません。綿密なる注意、そんなありふれた言葉では、とても云い表わせないようなものでした。――三郎は又しても遠藤の部屋の天井裏をうろついていました。そして、何かおみくじでも引くような心持で、吉か凶か、今日こそはひょっとしたら吉ではないかな。どうか吉が出てくれますようにと、神に念じさえしながら、例の節穴を開けて見るのでした。

するとああ、彼の目がどうかしていたのではないでしょうか。いつか見た時と寸分違わない恰好で、そこに鼾をかいている遠藤の口が、ちょうど節穴の真下へ来ていたではありませんか。三郎は、何度も目をこすって見直し、又猿股の紐を抜いて、目測さえして見ましたが、もう間違いはありません。紐と穴と口とが、正しく一直線上にあるのです。彼は思わず叫び声を上げそうになるのを、やっと堪《こら》えました。遂にその時が来た喜びと、一方では云い知れぬ恐怖と、その二つが交錯した、一種異様の興奮のために、彼は暗闇の中でまっ青になってしまいました。

彼はポケットから、毒薬の瓶を取り出すと、独りでに震え出す手先を、じっとためながら、その栓を抜き、紐で見当をつけておいて――おお、その時のなんとも形容出来ない心持！――ポトリ、ポトリ、ポトリと数滴。それがやっとでした。彼はすぐさま目を閉じてしまったのです。

「気がついたか、きっと気がついた。きっと気がついた。そして、今にも、おお、今にもどんな大声で叫び出すことだろう」

彼は若し両手があいていたら、耳をも塞《ふさ》ぎたいほどに思いました。

ところが、彼のそれほどの気遣いにもかかわらず、下の遠藤はウンともスーとも云わないのです。毒薬が口の中へ落ちたところは確かに見たのですから、それに間違いはありません。でも、この静けさはどうしたというのでしょう。三郎は恐る恐る目を開いて節穴を覗いて見ました。すると、遠藤は口をムニャムニャさせ、両手で唇をこするような恰好をして、ちょうどそれが終ったところなのでしょう。又もやグーグーと寝入ってしまうのでした。案ずるより産むが易いとはよく云ったものです。寝呆《ねぼ》けた遠藤は、恐ろしい毒薬を飲み込こんだことを少しも気づかないのでした。

三郎は、可哀そうな被害者の顔を、身動きもしないで、食い入るように見つめていました。それがどれほど長く感じられたか、事実は、二十分とたっていないのに、彼には二三時間もそうしていたように思われたことです。するとその時、遠藤はフッと目を開きました。そして、半身を起して、さも不思議そうに部屋の中を見廻していま す。目まいでもするのか、首を振って見たり、目をこすって見たり、譫事《うわごと》のような意味のないことをブツブツとつぶやいてみたり、いろいろ狂気めいた仕草をして、それでも、やっと又枕につきましたが、今度は盛んに寝返りを打つのです。

やがて、寝返りの力がだんだん弱くなって行き、もう身動きをしなくなったかと思うと、その代りに、雷のような鼾声《かんせい》が響き始めました。見ると、顔の色がまるで酒にでも酔ったように、まっ赤になって、鼻の頭や額には、玉の汗がふつふつとふき出していま す。熟睡している彼の身内で、今世にも恐ろしい生死の闘争が行われているのかも知れません。それを思うと身の毛がよだつようです。

さて、しばらくすると、さしも赤かった顔色が、徐々にさめて、紙のように白くなったかと思うと、見る見る青藍色《せいらんしょく》に変って行きます。そしていつの間にか鼾がやんで、どうやら、吸う息、吐く息の度数が減って来ました。……ふと胸の所が動かなくなったので、いよいよ最後かと思っていますと、暫《しばら》くして、思い出したように、又唇がビクビクして、鈍い呼吸が帰って来たりします。そんなことが二三度繰り返されて、それでおしまいでした。……もう彼は動かないのです。グッタリと枕をはずした顔に、われわれの世界とはまるで別な一種のほほえみが浮かんでいます。彼は遂に、いわゆる「仏」になってしまったのでしょう。

息をつめ、手に汗を握って、その様子を見つめていた三郎は、始めてホッとため息をつきました。とうとう彼は殺人者になってしまったのです。それにしても、なんという楽々とした死に方だったでしょう。彼の犠牲者は、叫び声一つ立てるでなく、苦悶の表情さえ浮かべないで、鼾をかきながら死んで行ったのです。

「なあんだ。人殺しなんて、こんなあっけないものか」

三郎はなんだかガッカリしてしまいました。想像の世界では、もうこの上もない魅力であった殺人という事が、やって見れば、ほかの日常茶飯事となんの変りもないのでした。このあんばいなら、まだ何人だって殺せるぞ。そんなことを考える一方では、しかし、気抜けのした彼の心を、なんともえたいの知れぬ恐ろしさが、ジワジワと襲い始めていました。暗闇の屋根裏、縦横に交錯した怪物のような棟木や梁、その下で、守宮《やもり》か何ぞのように、天井裏に吸いついて、人間の死骸を見つめている自分の姿が、三郎は俄かに気味わるくなって来ました。妙に首筋の所がゾクゾクして、ふと耳をすますと、どこかで、ゆっくりゆっくり、自分の名を呼び続けているような気さえします。思わず、節穴から目を離して、暗闇の中を見廻しても、久しく明るい所を覗いていたせいでしょう。目の前には、大きいのや、小さいのや、黄色い環のようなものが、次々に現われては消えていきます。じっと見ていますと、その環の背後から、遠藤の異様に大きな唇が、ヒョイと出て来そうにも思われるのです。

でも彼は、最初計画したことだけは、先ず間違いなく実行しました。節穴から薬瓶――その中にはまだ数滴の毒液が残っていたのです――を抛《ほう》り落すこと、その跡の穴を塞ぐこと、万一天井裏に何かの痕跡が残っていないか、懐中電燈を点じて調べること、そして、もうこれで手落ちがないとわかると、彼は大急ぎで梁を伝って、自分の部屋へ引返しました。

「いよいよこれで済んだ」

頭も身体《からだ》も、妙に痺《しび》れて、何かしら物忘れでもしているような、不安な気持を、強いて引立てるようにして、彼は押入れの中で着物を着始めました。が、その時ふと気がついたのは、例の目測に使用した猿股の紐を、どうしたかという事です。ひょっとしたら、あすこへ忘れて来たのではあるまいか。そう思うと、彼は、あわただしく腰の辺を探って見ました。どうも無いようです。彼はますますあわてて、身体じゅうを調べました。すると、どうしてこんなことを忘れていたのでしょう。それはちゃんとシャツのポケットに入れてあったではありませんか。ヤレヤレよかったと、一と安心して、ポケットの中から、その紐と、懐中電燈とを取り出そうとしますと、ハッと驚いたことには、その中にまだほかの品物がはいっていたのです。……毒薬の瓶の小さなコルクの栓がはいっていたのです。

彼は、さっき毒薬を垂らす時、あとで見失っては大変だと思って、その栓をわざわざポケットへしまっておいたのですが、それを胴忘《どうわす》れしてしまって、瓶だけ下へ落して来たものと見えます。小さなものですけれど、このままにしておいては、犯罪発覚のもとです。彼は怖れる心を励まして、再び現場《げんじょう》へ取って返し、それを節穴から落して来なければなりませんでした。

その夜、三郎が床についたのは——もうその頃は、用心のために押入れで寝ることはやめていましたが——午前三時頃でした。それでも、興奮しきった彼は、なかなか寝つかれないのです。あんな栓を落すのを忘れて来るほどでは、ほかにも何か手抜《てぬか》りがあったかも知れない。そう思うと、彼はもう気が気ではないのです。そこで、乱れた頭を強いて落ちつけるようにして、其の晩の行動を、順序を追って一つ一つ思い出して行き、どっかに手抜りがなかったかと調べて見ました。が、少なくとも彼の頭では何事をも発見出来ないのです。彼の犯罪には、どう考えても、寸分の手落ちもないのです。

彼はそうして、とうとう夜の明けるまで考え続けていましたが、やがて、早起きの止宿人たちが、洗面所へ通うために廊下を歩く足音が聞え出すと、つと立ち上がって、いきなり外出の用意を始めるのでした。彼は遠藤の死骸が発見される時を恐れていたのです。その時、どんな態度をとったらいいのでしょう。ひょっとして、後になって疑われるような、妙な挙動があっては大変です。そこで彼は、そのあいだ外出しているのが一ばん安全だと考えたのですが、しかし、朝飯もたべないで外出するのは、一そう変ではないでしょうか。「ああ、そうだっけ、何をうっかりしているのだ」そこへ気がつくと、彼は又もや寝床の中へもぐり込むのでした。

それから朝飯までの二時間ばかりを、三郎はどんなにビクビクして過ごしたことでしょう。が、幸いにも、彼が大急ぎで食事をすませて、下宿屋を逃げ出すまでは、何事も起らないで済みました。そうして下宿屋を出ると、彼はどこという当てもなく、ただ時間を過ごすために、町から町へとさまよい歩くのでした。

七

結局、彼の計画は見事に成功しました。

彼がお昼頃外から帰った時には、もう遠藤の死骸は取り片づけられ、警察からの臨検もすっかり済んでいましたが、聞けば、案の定、誰一人遠藤の自殺を疑うものはなく、その筋の人たちも、ただ形ばかりの取調べをすると、じきに帰ってしまったということでした。

ただ遠藤がなぜ自殺したかというその原因は少しもわかりませんでしたが、彼の日頃の素行《そこう》から想像して、多分痴情の結果であろうということに、皆の意見が一致しました。現に最近、ある女に失恋していたというような事実まで現われて来たのです。なに、「失恋した失恋した」というのは、彼のような男にとっては、一種の口癖みたいなもので、大した意味があるわけではないのですが、ほかに原因がないので、結局それにきまったわけでした。

のみならず、原因があってもなくても、彼の自殺したことは、一点の疑いもないのでした。入口も窓も、内部から戸締りがしてあったのですし、毒薬の容器が枕許にころがっていて、それが彼の所持品であったこともわかっているのですから、もうなんと疑って見ようもないのです。天井から毒薬を垂らしたのではないかなどと、そんなばかばかしい疑いを起すものは、誰もありませんでした。

それでも、なんだかまだ安心しきれないような気がして、三郎はその日一日、ビクビクものでいましたが、やがて一日二日とたつに随って、彼はだんだん落ちついて来たばかりか、はては、自分の手際を得意がる余裕さえ生じてきました。

「どんなものだ。さすがは俺だな。見ろ、誰一人ここに、同じ下宿屋の一と間に、恐ろしい殺人犯人がいることを気づかないではないか」

彼は、この調子では、世間にどれくらい隠れた処罰されない犯罪があるか、知れたものではないと思うのでした。「天網恢々疎《てんもうかいかいそ》にして漏《も》らさず」なんて、あれはきっと昔からの為政者《いせいしゃ》たちの宣伝に過ぎないので、或いは人民どもの迷信に過ぎないので、その実は巧妙にやりさえすれば、どんな犯罪だって、永久に顕《あら》われないで済んで行くのだ。彼はそんなふうにも考えるのでした。もっとも、さすがに夜などは、遠藤の死に顔が目先にちらつくような気がして、なんとなく気味がわるく、その夜以来、彼は例の「屋根裏の散歩」も中止している始末でしたが、それはただ、心の中の問題で、やがては忘れてしまうことです。実際、罪が発覚さえせねば、もうそれで充分ではありませんか。

さて、遠藤が死んでからちょうど三日目のことでした。三郎が今、夕飯を済ませて小楊枝《こようじ》を使いながら、鼻唄かなんか歌っているところへ、ヒョッコリと、久し振りの明智小五郎が訪ねて来ました。

「やア」

「ご無沙汰」

彼らはさも心安げに、こんなふうの挨拶《あいさつ》を取かわしたことですが、三郎の方では、折が折なので、この素人探偵の来訪を、少々気味わるく思わないではいられませんでした。

「この下宿で毒を呑んで死んだ人があるって云うじゃないか」

明智は、座につくと、さっそくその三郎の避けたがっている事柄を話題にするのでした。恐らく彼は、誰かから自殺者の話を聞いて、幸い同じ下宿に三郎がいるので、持ち前の探偵的興味から、訪ねて来たのに相違ありません。

「ああ、莫児比涅でね。僕はちょうどその騒ぎの時に居合わせなかったから詳しいことはわからないけれど、どうも痴情の結果らしいのだ」

三郎は、その話題を避けたがっていることを悟られまいと、彼自身もそれに興味を持っているような顔をして、こう答えました。

「いったいどんな男なんだい」

するとすぐに又明智が尋ねるのです。それから暫くの間、彼らは遠藤の為人《ひととなり》について、死因について、自殺の方法について、問答を続けました。三郎は始めのうちこそ、ビクビクもので、明智の問いに答えていましたが、慣れて来るに随って、だんだん横着になり、はては、明智をからかってやりたいような気持にさえなるのでした。

「君はどう思うね。ひょっとしたら、これは他殺じゃあるまいか。なに、別に根拠があるわけではないけれど、自殺に相違ないと信じていたのが、実は他殺だったりすることが往々あるものだからね」

どうだ、さすがの名探偵もこればっかりはわかるまいと、心の中で嘲《あざけ》りながら、三郎はこんなことまで云って見るのでした。

それが彼には愉快でたまらないのです。

「それはなんとも云えないね。僕も実は、ある友達からこの話を聞いた時に、死因が少し曖昧《あいまい》だという気がしたのだよ。どうだろう、その遠藤君の部屋を見るわけにはいくまいか」

「造作ないよ」三郎はむしろ得々として答えました。「隣の部屋に遠藤の同郷の友達がいてね。それが遠藤の親父《おやじ》から荷物の保管を頼まれているんだ。君のことを話せば、きっと喜んで見せてくれるよ」

それから、二人は遠藤の部屋へ行って見ることになりました。その時、廊下を先頭になって歩きながら、三郎はふと妙な感じにうたれたことです。

「犯人自身が、探偵をその殺人の現場へ案内するなんて、じつに不思議なことだな」

にやにやと笑いそうになるのを、彼はやっとの事で堪えました。三郎は、生涯の中で、恐らく此の時ほど得意を感じたことはありますまい。「イヨ親玉ア」自分自身にそんな掛け声でもしてやりたいほど、水際立った悪党ぶりでした。

遠藤の友達——それは北村といって、遠藤が失恋していたという証言をした男です——は、明智の名前をよく知っていて、快く遠藤の部屋を開けてくれました。遠藤の父親が国許《くにもと》から出て来て、仮葬《かりそう》を済ませたのが、やっと今日の午後のことで、部屋の中には、彼の持物が、まだ荷造りもせず、置いてあるのです。

遠藤の変死が発見されたのは、北村が会社へ出勤したあとだったので発見の刹那《せつな》の有様はよく知らないようでしたが、人から聞いたことなどを綜合して、彼は可なり詳しく説明してくれました。三郎もそれについて、さも局外者らしく、いろいろと噂話などを述べ立てるのでした。

明智は二人の説明を聞きながら、いかにも玄人《くろうと》らしい目配りで、部屋の中をあちらこちらと見廻していましたが、ふと机の上に置いてあった目覚し時計に気づくと、何を思ったのか、長い間それを眺めているのです。多分、その珍奇な装飾が彼の目を惹《ひ》いたのかも知れません。

「これは目覚し時計ですね」

「そうですよ」北村は多弁に答えるのです。「遠藤の自慢の品です。あれは几帳面な男でしてね、朝の六時に鳴るように、毎晩欠かさずにこれを捲《ま》いておくのです。私なんかいつも、隣の部屋のベルの音で目を覚ましていたくらいです。遠藤の死んだ日だってそうですよ。あの朝もやっぱりこれが鳴っていましたので、まさかあんなことが起っていようとは想像もしなかったのですよ」

それを聞くと、明智は長く延ばした頭の毛を、指でモジャモジャ掻き廻しながら、何か非常に熱心な様子を示しました。

「その朝、目覚しが鳴ったことは間違いないでしょうね」

「ええ、それは間違いありません」

「あなたは、そのことを、警察の人におっしゃいませんでしたか」

「いいえ……でも、なぜそんなことをお聞きなさるのです」

「なぜって、妙じゃありませんか。その晩に自殺しようと決心した者が、毎日の朝の目覚しを捲いておくというのは」

「なるほど、そう云えば変ですね」

北村は迂闊《うかつ》にも、今まで、まるでこの点に気づかないでいたらしいのです。そして、明智のいうことが、何を意味するかも、まだハッキリ呑み込めない様子でした。が、それも決して無理ではありません。入口に締りがしてあったこと、毒薬の容器が死人の側に落ちていたこと、其の他すべての事情が、遠藤の自殺を疑いないものに見せていたのですから。

しかし、この問答を聞いた三郎は、まるで足許の地盤が不意にくずれ始めたような驚きを感じました。そして、なぜこんな所へ明智を連れて来たのだろうと、自分の愚《おろか》さを悔まないではいられませんでした。

明智はそれから、一層の綿密さで、部屋の中を調べ始めました。むろん天井も見逃すはずはありません。彼は天井板を一枚一枚叩き試みて、人間の出入《でいり》した形跡がないかを調べ廻ったのです。が、三郎の安堵したことには、さすがの明智も、節穴から毒薬を垂らして、そこを又元々通り蓋しておくという新手には、気づかなかったと見えて、天井板が一枚もはがれていないことを確かめると、もうそれ以上の穿鑿《せんさく》はしませんでした。

さて、結局その日は別段の発見もなく済みました。明智は遠藤の部屋を見てしまうと、また三郎の所へ戻って、しばらく雑談を取りかわした後、何事もなく帰って行ったのです。ただ、その雑談の間に、次のような問答のあったことを書き洩らすわけにはいきません。なぜといって、これは一見ごくつまらないように見えて、その実、このお話の結末に最も重大な関係を持っているのですから。

その時、明智は袂《たもと》から取り出した煙草に火をつけながら、ふと気がついたようにこんなことを云ったのです。

「君はさっきから、ちっとも煙草を吸わないようだが、よしたのかい」

そう云われて見ますと、なるほど、三郎はこの二三日、あれほど大好物の煙草を、まるで忘れてしまったように、一度も吸っていないのでした。

「おかしいね。すっかり忘れていたんだよ。それに、君がそうして吸っていても、ちっとも欲しくならないんだ」

「いつから？」

「考えて見ると、もう二三日吸わないようだ。そうだ、ここにあるのを買ったのが、たしか日曜日だったから、もうまる三日の間、一本も吸わないわけだよ。いったいどうしたんだろう」

「じゃ、ちょうど遠藤君の死んだ日からだね」

それを聞くと、三郎は思わずハッとしました。しかし、まさか遠藤の死と、彼が煙草を吸わない事とのあいだに因果関係があろうとも思われませんので、その場は、ただ笑って済ませたことですが、後になって考えて見ますと、それは決して笑い話にするような、無意味な事柄ではなかったのです。——そして、この三郎の煙草嫌いは、不思議なことに、その後いつまでも続きました。

八

三郎は、その当座、例の目覚し時計のことが、なんとなく気になって、夜もおちおち眠れないのでした。たとい遠藤が自殺したのでないということがわかっても、彼がその下手人《げしゅにん》だと疑われるような証拠は一つもないはずですから、そんなに心配しなくともよさそうなものですが、でも、それを知っているのがあの明智だと思うと、なかなか安心は出来ないのです。

ところがそれから半月ばかりは何事もなく過ぎ去ってしまいました。心配していた明智もその後一度もやって来ないのです。

「やれやれ、これでいよいよおしまいか」

そこで三郎は、遂に気を許すようになりました。そして、時々恐ろしい夢に悩まされることはあっても、大体に於て、愉快な日々を送ることが出来たのです。殊に彼を喜ばせたのは、あの殺人罪を犯して以来というもの、これまで少しも興味を感じなかったいろいろな遊びが、不思議と面白くなって来たことです。ですから、この頃では毎日のように、彼は家を外にして、遊び廻っているのでした。

ある日のこと、三郎はその日も外で夜を更かして、十時頃に自分の部屋へ帰ったのですが、さて寝ることにして、布団を出すために、何気なく、スーッと押入れの襖を開いた時でした。

「ワッ」

彼はいきなり恐ろしい叫び声を上げて、二三歩あとへよろめきました。

彼は夢を見ていたのでしょうか。それとも、気でも狂ったのではありますまいか。そこには、押入れの中には、あの死んだ遠藤の首が、頭髪をふり乱して、薄暗い天井からさかさまに、ぶら下がっていたのです。

三郎は、一たん逃げ出そうとして、入口の所まで行きましたが、何か他《ほか》のものを見違えたのではないかというような気もするものですから、恐る恐る引返して、もう一度、ソッと押入れの中を覗いて見ますと、どうして、見違いでなかったばかりか、今度はその首が、いきなりニッコリ笑ったではありませんか。

三郎は、再びアッと叫んで、一と飛びに入口の所まで行って障子をあけると、やにわに外へ逃げ出そうとしました。

「郷田君。郷田君」

それを見ると、押入れの中では、頻《しき》りと三郎の名前を呼び始めるのです。

「僕だよ。僕だよ。逃げなくってもいいよ」

それが、遠藤の声ではなくて、どうやら聞き覚えのある、他の人の声だったものですから、三郎はやっと逃げるのを踏み止まって、恐々《こわごわ》ふり返って見ますと、

「失敬失敬」

そう云いながら、以前よく三郎自身がしたように、押入れの天井から降りて来たのは、意外にも、あの明智小五郎でした。

「驚かせて済まなかった」押入れを出た洋装姿の明智が、ニコニコしながらいうのです。「ちょっと君の真似をして見たのだよ」

それは実に、幽霊なぞよりはもっと現実的な、一そう恐ろしい事実でした。明智はきっと、何もかも悟ってしまったのに相違ありません。

その時の三郎の心持は、実に何とも形容の出来ないものでした。あらゆる事柄が、頭の中で風車のように旋転《せんてん》して、いっそ何も思うことがない時と同じように、ただボンヤリとして、明智の顔を見つめているばかりでした。

「さっそくだが、これは君のシャツのボタンだろうね」

明智は、如何にも事務的な調子で始めました。手には小さな貝ボタンを持って、それを三郎の目の前につき出しながら、

「他の下宿人たちも調べて見たけれど、誰もこんなボタンをなくしているものはないのだ。ああ、そのシャツのだね。ソラ、二番目のボタンがとれているじゃないか」

ハッと思って、胸を見ると、なるほど、ボタンが一つとれています。三郎は、それがいつとれたものやら、少しも気がつかないでいたのです。

「形も同じだし、間違いないね。ところで、このボタンをどこで拾ったと思う。天井裏なんだよ。それもあの遠藤君の部屋の上でだよ」

それにしても、三郎はどうして、ボタンなぞを落して、気づかないでいたのでしょう。それに、あの時、懐中電燈で充分検べたはずではありませんか。

「君が殺したのではないかね、遠藤君は」

明智は無邪気にニコニコしながら、――それがこの場合一そう気味わるく感じられるのです――三郎のやり場に困った目の中を、覗き込んで、とどめを刺すように云うのでした。

三郎は、もう駄目だと思いました。たとい明智がどんな巧みな推理を組み立てて来ようとも、ただ推理だけであったら、いくらでも抗弁の余地があります。けれども、こんな予期しない証拠物をつきつけられては、どうすることも出来ません。

三郎は今にも泣き出そうとする子供のような表情で、いつまでもいつまでも黙りこくって突っ立っていました。時々、ボンヤリと霞んで来る目の前には、妙なことに、遠い遠い昔の、例えば小学校時代の出来事などが、幻のように浮き出して来たりするのでした。

それから二時間ばかりの後、彼らはやっぱり元のままの状態で、その長いあいだ、ほとんど姿勢さえもくずさず、三郎の部屋に相対《あいたい》していました。

「有難う、よくほんとうのことを打ち明けてくれた」最後に明智が云うのでした。「僕は決して君のことを警察へ訴えなぞしないよ。ただね、僕の判断が当っているかどうか、それが確かめたかったのだ。君も知っている通り、僕の興味はただ『真実』を知るという点にあるので、それ以上のことは、実はどうでもいいのだ。それにね、この犯罪には、一つも証拠というものがないのだよ。シャツのボタン？　ハハハハ、あれは僕のトリックさ。何か証拠品がなくては君が承知しまいと思ってね。この前君を訪ねた時、その二番目のボタンがとれていることに気づいたものだから、ちょっと利用して見たのさ。なに、これは僕がボタン屋へ行って仕入れて来たのだよ。ボタンがいつとれたなんていう事は、誰しもあまり気づかないことだし、それに、君は興奮している際だから、多分うまく行くだろうと思ってね。

「僕が遠藤君の自殺を疑い出したのは、君も知っているように、あの目覚し時計からだ。あれから、この管轄の警察署長を訪ねて、ここへ臨検した一人の刑事から、詳しく当時の模様を聞くことが出来たが、その話によると、莫児比涅の瓶が、煙草の箱の中にころがっていて、中味が巻煙草にこぼれかかっていたというのだ。聞けば、遠藤は非常に几帳面な男だというし、ちゃんと床にはいって死ぬ用意までしているものが、毒薬の瓶を煙草の箱の中へ置いてさえあるに、しかも中味をこぼすなどというのは、なんとなく不自然ではないか。

「そこで、僕はますます疑いを深くしたわけだが、ふと気づいたのは、君が遠藤の死んだ日から煙草を吸わなくなっていることだ。この二つの事柄は、偶然の一致にしては、少し妙ではあるまいか。すると、僕は、君が以前犯罪の真似などをして喜んでいたことを思い出した。君には変態的な犯罪嗜好癖があったのだ。

「僕はあれから度々この下宿へ来て、君に知られないように遠藤の部屋を調べていたのだよ。そして、犯人の通路は天井のほかにないということがわかったものだから、君のいわゆる「屋根裏の散歩」によって、止宿人の様子を探ることにした。殊に、君の部屋の上では、度々長い間うずくまっていた。そして、君のあのイライラした様子を、すっかり隙見してしまったのだよ。

「探れば探るほど、すべての事情が君を指している。だが残念なことには、確証というものが一つもないのだ。そこでね、僕はあんなお芝居を考え出したのさ。ハハハハハ、じゃ、これで失敬するよ。多分もうお目にかかれまい。なぜって、ソラ、君はちゃんと自首する決心をしているのだからね」

三郎は、この明智のトリックに対しても、もはや何の感情も起らないのでした。彼は明智の立ち去るのも知らず顔に、

「死刑にされる時の気持はいったいどんなものだろう」

ただそんなことを、ボンヤリと考え込んでいるのでした。

彼は毒薬の瓶を節穴から落した時、それがどこへ落ちたかを見なかったように思っていましたけれど、その実は、巻煙草に毒薬のこぼれたことまで、ちゃんと見ていたのです。そして、それが意識下に押しこめられて、精神的に彼を煙草嫌いにさせてしまったのでした。

（「新青年」大正十四年八月増刊号）

鏡地獄

「珍しい話とおっしゃるのですか、それではこんな話はどうでしょう」

ある時、五六人の者が、怖い話や、珍奇な話を、次々と語り合っていた時、友達のKが最後にこんなふうに始めた。ほんとうにあったことか、Kの作り話なのか、その後尋ねて見たこともないので、私にはわからぬけれど、いろいろ不思議な物語を聞かされたあとだったのと、ちょうどその日の天候が春も終りに近い頃の、いやにドンヨリと曇った日で、空気が、まるで深い海の底のように、重々しく淀《よど》んで、話すものも、聞くものも、何となく気違いめいた気分になっていたからでもあったのか、その話は、異様に私の心をうったのである。話というのは、

私に一人の不幸な友達があるのです。名前は仮りに彼《かれ》と申して置きましょうか、その彼にはいつの頃からか、世にも不思議な病気が取りついていたのです。ひょっとしたら、先祖に何かそんな病気の人があって、それが遺伝したのかも知れませんね。と云うのは、まんざら根のない話でもないので、一体彼のうちは、お祖父《じい》さんか、曾祖《ひい》父さんかが、切支丹《きりしたん》の邪宗《じゃしゅう》に帰依《きえ》していたことがあって、古めかしい横文字の書物や、マリヤ様の像や、基督《キリスト》さまのはりつけの絵などが、葛籠《つづら》の底に一杯しまってあるのですが、そんなものと一緒に、伊賀越道中雙六《すごろく》に出て来るような、一世紀も前の望遠鏡

だとか、妙なかっこうの磁石だとか、当時ギヤマンとかビイドロとか云ったのでしょうが、美しいガラスの器物だとかが、同じ葛籠にしまい込んであって、彼はまだ小さい時分からよくそれを出してもらっては遊んでいたものなのです。

　考えて見ますと、彼はそんな時分から、物の姿の映る物、例えばガラスとか、レンズとか、鏡とかいうものに、不思議な嗜好《しこう》を持っていたようです。それが証拠には、彼のおもちゃと云えば、幻燈器械だとか、遠眼鏡《とおめがね》だとか、虫眼鏡だとか、そのほかそれに類した、(注1)将門《まさかど》眼鏡、万花鏡《まんげきょう》、目に当てると人物や道具などが、細長くなったり、平たくなったりする、プリズムのおもちゃだとか、そんなものばかりでした。

　それから、やっぱり彼の少年時代なのですが、こんなことのあったのも覚えております。あの日彼の勉強部屋をおとずれますと、机の上に古い桐の箱が出ていて、多分その中にはいっていたのでしょう、彼は手に昔物の金属の鏡を持って、それを日光に当てて暗い壁に影を映しているのでした。

「どうだ、面白いだろう、あれを見給え、こんな平らな鏡が、あすこへ映ると、妙な字の形が出来るだろう」

　彼にそう云われて、壁を見ますと、驚いたことには、白い丸形の中に、多少形がくずれてはいましたけれど、寿《ことぶき》という文字が、白金のような強い光で現われているのです。

「不思議だね、一体どうしたんだろう」

何だか神業《かみわざ》というような気がして、子供の私には、珍しくもあり、怖くもあったのです。思わずそんなふうに聞き返しました。

「わかるまい、種明かしをしようか。種明かしをしてしまえば、何でもないことなんだよ。ホラ、ここを見給え、この鏡の裏を、ね、寿という字が浮彫《うきぼ》りになっているだろう。これが表へすき通るのだよ」

なるほど見れば彼の云う通り、青銅《せいどう》のような色をした鏡の裏には、立派な浮彫りがあるのです。でも、それが、どうして表面まですき通って、あのような影を作るのでしょう。鏡の裏は、どの方角からすかして見ても、滑らかな平面で、顔がでこぼこに写るわけでもないのに、それの反射だけが不思議な影を作るのです。まるで魔法みたいな気がするのです。

「これはね、魔法でも何でもないのだよ」

彼は私のいぶかしげな顔を見て、説明を始めるのでした。

「父さんに聞いたんだがね、金属の鏡という奴はガラスと違って、時々みがきをかけないと曇りが来て見えなくなるんだ。この鏡なんか、ずいぶん古くから僕の家に伝わっている品で、何度となく磨きをかけている。でね、その磨きをかけるたびに、裏の浮彫りの所と、そうでない薄い所とでは、金《かね》の減り方が目に見えぬほどずつ違って来るのだよ。厚い部分は手ごたえが多く、薄い部分はそれが少ないわけだからね。その目にも見えぬ、減り方の違いが、恐ろしいもので、反射させると、あんなに現われるのだそうだ。わかったかい」

その説明を聞きますと、一応は理由がわかったものの、今度は、顔に映してもでこぼこに見えない滑らかな表面が、反射させると明らかに凹凸《おうとつ》が現われるという、このえたいの知れぬ事実が、例えば顕微鏡で何かを覗いた時に味わう、微細なるものの不思議さ、それに似た感じで、私をゾッとさせるのでした。

この鏡のことは、余り不思議だったので、特別によく覚えているのですが、これはただ一例に過ぎないので、彼の少年時代の遊戯というものは、ほとんどそのような事柄ばかりで充たされていたわけです。妙なもので、私までが彼の感化を受けて、今でも、レンズというようなものに、人一倍の好奇心を持っているのですよ。

でも少年時代はまだ、さほどでもなかったのですが、それが中学の上級生に進んで、物理学を教わるようになりますと、御承知の通り物理学にはレンズや鏡の理論がありますね、彼はもうあれに夢中になってしまって、その時分から、病気といってもいいほどの、いわばレンズ狂に変って来たのです。それにつけて思い出すのは、教室で凹《おう》面鏡《めんきょう》のことを教わる時間でしたが、小さな凹面鏡の見本を、生徒の間に廻して、次々に皆の者が、自分の顔を映して見ていたのです。私はその時分ひどいニキビ面《づら》で、それが何だか性慾的な事柄に関係しているような気がして、恥かしくて仕様がなかったのですが、何気なく凹面鏡を覗いて見ますと、思わずアッと声を立てるほど驚いたことには、私の顔の一つ一つのニキビが、まるで望遠鏡で見た月の表面のように、恐ろしい大きさに拡大されて映ったのです。

小山とも見えるニキビの先端が、柘榴《ざくろ》のようにはぜて、そこからドス黒い血のりが、芝居の殺し場の絵看板の感じで物凄くにじみ出しているのです。ニキビという負け目《ひめ》があったせいでもありましょうが、凹面鏡に映った私の顔がどんなに恐ろしく、不気味なものであったか、それから後というものは、凹面鏡を見ると、それが又、博覧会だとか、盛り場の見世物などには、よく並んでいるのですが、私はもう、おぞけを振《ふる》って、逃げ出すようになったほどなんです。

ですが、彼の方では、その時やっぱり凹面鏡を覗いて、これは又私とあべこべで、恐ろしく思うよりは、非常な魅力を感じたものと見え、教室全体に響き渡るような声で、ホウと感嘆の叫びを上げたものなんです。それが余り頓狂《とんきょう》に聞えたものですから、その時は大笑いになりましたが、さてそれからというものは、彼はもう凹面鏡で夢中なんです。大小さまざまの凹面鏡を買い込んで、針金だとかボール紙などを使い、複雑なからくり仕掛けをこしらえては、独りほくそ笑んでいる始末でした。さすがに好きな道だけあって、彼は又人の思いもつかぬような、変てこな装置を考案する才能を持っていて、もっとも手品の本などをわざわざ外国から取り寄せたりしたのですけれど、今でも不思議に堪《た》えないのは、これも或る時彼の部屋をおとずれて、驚かされたのですが、魔法の紙幣というからくり仕掛けでありました。

それは、二尺四方ほどの、四角なボール箱で、前の方に建物の入口のような穴があいていて、そこの所に一円札が五六枚、ちょうど状差しの中のハガキのように、差してあるのです。

「このお札《さつ》を取ってごらん」

その箱を私の前に持ち出して、彼は何食わぬ顔で紙幣を取れというのです。そこで、私は云われるままに手を出して、ヒョイとその紙幣を取ろうとしたのですが、何とまあ不思議なことには、ありありと目に見えているその札が、手を持って行って見ますと、煙のように何もないではありませんか。あんな驚いたことはありませんね。

「オヤ」

とたまげている私の顔を見て、彼はさも面白そうに笑いながら、さて説明してくれたところによりますと、それは英国でしたかの物理学者が考案した、一種の手品で、種はやっぱり凹面鏡なのです。詳しい理窟《りくつ》はよく覚えていませんけれど、本ものの紙幣は箱の下へ横に置いて、その上に斜めに凹面鏡を装置し、電燈を箱の内部に引き込み、光線が紙幣に当るようにすると、凹面鏡の焦点からどれだけの距離にある物体は、どういう角度で、どの辺にその像を結ぶという理論によって、うまく箱の穴の所へ紙幣が現われるのだそうです。普通の鏡ですと、決して本ものがそこにあるようには見えませんけれど、凹面鏡では不思議にもそんな実像を結ぶというのですね。ほんとうにもう、ありありとそこにあるのですからね。

かようにして、彼のレンズや鏡に対する異常なる嗜好は、だんだん嵩《こう》じて行くばかりでしたが、やがて中学を卒業しますと、彼は上の学校にはいろうともしないで、一つは親達も甘過ぎたのですね。息子の云うことならば、大抵は無理を通してくれるものですから、学校を出ると、もう一《ひ》とかど大人になった気で、庭の空地にちょっとした実験室を新築して、その中で、例の不思議な道楽を始めたものです。

これまでは、学校というものがあって、いくらか時間を束縛されていたので、それほどでもなかったのが、さて、そうして朝から晩まで実験室にとじこもることになりますと、彼の病勢は俄《にわ》かに恐るべき加速度を以て昂進《こうしん》し始めました。元来友達の少なかった彼ですが、卒業以来というものは、彼の世界は、狭い実験室の中に限られてしまって、どこへ遊びに出るというではなく、僅かに彼の部屋をおとずれるのは、彼の家の人を除くと、私ただ一人ぐらいになってしまったのでした。

それもごく時たまのことなんですが、私は彼を訪問する毎に彼の病気がだんだん募《つの》って行って、今ではむしろ狂気に近い状態になっているのを目撃して、ひそかに戦慄《せんりつ》を禁じ得ないのでした。彼のこの病癖に持って来て、更にいけなかったことは、ある年の流行感冒のために、不幸にも彼の両親が、揃ってなくなってしまったものですから、彼は今は誰に遠慮の必要もなく、その上莫大な財産を受けついで、思うがままに、彼の妙な実験を行うことが出来るようになったのと、それに今一つは、彼も二十歳を越して、女というものに興味を抱き始め、そんな変てこな嗜好を持つほどの彼ですから、情慾の方もひどく変態的で、それが持ち前のレンズ狂と結びついて、双方が一層勢いを増す形になって来たことでした。そしてお話というのは、その結果遂に恐ろしい大団円を招くことになった、或る出来事なのですが、それを申し上げる前に、彼の病勢が、どのようにひどくなっていたかということを、二つ三つ、実例によってお話しておきたいと思うのです。

彼の家は山の手のある高台にあって、今云う実験室は、そこの広々とした庭園の片隅の、街々の甍《いらか》を眼下に見下す位置に建てられたのですが、そこで彼が最初始めたのは、実験室の屋根を天文台のような形にこしらえて、そこに可なりの天体観測鏡を据えつけ、星の世界に耽溺《たんでき》することでした。その時分には、彼は独学で、一と通り天文学の知識を備えていたわけなのです。が、そのようなありふれた道楽で満足する彼ではありません。その一方では、度の強い望遠鏡を窓際に置いて、それをさまざまの角度にしては、眼の下に見える人家の、開け放った室内を盗み見るという、罪の深い、秘密の楽しみを味わっているのでありました。

それがたとい板塀《いたべい》の中であったり、他の家の裏側に向かい合っていたりして、当人達はどこからも見えぬ積《つも》りで、まさかそんな遠くの山の上から望遠鏡で覗かれようとは気づくはずもなく、あらゆる秘密の行いを、したい三昧《ざんまい》にふるまっている、それが彼には、まるで目の前の出来事のように、あからさまに眺められるのです。

「こればかりは、止《よ》せないよ」

彼はそう云い云いしては、その窓際の望遠鏡を覗くことを、こよなき楽しみにしていましたが、考えて見れば、ずいぶん面白いいたずらに相違ありません。私も時には覗かしてもらうこともありましたけれど、偶然妙なものを、すぐ目の前に発見したりして、いっそ顔の赤らむようなこともないではありませんでした。

そのほか、例えば、サブマリン・テレスコープといいますか、潜航艇《せんこうてい》の中から海上を眺める、あの装置をこしらえて、彼の部屋に居ながら、雇人《やといにん》達の殊《こと》に若い小間使などの私室を、少しも相手に悟られることなく、覗いて見たり、そうかと思うと、虫眼鏡や、顕微鏡によって、微生物の生活を観察したり、それについて奇抜なのは、彼が蚤《のみ》の類を飼育していたことで、それを虫眼鏡や度の弱い顕微鏡の下で、這わせて見たり、自分の血を吸うところだとか、虫同士を一つにして同性であれば喧嘩をしたり、異性であれば仲よくしたりする有様を眺めたり、中にも気味のわるいのは、私は一度それを覗かされてからというものは、今まで何とも思っていなかったあの虫が、妙に恐ろしくなったほどなのですが、蚤を半殺しにしておいて、そのもがき苦しむ有様を、非常に大きく拡大して見ることでした。五十倍の顕微鏡でしょうが、覗いた感じでは、一匹の蚤が眼界一杯にひろがって、口から、足の爪、身体《からだ》にはえている小さな一本一本の毛までが、ハッキリとわかって、妙な比喩《ひゆ》ですが、まるで猪《いのしし》のように恐ろしい大きさに見えるのです。それがドス黒い血の海の中で（僅か一滴の血潮がそんなに見えるのです）背中半分をぺちゃんこにつぶされて、手足で空をつかんで、吻《くち》を出来るだけ伸ばして、断末魔《だんまつま》の物凄い形相《ぎょうそう》をしています。何かその口から恐ろしい悲鳴が聞えているようにすら感じられるのであります。

そうした細々《こまごま》したことを一々申し上げていては際限がありませんから、大抵は省くことにしますが、実験室建築当初の、かような道楽は月日と共に深まって行って、ある時はまた、こんなこともあったのです。ある日のこと、彼を訪ねて、何気なく実験室の扉を開きますと、なぜかブラインドをおろして部屋の中が薄暗くなっていましたが、その正面の壁一杯に、そうですね一間《けん》四方もあったでしょうか、何かモヤモヤとうごめいているものがあるのです。気のせいかと思って、目をこすって見るのですが、やっぱり何だか動いている。私は戸口にたたずんだまま、息を呑んでその怪物を見つめたものです。すると、見ているに従って、霧みたいなものがだんだんハッキリして来て、針を植えたような黒い草叢《くさむら》、その下にギョロギョロと光っている盥《たらい》ほどの目、瞳の茶色がかった虹彩《こうさい》から、白目の中の血管の川迄も、ちょうどソフト・フォーカスの写真のように、ぼんやりしていて、妙にハッキリと見えるのです。それから棕梠《しゅろ》のような鼻毛の光る、洞穴《ほらあな》みたいな鼻の穴、そのままの大きさで座蒲団を二枚重ねたかと見える、いやにまっ赤な唇、その間からギラギラと瓦のような白歯が覗いている。つまり部屋一杯の人の顔、それが生きてうごめいているのです。映画などでないことは、その動きの静かなのと、正物《しょうぶつ》そのままの色艶《いろつや》とで明瞭です。不気味よりも、恐ろ

しさよりも、私は自分が気でも違ったのではあるまいかと、思わず驚きの叫び声を上げました。すると、

「驚いたかい、僕だよ、僕だよ」

と別の方角から彼の声がして、ハッと私を飛び上がらせたことには、その声の通りに、壁の怪物の唇と舌が動いて、盥のような目が、ニヤリと笑ったのです。

「ハハハハハ…………、どうだいこの趣向は」

突然部屋が明るくなって、一方の暗室から彼の姿が現われました。それと同時に壁の怪物が消え去ったのは申すまでもありません。皆さんも大かた想像なすったでしょうが、これはつまり実物幻燈、――鏡とレンズと強烈な光の作用によって、実物そのままを幻燈に写す、子供のおもちゃにもありますね、あれを彼独得の工夫によって、異常に大きくする装置を作ったのです。そして、そこへ彼自身の顔を映したのです。聞いてみれば何でもないことですが、可なり驚かせるものですよ。まあ、こういったことが彼の趣味なんですね。

似たようなので、一層不思議に思われたのは、今度は別段部屋が薄暗いわけでもなく、彼の顔も見えていて、そこへ変てこな、ゴチャゴチャとした鏡を立て並べた器械を置きますと、彼の目なら目だけが、これも又盥ほどの大きさで、ポッカリと、私の

目の前の空間に浮き出す仕掛けなのです。突然そいつをやられた時には、悪夢でも見ているようで、身がすくんで、殆《ほと》んど生きた空もありませんでした。ですが、種を割って見れば、これがやっぱり、先ほどお話した魔法の紙幣と同じことで、ただ沢山凹面鏡を使って、像を拡大したものに過ぎないのでした。でも、理窟の上では出来るものとわかっていても、ずいぶん費用と時間のかかることでもあり、そんな馬鹿馬鹿しい真似をやって見た人もありませんので、いわば彼の発明と云ってもよく、続けざまにそのようなものを見せられますと、何かこう、彼が恐ろしい魔物のようにさえ思われて来るのでありました。

そんなことがあってから、二三カ月もたった時分でしたか、彼は今度は何を思ったのか、実験室を小さく区ぎって上下左右を鏡の一枚板で張りつめた、俗に云う鏡の部屋を作りました。ドアも何もすっかり鏡なのです。彼はその中へ一本の蠟燭《ろうそく》を持って、たった一人で長い間はいっているというのです。一体何のためにそんな真似をするのか誰にもわかりません。が、その中で彼が見るであろう光景は大体想像することが出来ます。六方を鏡で張りつめた部屋のまん中に立てば、そこには彼の身体のあらゆる部分が、鏡と鏡が反射し合うために、無限の像となって映るものに相違ありません。彼の上下左右に、彼と同じ数限りもない人間が、ウジャウジャと殺到する感じに相違ありません。考えただけでもゾッとします。私は子供の時分に八幡《やわた》の藪《やぶ》知《し》らずの見世物で、型ばかりの代物《しろもの》ではありましたが、鏡の部屋を経験したことがあるのです。その不完全極まるものでさえ、私にはどのように恐ろしく感じられたことでしょう。それを知っているものですから、一度彼から鏡の部屋へはいれと勧められた時にも、私は固く拒んで、はいろうとはしませんでした。

そのうちに、鏡の部屋へはいるのは、彼一人だけでないことがわかって来ました。その彼のほかの人間というのは、ほかでもありません。彼のお気に入りの小間使でもあり、同時に彼の唯一人の恋人でもあったところの、当時十八歳の美しい娘でした。彼は口癖《くちぐせ》のように、

「あの子のたった一つの取柄は、身体じゅうに数限りもなく、非常に深い濃《こま》やかな陰影があることだ。色艶も悪くはないし、肌も濃やかだし、肉附きも海獣のように弾力に富んではいるが、そのどれにもまして、あの女の美しさは、陰影の深さにある」

といっていた、その娘と一緒に、彼の鏡の国に遊ぶのです。締め切った実験室の中の、それを又区ぎった鏡の部屋の中ですから、外部から伺うべくもありませんが、時としては一時間以上も彼等はそこにとじこもっているという噂《うわさ》を聞きました。むろん彼が一人きりの場合も度々あるのですが、ある時などは、鏡の部屋へはいったまま、

余りに長い間物音一つしないので、召使が心配の余りドアを叩いたといいます。すると、いきなりドアが開いて、素裸《すはだか》の彼一人が出て来て、一と言も物を云わないで、そのままプイと母屋《おもや》の方へ行ってしまったというような、妙な話もあるのでした。

その頃から、元々あまりよくなかった彼の健康が、日一日とそこなわれて行くように見えました。が、肉体が衰えるのと反比例に、彼の異様な病癖はますます募るばかりでした。彼は莫大な費用を投じて、さまざまの形をした鏡を集め始めました。平面、凸面、凹面、波型、筒型と、よくもあんなに変った形のものが集まったものです。広い実験室の中は、日々かつぎ込まれる変形鏡で埋まってしまうほどでありました。ところが、それればかりではありません。驚いたことには、彼は広い庭の中央にガラス工場を建て始めたのです。それは、彼独特の設計のもので、特殊の製品については、日本でも類のないほど立派なものでありました。技師や職工なども、選びに選んで、そのためには、彼は残りの財産を全部投げ出しても惜しくない意気込みでした。

不幸にも、彼には意見を加えてくれるような親族が一軒もなかったのです。召使達の中には見るに見兼ねて意見めいたことを云う者もありましたが、そんなことがあれば直《す》ぐさまお払い箱で、残っている者共は、ただもう法外に高い給金目当ての、さもしい連中ばかりでした。この場合、彼に取っては天にも地にも、たった一人の友人である私としては、何とか彼をなだめて、この暴挙をとめなければならなかったのですが、むろん幾度となくそれは試みてみたのですが、いっかな狂気の彼の耳には入らず、それに事柄が別段悪事というのではなく、彼自身の財産を、彼が勝手に使うのであってみれば、ほかにどう分別のつけようもないのでした。私はただもう、ハラハラしながら、日々に消え行く彼の財産と、彼の命とを、眺めているほかはないのでした。

そんなわけで、私はその頃から、可なり足繁《あししげ》く彼の家に出入りするようになりました。せめては彼の行動を、監視なりともしていようという心持だったのです。従って、彼の実験室の中で、目まぐるしく変化する彼の魔術を見まいとしても見ないわけには行きませんでした。それは実に驚くべき怪奇と幻想の世界でありました。彼の病癖が頂上に達すると共に、彼の不思議な天才もまた、残るところなく発揮されたのでありましょう。走馬燈のように移り変る、それが悉《ことごと》くこの世のものではないところの、怪しくも美しい光景、私はその当時の見聞を、どのような言葉で形容すればよいのでしょう。

外部から買入れた鏡と、それで足らぬところや、ほかでは仕入れることの出来ない形のものは、彼自らの工場で製造した鏡によって補い、彼の夢想は次から次へと実現されて行くのでした。ある時は彼の首ばかりが、胴ばかりが、或いは足ばかりが、実験室の空中を漂っている光景です。それは云うまでもなく、巨大な平面鏡を室一杯に斜めに張りつめて、その一部に穴をあけ、そこから首や手足を出している、あの手品師の常套《じょうとう》手段に過ぎないのですけれど、それを行う本人が手品師ではなくて、病的に生真面目《きまじめ》な私の友達なのですから、異常の感にうたれないではいられません。ある時は部屋全体が、凹面鏡、凸面鏡、波型鏡、筒型鏡の洪水です。その中央で踊り狂う彼の姿は、或いは巨大に、或いは微小に、或いは細長く、或いは平ぺったく、或いは曲りくねり、或いは胴ばかりが、或いは首の下に首がつながり、或いは一つの顔に目が四つ出来、或いは唇が上下に無限に延び、或いは縮み、その影が又互いに反復し、交錯して紛然雑然、まるで狂人の幻想か、地獄の饗宴です。

ある時は部屋全体が巨大なる万花鏡です。からくり仕掛けで、カタリカタリと廻る、数十尺の鏡の三角筒の中に、花屋の店を空《から》にして集めて来た、千紫万紅《せんしばんこう》が、阿片《あへん》の夢のように、花瓣《かべん》一枚の大きさが畳一畳にも映って、それが何千何万となく、五色の虹となり、極地のオーロラとなって、見る者の世界を覆いつくす。その中で、大入道《おおにゅうどう》の彼の裸体が月の表面のような、巨大な毛穴を見せて舞うのです。

そのほか種々雑多の、それ以上であっても、決してそれ以下ではないところの、恐るべき魔術、それを見た刹那《せつな》、人間は気絶し、盲目となったであろうほどの、魔界の美、私にそれをお伝えする力もありませんし、又たとい今お話してみたところで、どうまあ信じていただけましょう。

そして、そんな狂乱状態が続いたあとで、遂に悲しむべき破滅がやって来たのです。私の最も親しい友達であった彼は、とうとう本ものの気違いになってしまったのです。これまでとても、彼の所業は決して正気の沙汰とは思われませんでした。しかし、そんな狂態を演じながらも、彼は一日の多くの時間を、常人の如く過しました。読書もすれば、痩せさらぼうた肉体を駆使して、ガラス工場の監督指揮にも従い、私と逢えば、昔ながらの彼の不可思議なる唯美思想を語るのに、何のさしさわりもないのでした。それが、あのような無慚《むざん》な終末を告げようとは、どうして予想することが出来ましょう。恐らく、これは彼の身うちに巣食っていた悪魔の所業か、そうでなければ、余りにも魔界の美に耽溺した彼に対する神の怒りでもあったのでしょうか。

ある朝、私は彼の所からの使いのものに、あわただしく叩き起されたのです。

「大変です。奥様が、すぐにおいで下さいますようにとおっしゃいました」

「大変？　どうしたのだ」

「私どもにもわかりませんのです。ともかく、大急ぎでいらしっていただけませんでしょうか」

使いの者と私とは、双方とも、もう青ざめてしまって、早口にそんな問答をくり返すと、私は取るものも取りあえず彼の邸《やしき》へと駆けつけました。場所はやっぱり実験室です。飛び込むように中へはいると、そこには、今では奥様と呼ばれている彼の愛した小間使をはじめ、数人の召使達が、あっけに取られた形で、立《た》ちすくんだまま、一つの妙な物体を見つめているのでした。

その物体というのは、玉乗りの玉をもう一層大きくしたようなもので、外部には一面に布が張りつめられ、それが広々と取り片づけられた実験室の中を、生あるもののように、右に左に転がり廻っているのです。そして、もっと気味わるいのは、多分その内部からでしょう。動物のとも人間のともつかぬ笑い声のような唸《うな》りが、シューシューと響いているのでした。

「一体どうしたというのです」

私はかの小間使をとらえて、先ずこう尋ねるほかはありませんでした。

「さっぱりわかりませんの、なんだか中にいるのは旦那様ではないかと思うのですけれど、こんな大きな玉がいつの間に出来たのか、思いもかけぬことですし、それに手をつけようにも、気味がわるくて……さっきから何度も呼んでみたのですけれど、中から妙な笑い声しか戻って来ないのですもの」

その答えを聞くと、私はいきなり玉に近づいて、声の洩れて来る箇所を調べました。そして、転がる玉の表面に、二つ三つの小さな、空気抜きとも見える穴を見つけるのは、訳のないことでした。でその穴の一つに目を当てて怖《こ》わごわ玉の内部を覗いて見たのですが、中は何か妙に目をさすような光が、ギラギラしているばかりで、人のうごめく気配と、不気味な、狂気めいた笑い声が聞えて来るほかには少しも様子がわかりません。そこから二三度彼の名を呼んでもみましたけれど、相手は人間なのか、それとも人間でない他の者なのか、一向《いっこう》手答えがないのです。

ところが、そうしてしばらくの間、転がる玉を眺めているうちに、ふとその表面の一箇所に、妙な四角の切り食わせが出来ているのを発見しました。それがどうやら、玉の中へはいる扉らしく、押せばガタガタ音はするのですけれど、取手《とって》も何もないために、開くことも出来ません。なおよく見れば、取手の跡らしく、金物の穴が残っています。これは、ひょっとしたら、人間が中へはいったあとで、どうかして取手が抜け落ちて、外からも、中からも、扉があかぬようになったのではあるまいか。とすると、この男は一と晩じゅう玉の中にとじこめられていたことになるのでした。では、その辺に取手が落ちてはいまいかと、あたりを見廻しますと、もう私の想像通りに違いなかったことには、部屋の一方の隅に丸い金具が落ちていて、それを今の金物の穴にあてて見れば、寸法はきっちり合うのです。しかし困ったことには、柄が折れてしまっていて、今さら穴に差し込んで見たところで、扉が開くはずもないのでした。でも、それにしてもおかしいのは、中にとじこめられた人が、助けを呼びもしないで、ただゲラゲラ笑っていることでした。

「若《も》しや」

私はある事に気づいて、思わず青くなりました。もう何を考える余裕もありません。ただこの玉をぶちこわす一方です。そうして、ともかくも中の人間を助け出すほかはないのです。

私はいきなり工場に駈けつけて、ハンマーを拾うと、元の部屋に引返し、玉を目がけて烈《はげ》しい一撃を加えました。と、驚いたことには、内部は厚いガラスで出来ていたと見え、ガチャンと、恐ろしい音と共に、おびただしい破片に、割れくずれてしまいました。

そして、その中から這い出して来たのは、まぎれもない私の友達の彼だったのです。若しやと思っていたのが、やっぱりそうだったのです。それにしても、人間の相好《そうごう》が、僅か一日の間に、あのようにも変るものでしょうか。昨日までは衰えてこそいましたけれど、どちらかと云えば、神経質に引締《ひきしま》った顔で、ちょっと見ると怖いほどでしたのが、今はまるで死人の相好のように、顔面のすべての筋がたるんでしまい、引《ひっ》かき廻したように乱れた髪の毛、血走っていながら、異様に空《うつ》ろな目、そして口をだらしなく開いて、ゲラゲラと笑っている姿は、二《ふ》た目と見られたものではないのです。それは、あのように彼の寵愛《ちょうあい》を受けていた、かの小間使さえもが、恐れをなして、飛びのいたほどでありました。

云うまでもなく、彼は発狂していたのです。しかし、何が彼を発狂させたのでありましょう。玉の中にとじこめられたくらいで、気の狂う男とも見えません。それに第一、あの変てこな玉は、一体全体何の道具なのか、どうして彼がその中へはいっていたのか。玉のことは、そこにいた誰もが知らぬというのですから、恐らく彼が工場に命じて秘密にこしらえさせたものでありましょうが、彼はまあ、この玉乗りのガラス玉を、一体どうするつもりだったのでありましょうか。

部屋の中をうろうろしながら、笑い続ける彼、やっと気を取り直して、涙ながらに、その袖を捉《とら》える女、その異様な興奮の中へ、ヒョッコリ出勤して来たのは、ガラス工場の技師でした。私はその技師を捉えて彼の面喰《めんくら》うのも構わずに、矢つぎ早やの質問をあびせました。そして、ヘドモドしながら彼の答えたところを要約しますと、つまりこういう次第であったのです。

技師は大分以前から、直径四尺に二分《ぶ》ほどの厚みを持った中空のガラス玉を作ることを命じられ、秘密のうちに作業を急いで、それが昨夜遅くやっと出来上がったのでした。技師達はもちろんその用途を知るべくもありませんが、玉の外側に水銀を塗って、その内側を一面の鏡にすること、内部には数カ所に強い光の小電燈を装置し、玉の一個所に人の出入り出来るほどの扉を設けること、というような不思議な命令に従って、その通りのものを作ったのです。出来上がると、夜中にそれを実験室に運び、小電燈のコードには、室内燈の線を連結して、それを主人に引渡したまま帰宅したのだと申します。それ以上の事は、技師にはまるでわからないのでした。

私は技師を帰し、狂人は召使達に看護を頼んでおいて、その辺に散乱した不思議なガラス玉の破片を眺めながら、どうかして、この異様な出来事の謎を解こうと悶えました。長い間、ガラス玉との睨《にら》めっこでした。が、やがて、ふと気づいたのは、彼は、彼の智力の及ぶ限りの鏡《レンズ》装置を試みつくし、楽しみ尽して、最後に、このガラス玉を考案したのではないか。そして、自からその中にはいって、そこに映るであろう、不思議な影像を眺めようと試みたのではないかということでした。

が、彼は何故発狂しなければならなかったか。いや、それよりも、彼はガラス玉の内部で何を見たか。一体全体何を見たのか。そこまで考えた私は、その刹那、脊髄《せきずい》の中心を、氷の棒で貫かれた感じで、そして、その世の常ならぬ恐怖のために、心《しん》の臓まで冷たくなるのを覚えました。彼はガラス玉の中にはいって、ギラギラした小電燈の光で、彼自身の影像を一と目見るなり、発狂したのか、それとも又、玉の中を逃げ出そうとして、誤まって扉の取手を折り、出るに出られず、狭い球体の中で死の苦しみをもがきながら、遂に発狂したのか、そのいずれかではなかったでしょうか。では、何物がそれほど迄に彼を恐怖せしめたのか。

それは、到底人間の想像を許さぬところです。球体の鏡の中心にはいった人が、かつて一人だってこの世にあったでしょうか。その球壁に、どの様な影が映るものか、物理学者とて、これを算出することは不可能でありましょう。それは、ひょっとしたら、我々には、夢想することも許されぬ、恐怖と戦慄の人外境《じんがいきょう》ではなかったのでしょうか。世にも恐るべき悪魔の世界ではなかったのでしょうか。そこには彼の姿が彼としては映らないで、もっと別のもの、それがどんな形相を示したかは想像のほかですけれども、ともかく、人間を発狂させないではおかぬほどの、あるものが、彼の限界、彼の宇宙を覆いつくして映し出されたのではありますまいか。

ただ、我々にかろうじて出来ることは、球体の一部であるところの、凹面鏡の恐怖を、球体にまで延長して見るほかにはありません。あなた方は定めし、凹面鏡の恐怖なれば、御存じでありましょう。あの自分自身を顕微鏡にかけて、覗いて見るような、悪夢の世界、球体の鏡はその凹面鏡が果てしもなく連なって、我々の全身を包むのと同じわけなのです。それだけでも単なる凹面鏡の恐怖の幾層倍幾十層倍に当りますが、そのように想像したばかりで、我々はもう身の毛もよ立つではありませんか。それはいわゆる凹面鏡によって囲まれた小宇宙なのです。我々の此の世界ではないのです。もっと別の、恐らく狂人の国に相違ないのです。

私の不幸な友達は、そうして、彼のレンズ狂、鏡気違いの、最端を極めようとして、極めてはならぬところを極めようとして、神の怒りにふれたのか、悪魔の誘いに敗れたのか、遂に、恐らく彼自身を亡《ほろ》ぼさねばならなかったのでありましょう。

彼はその後、狂ったままこの世を去ってしまいましたので、事の真相を確かむべきよすがとてもありませんが、でも、少なくとも私だけは、彼は鏡の玉の内部を冒《おか》したばっかりに、遂にその身を亡ぼしたのだという想像を、今日《こんにち》に至るまでも捨て兼ねているのであります。

（「大衆文芸」大正十五年十月号）

注1 将門眼鏡

カットガラスのレンズによって一つの物が複数に見える玩具。平将門が多くの影武者を使って敵を惑わせたことから。

押絵と旅する男

この話が私の夢か私の一時的狂気の幻でなかったならば、あの押絵《おしえ》と旅をしていた男こそ狂人であったに相違ない。だが、夢が時として、どこかこの世界と喰いちがった別の世界を、チラリとのぞかせてくれるように、又、狂人が、我々のまったく感じえぬものごとを見たり聞いたりすると同じに、これは私が、不可思議な大気のレンズ仕掛けを通して、一刹那《せつな》、この世の視野の外にある別の世界の一隅を、ふと隙見《すきみ》したのであったかも知れない。

いつとも知れぬ、ある暖かい薄曇った日のことである。それは、わざわざ魚津《うおづ》へ蜃《しん》気楼《きろう》を見に出掛けた帰り途であった。私がこの話をすると、時々、お前は魚津なんかへ行ったことはないじゃないかと、親しい友達に突っ込まれることがある。そういわれて見ると、私はいつの何日に魚津へ行ったのだと、ハッキリ証拠を示すことが出来ぬ。それではやっぱり夢であったのか。だが私はかつて、あのように濃厚な色彩を持った夢を見たことがない。夢の中の景色は、映画と同じに、まったく色彩をともなわぬものであるのに、あの折の汽車の中の景色だけは、それもあの毒々しい押絵の画面が中心になって、紫《むらさき》と臙脂《えんじ》の勝った色彩で、まるで蛇の眼のように、生々しく私の記憶に焼きついている。着色映画の夢というものがあるのであろうか。

私はその時、生れて初めて蜃気楼というものを見た。蛤《はまぐり》の息の中に美しい竜宮城の浮かんでいる、あの古風な絵を想像していた私は、本ものの蜃気楼を見て、膏汗《あぶらあせ》のにじむような、恐怖に近い驚きにうたれた。

　魚津の浜の松並木に豆粒のような人間がウジャウジャと集まって、息を殺して、眼界いっぱいの大空と海面とをながめていた。私はあんな静かな、啞のようにだまっている海を見たことがない。日本海は荒海と思い込んでいた私には、それもひどく意外であった。その海は、灰色で、まったく小波《さざなみ》一つなく、無限の彼方にまでうち続く沼かと思われた。そして、太平洋の海のように、水平線はなくて、海と空とは、同じ灰色に溶け合い、厚さの知れぬ靄《もや》におおいつくされた感じであった。空だとばかり思っていた上部の靄の中を、案外にもそこが海面であって、フワフワと幽霊のような大きな白帆がすべって行ったりした。

　蜃気楼とは、乳色のフィルムの表面に墨汁をたらして、それが自然にジワジワとにじんで行くのを、途方もなく巨大な映画にして、大空にうつし出したようなものであった。

　はるかな能登半島《のとはんとう》の森林が、喰いちがった大気の変形レンズを通して、すぐ目の前の大空に、焦点のよく合わぬ顕微鏡の下の黒い虫みたいに、曖昧《あいまい》に、しかもばかばかしく拡大されて、見る者の頭上におしかぶさって来るのであった。それは、妙な形の黒雲と似ていたけれど、黒雲なればその所在がハッキリ分っているのに反し、蜃気楼は不思議にも、それと見る者との距離が非常に曖昧なのだ。遠くの海上にただよう大入道《おおにゅうどう》のようでもあり、ともすれば、眼前一尺にせまる異形の靄かと見え、はては、見る者の角膜の表面に、ポッツリと浮んだ、一点の曇りのようにさえ感じられた。この距離の曖昧さが、蜃気楼に想像以上の不気味な気違いめいた感じを与えるのだ。

曖昧な形の、まっ黒な巨大な三角形が、塔のように積み重なって行ったり、またたく間にくずれたり、横に延びて長い汽車のように走ったり、それがいくつかにくずれ、立ち並ぶ檜《ひのき》の梢《こずえ》と見えたり、じっと動かぬようでいながら、いつとはなく、まったく違った形に化けて行った。

蜃気楼の魔力が、人間を気違いにするものであったなら、おそらく私は、少くとも帰り途の汽車の中までは、その魔力を逃れることが出来なかったのであろう。二時間の余も立ちつくして、大空の妖異をながめていた私は、その夕がた魚津を立って、汽車の中に一夜を過ごすまで、まったく日常とことなった気持でいたことは確かである。もしかしたら、それは通り魔のように、人間の心をかすめおかすところの、一時的狂気の類ででもあったであろうか。

魚津の駅から上野《うえの》への汽車に乗ったのは、夕がたの六時頃であった。不思議な偶然であろうか、あの辺の汽車はいつでもそうなのか、私の乗った二等車は、教会堂のようにガランとしていて、私のほかにたった一人の先客が、向うの隅《すみ》のクッションにうずくまっているばかりであった。

汽車は淋しい海岸の、けわしい崖や砂浜の上を、単調な機械の音を響かせて、はてしもなく走っている。沼のような海上の靄の奥深く、黒血《くろち》の色の夕焼が、ボンヤリと漂っていた。異様に大きく見える白帆が、その中を、夢のようにすべっていた。少しも風のない、むしむしする日であったから、ところどころ開かれた汽車の窓から、進行につれて忍び込むそよ風も、幽霊のように尻切れとんぼであった。たくさんの短いトンネルと雪除《ゆきよ》けの柱の列が、広漠たる灰色の空と海とを、縞目《しまめ》に区切って通り過ぎた。

親不知《おやしらず》の断崖を通過する頃、車内の電燈と空の明るさとが同じに感じられたほど、夕闇がせまって来た。ちょうどその時分向うの隅のたった一人の同乗者が、突然立上がって、クッションの上に大きな黒繻子《くろじゅす》の風呂敷をひろげ、窓に立てかけてあった、二尺に三尺ほどの、扁平な荷物を、その中へ包み始めた。それが私に何とやら奇妙な感じを与えたのである。

その扁平なものは多分額に相違ないのだが、それの表側の方を、何か特別の意味でもあるらしく、窓ガラスに向けて立てかけてあった。いちど風呂敷に包んであったものをわざわざ取出して、そんなふうに外に向けて立てかけたものとしか考えられなかった。それに、彼が再び包む時にチラと見たところによると、額の表面にえがかれた極彩色《ごくさいしき》の絵が、妙に生々しく、何となく世の常ならず見えたことであった。

私はあらためて、この変てこな荷物の持主を観察した。そして、持主その人が、荷物の異様さにもまして、一段と異様であったことに驚かされた。

彼は非常に古風な、我々の父親の若い時分の色あせた写真でしか見ることの出来ないような、襟《えり》の狭い、肩のすぼけた黒の背広服を着ていたが、しかしそれが、背が高くて足の長い彼に、妙にシックリ似合って、はなはだ粋《いき》にさえ見えたのである。顔は細面で、両眼が少しギラギラし過ぎていたほかは、一体によく整っていて、スマートな感じであった。そして、きれいに分けた頭髪が、豊かに黒々と光っているので、一見四十前後であったが、よく注意して見ると、顔じゅうにおびただしい皺《しわ》があって、ひと飛びに六十ぐらいにも見えぬことはなかった。この黒々とした頭髪と、色白の顔面を縦横にきざんだ皺との対照が、初めてそれに気づいた時、私をハッとさせたほども、非常に不気味な感じを与えた。

彼は丁寧に荷物を包み終ると、ひょいと私の方に顔を向けたが、ちょうど私の方でも熱心に相手の動作をながめていた時であったから、二人の視線がガッチリとぶっつかってしまった。すると、彼は何か恥かしそうに唇の隅を曲げて、かすかに笑って見せるのであった。私も思わず首を動かして挨拶《あいさつ》を返した。

それから、小駅を二三通過する間、私達はお互いの隅にすわったまま、遠くから、時々視線をまじえては、気まずくそっぽを向くことを繰返していた。外はすっかり、くらやみになっていた。窓ガラスに顔を押しつけてのぞいて見ても、時たま沖の漁船の舷燈《げんとう》が遠くポッツリと浮んでいるほかには、まったく何の光もなかった。はてしのない暗闇の中に、私達の細長い車室だけが、たった一つの世界のように、いつまでもいつまでも、ガタンガタンと動いて行った。ほの暗い車室の中に、私達二人だけを取り残して、全世界が、あらゆる生き物が、跡方もなく消えうせてしまった感じであった。

私達の二等車は、どの駅からも一人の乗客もなかったし、列車ボーイや車掌も一度も姿を見せなかった。そういうことも今になって考えて見ると、はなはだ奇怪に感じられるのである。

私は、四十歳にも六十歳にも見える、西洋の魔術師のような風采《ふうさい》のその男が、だんだんこわくなって来た。こわさというものは、ほかにまぎれる事柄のない場合には、無限に大きく、身体《からだ》じゅういっぱいにひろがって行くものである。私はついには、生毛《うぶげ》の先までもこわさにみちて、たまらなくなって、突然立上がると、向うの隅のその男の方へツカツカと歩いて行った。その男がいとわしく、恐ろしければこそ、私はその男に近づいて行ったのであった。

私は彼と向き合ったクッションへ、そっと腰をおろし、近寄れば一層異様に見える彼の皺だらけの白い顔を、私自身が妖怪ででもあるような一種不可思議な、顚倒《てんとう》した気持で、目を細め息を殺して、じっと覗きこんだものである。

男は、私が自分の席を立った時から、ずっと目で私を迎えるようにしていたが、そうして私が彼の顔をのぞきこむと、待ち受けていたように、顎《あご》で傍らの例の扁平な荷物を指し示し、何の前おきもなく、さもそれが当然の挨拶ででもあるように、

「これでございますか」

といった。その口調が、あまり当りまえであったので、私はかえってギョッとしたほどであった。

「これがご覧になりたいのでございましょう」

私が黙っているので、彼はもう一度同じことを繰返した。

「見せて下さいますか」

私は相手の調子に引込まれて、つい変なことをいってしまった。私は決してその荷物を見たいために席を立ったわけではなかったのだけれど。

「喜んでお見せ致しますよ。わたくしは、さっきから考えていたのでございますよ。あなたはきっとこれを見にお出でなさるだろうとね」

男は――むしろ老人といった方がふさわしいのだが――そう云いながら、長い指で、器用に大風呂敷をほどいて、その額みたいなものを、今度は表を向けて、窓のところへ立てかけたのである。

私はひと目チラッと、その表面を見ると、思わず目をとじた。なぜであったか、その理由は今でもわからないのだが、何となくそうしなければならぬ感じがして、数秒の間目をふさいでいた。再び目を開いた時、私の前に、かつて見たことのないような、奇妙なものがあった。といって、私はその「奇妙」な点をハッキリと説明する言葉を持たぬのだが。

額には、歌舞伎芝居の御殿の背景みたいに、いくつもの部屋を打ち抜いて、極度の遠近法で、青畳と格天井《ごうてんじょう》(注1)がはるか向うの方まで続いているような光景が、藍《あい》を主とした泥絵具で毒々しく塗りつけてあった。左手の前方には、墨黒々と不細工な書院風の窓が描かれ、おなじ色の文机《ふづくえ》がその前に角度を無視した描き方で据えてあった。それらの背景は、あの絵馬札の絵の独特な画風に似ていたといえば、いちばんよくわかるであろうか。

その背景の中に、一尺くらいの丈の二人の人物が浮き出していた。浮き出していたというのは、その人物だけが、押絵細工で出来ていたからである。黒ビロードの古風な洋服を着た白髪《しらが》の老人が、窮屈《きゆうくつ》そうにすわっていると、（不思議なことには、その容貌が髪の色をのぞくと、額の持主の老人にそのままなばかりか、着ている洋服の仕立方までそっくりであった）緋鹿《ひが》の子《こ》の振袖に黒繻子の帯のうつりのよい十七八の、水のたれるような結綿《ゆいわた》（注2）の美少女が、何ともいえぬ嬌羞《きょうしゅう》を含んで、その老人の洋服の膝にしなだれかかっている。いわば芝居の濡れ場に類する画面であった。

洋服の老人と色娘の対照が、はなはだ異様であったことはいうまでもないが、だが私が「奇妙」に感じたというのはそのことではない。

背景の粗雑に引きかえて、押絵の細工の精巧なことは驚くばかりであった。顔の部分は、白絹に凹凸《おうとつ》を作って、こまかい皺まで一つ一つ現わしてあったし、娘の髪は、ほんとうの毛髪を一本一本植えつけて、人間の髪を結うように結ってあり、老人の頭は、これも多分本ものの白髪を、丹念に植えたものに相違なかった。洋服には正しい縫い目があり、適当な場所に粟粒《あわつぶ》ほどのボタンまでつけてあるし、娘の乳のふくらみといい、腿《もも》のあたりのなまめいた曲線といい、こぼれた緋縮緬《ひぢりめん》、チラと見える肌の色、指には貝殻のような爪が生えていた。虫眼鏡でのぞいて見たら、毛穴や生毛まで、ちゃんとこしらえてあるのではないかと思われたほどである。

私は押絵といえば、羽子板の役者の似顔の細工しか見たことがなかったが、そして、羽子板の細工にはずいぶん精巧なものもあるのだけれど、この押絵は、そんなものとはまるで比較にもならぬほど、巧緻《こうち》をきわめていたのである。おそらくその道の名人の手になったものであろうか。だが、それが私のいわゆる「奇妙」な点ではなかった。

額全体がよほど古いものらしく、背景の泥絵具はところどころはげ落ちていたし、娘の緋鹿の子も老人のビロードも、見る影もなく色あせていたけれど、はげ落ち色あせたなりに、名伏し難き毒々しさを保ち、ギラギラと、見る者の眼底に焼きつくような生気を持っていたことも、不思議といえば不思議であった。だが、私の「奇妙」という意味はそれでもない。

それは、もし強いていうならば、押絵の人物が二つとも生きていたことである。

文楽の人形芝居で、一日の演技のうちに、たった一度か二度、それもほんの一瞬間、名人の使っている人形が、ふと神の息吹をかけられでもしたように、ほんとうに生きていることがあるものだが、この押絵の人物は、その生きた瞬間の人形を、命の逃げ出す隙を与えず、咄嗟《とっさ》の間に、そのまま板にはりつけたという感じで、永遠に生きながらえているかと見えたのである。

　私の表情に驚きの色を見てとったからか、老人はいともたのもしげな口調で、ほとんど叫ぶように、

「ああ、あなたはわかって下さるかも知れません」

　と云いながら、肩から下げていた、黒革のケースを、丁寧に鍵で開いて、その中から、いとも古風な双眼鏡を取り出して、それを私の方へ差出すのであった。

「これ、この遠眼鏡《とおめがね》でいちどご覧下さいませ。いえ、そこからでは近すぎます。失礼ですが、もう少しあちらの方から。左様、ちょうどその辺がようございます」

　まことに異様な頼みではあったけれど、私は限りなき好奇心のとりこになって、老人のいうがままに席を立って、額から五六歩遠ざかった。老人は私の見やすいように、両手で額を持って、電燈にかざしてくれた。今から思うと、実に変てこな気違いめいた光景であったに相違ないのである。

　遠眼鏡というのは、おそらく二三十年も以前の船来品であろうか、私達が子供の時分よく眼鏡屋の看板で見かけたような、異様な形のプリズム双眼鏡であったが、それが手ずれのために、黒い覆皮《おおいがわ》がはげて、ところどころ真鍮《しんちゅう》の生地が現われているとい

う、持主の洋服と同様に、いかにも古風な、ものなつかしい品物であった。

私は珍しさに、しばらくその双眼鏡をひねくり廻していたが、やがて、それをのぞくために、両手で眼の前に持って行った時である。突然、実に突然、老人が悲鳴に近い叫び声をたてたので、私は危うく眼鏡を取落すところであった。

「いけません。いけません。それはさかさですよ。さかさにのぞいてはいけません。いけません」

老人は、まっさおになって、目をまんまるに見開いて、しきりと手を振っていた。双眼鏡を逆にのぞくことが、なぜそれほど大変なのか、私は老人の異様な挙動を理解することが出来なかった。

「なるほど、さかさでしたっけ」

私は双眼鏡をのぞくことに気をとられていたので、この老人の不審な表情を、さして気にもとめず、眼鏡を正しい方向に持ちなおすと、急いでそれを目にあてて、押絵の人物をのぞいたのである。

焦点が合って行くに従って、二つの円形の視野が、徐々に一つに重なり、ボンヤリとした虹のようなものが、だんだんハッキリして来ると、びっくりするほど大きな娘の胸から上が、それが全世界ででもあるように、私の眼界いっぱいにひろがった。

あんなふうなものの現われ方を、私は後にも先にも見たことがないので、読む人にわからせるのが難儀なのだが、それに近い感じを思い出して見ると、たとえば舟の上から海にもぐった海女《あま》の或る瞬間の姿に似ていたとでも形容すべきであろうか。海女の裸身が、底の方にある時は、青い水の層の複雑な動揺のために、その身体がまるで海草のように、不自然にクネクネと曲り、輪廓《りんかく》もぼやけて、白っぽいお化けみたいに見えているが、それが、スーッと浮き上がって来るにしたがって、水の層の青さがだんだん薄くなり、形がハッキリして来て、ポッカリと水上に姿を現わすその瞬間、ハッと目が覚めたように、水中の白いお化けがたちまち人間の正体を曝露《ばくろ》するのである。ちょうどそれと同じ感じで、押絵の娘は、双眼鏡の中で私の前に姿を現わし、実物大の一人の生きた娘としてうごき始めたのである。

十九世紀の古風なプリズム双眼鏡の玉の向う側には、まったく私たちの思いも及ばぬ別世界があって、そこに結綿の色娘と、古風な洋服の白髪男とが、奇怪な生活をいとなんでいる。のぞいてはわるいものを、私は今魔法使いにのぞかされているのだ、といったような形容の出来ない変てこな気持で、しかし私は憑《つ》かれたようにその不可思議な世界に見入ってしまった。

娘は動いていたわけではないが、その全身の感じが、肉眼で見た時とは、ガラリと変って、生気に満ち、青白い顔がやや桃色に上気し、胸は脈打ち（実際私は心臓の鼓動をさえ聞いた）肉体からは縮緬の衣裳を通して、むしむしと若い女の生気が蒸発しているように思われた。

私はひと渡り女の全身を、双眼鏡の先で舐め廻してから、その娘がしなだれ掛《かか》っている、仕合せな白髪男の方へ眼鏡を転じた。

老人も、双眼鏡の世界で、生きていたことは同じであったが、見たところ四十も違う若い女の肩に手を廻して、さも幸福そうな形でありながら、妙なことには、レンズいっぱいの大きさにうつった彼の皺の多い顔が、その何百本の皺の底で、いぶかしく苦悶《くもん》の相を現わしているのである。それは、老人の顔がレンズのために眼前一尺の近さに、異様に大きくせまっていたからでもあったであろうが、見つめていればいるほど、ゾッとこわくなるような、悲痛と恐怖とのまじり合った一種異様の表情であった。

それを見ると、私はうなされたような気分になって、双眼鏡をのぞいていることが、耐え難く感じられたので、思わず目を離して、キョロキョロとあたりを見廻した。すると、それはやっぱり淋しい夜の汽車の中であって、押絵の額も、それをささげた老人の姿も、元のままで、窓の外はまっ暗だし、単調な車輪の響きも、変りなく聞こえていた。悪夢からさめた気持であった。

「あなた様は、不思議そうな顔をしておいでなさいますね」

老人は、額を元の窓のところへ立てかけて、席につくと、私にもその向う側へすわるように、手真似《てまね》をしながら、私の顔を見つめてこんなことをいった。

「私の頭が、どうかしているようです。いやに蒸しますね」

私はてれ隠しみたいな挨拶をした。すると老人は、猫背になって、顔をぐっと私の方へ近寄せ、膝の上で細長い指を、合図でもするようにヘラヘラと動かしながら、低い低い囁《ささや》き声になって、

「あれらは、生きておりましたろう」

といった。そして、さも一大事を打明けるといった調子で、いっそう猫背になって、ギラギラした目をまん丸に見開いて、私の顔を穴のあくほど見つめながら、こんなことを囁くのであった。

「あなたは、あれらの、ほんとうの身の上話を聞きたいとはおぼしめしませんかね」

私は汽車の動揺と、車輪の響きのために、老人の低い、つぶやくような声を、聞き間違えたのではないかと思った。

「身の上話とおっしゃいましたか」

「身の上話でございますよ」老人はやっぱり低い声で答えた。「ことに、一方の、白

髪の老人の身の上話をでございますよ」

「若い時分からのですか」

私も、その晩は、なぜか妙に調子はずれなものの云い方をした。

「ハイ、あれが二十五歳の時の、お話でございますよ」

「ぜひうかがいたいものですね」

私は、普通の生きた人間の身の上話をでも催促するように、ごく何でもないことのように、老人をうながしたのである。すると、老人は顔の皺を、さもうれしそうにゆがめて、「ああ、あなたは、やっぱり聞いて下さいますね」と云いながら、さて、次のような世にも不思議な物語を始めたのであった。

「それはもう、生涯の大事件ですから、よく記憶しておりますが、明治二十八年四月の、兄があんなに（といって押絵の老人を指さした）なりましたのが、二十七日の夕方のことでございました。当時、私も兄も、まだ部屋住みで、住居は日本橋通《にほんばしどおり》三丁目でして、親爺《おやじ》は呉服商を営んでおりましたがね、何でも浅草《あさくさ》の十二階が出来て、間もなくのことでございましたよ。だもんですから、兄なんぞは、毎日のようにあの凌雲閣《りょううんかく》へ登って喜んでいたものです。と申しますのが、兄は妙に異国物が好きで新しがり屋でございましたからね。この遠眼鏡にしろ、やっぱりそれで、兄が外国船の船長の持ちものだったという奴を、横浜の支那人町の、変てこな道具屋の店先で、めっけて来ましてね。当時にしちゃあ、ずいぶん高いお金を払ったと申しておりましたっけ」

老人は「兄が」というたびに、まるでそこにその人がすわってでもいるように、押絵の老人の方に目をやったり、指さしたりした。老人は彼の記憶にあるほんとうの兄と、その押絵の白髪の老人とを、混同して、押絵が生きて彼の話を聞いてでもいるような、すぐそばに第三者を意識したような話し方をした。だが、不思議なことに、私はそれを少しもおかしいとは感じなかった。私達はその瞬間、自然の法則を超越した、我々の世界とどこかでくいちがっているところの、別の世界に住んでいたらしいのである。

「あなたは、十二階へお登りなすったことがおありですか。ああ、おありなさらない。それは残念ですね。あれは一体どこの魔法使いが建てましたものか、実に途方もない変てこれんな代物《しろもの》でございましたよ。表面はイタリーの技師のバルトンと申すものが設計したことになっていましたがね。まあ考えてご覧なさい。その頃の浅草公園といえば名物がまず蜘蛛男《くもおとこ》の見世物、娘剣舞に、玉乗り、源水《げんすい》の独楽《こま》廻しに、のぞきからくりなどで、せいぜい変ったところが、お富士さまの作りものに、メーズといって、八陣隠れ杉《やじんがくれすぎ》(注3)の見世物ぐらいでございましたからね。そこへあなた、ニョキニョキと、まあとんでもない高い煉瓦《れんが》造りの塔が出来ちまったんですから、驚くじゃございませんか。高さが四十六間と申しますから、半丁の余で、八角型の頂上が、唐人の帽子みたいにとんがっていて、ちょっと高台へ登りさえすれば、東京中どこからでも、その赤いお化《ばけ》が見られたものです。

「今も申す通り明治二十八年の春、兄がこの遠眼鏡を手にいれて間もない頃でした。兄の身に妙なことが起って参りました。親爺なんぞ、兄め気でも違うのじゃないかって、ひどく心配しておりましたが、私もね、お察しでしょうが、ばかに兄思いでしてね、兄の変てこれんなそぶりが、心配でたまらなかったものです、どんなふうかと申しますと、兄はご飯もろくろくたべないで、家内の者とも口をきかず、家にいる時は一《ひ》と間にとじこもって考えごとばかりしている。身体は痩《や》せてしまい、顔は肺病やみのように土気色で、目ばかりギョロギョロさせている。もっともふだんから顔色のいい方じゃあございませんでしたがね、それが一倍青ざめて、沈んでいるのですから、ほんとうに気の毒なようでした。その癖《くせ》ね、そんなでいて、毎日欠かさず、まるで勤めにでも出るように、おひるッから、日暮れ時分まで、フラフラとどっかへ出掛けるんです。どこへ行くのかって聞いて見ても、ちっともいいません。母親が心配して、兄のふさいでいるわけを、手をかえ品をかえて尋ねても、少しも打明けません。そんなことが一と月ほども続いたのですよ。

「あんまり心配だものだから、私がある日、兄はいったいどこへ出掛けるのかと、ソッとあとをつけました。そうするように母親が私に頼むもんですからね。兄はその日も、ちょうど今日のように、どんよりとした、いやな日でござんしたが、おひるすぎから、その頃兄の工夫《くふう》で仕立てさせた、当時としてはとびきりハイカラな、黒ビロードの洋服を着ましてね、この遠眼鏡を肩から下げ、ヒョロヒョロと日本橋通りの、馬車鉄道の方へ歩いて行くのです。私は兄に気どられぬように、ついて行ったわけですよ。よござんすか。しますとね、兄は上野行きの馬車鉄道を待ち合わせて、ひょいとそれに乗り込んでしまったのです。当今の電車と違って、次の車に乗ってあとをつけるというわけにはいきません。何しろ車台が少なござんすからね。私は仕方がないので、母親にもらったお小遣をふんぱつして、人力車に乗りました。人力車だって、少し威勢のいい挽子《ひきこ》なれば馬車鉄道を見失なわないようにあとをつけるなんぞわけなかったものでございますよ。

「兄が馬車鉄道を降りると、私も人力車を降りて、又テクテクと跡をつける。そうして、行きついたところが、なんと浅草の観音様じゃございませんか。兄は仲店《なかみせ》から、お堂の前を素通りをして、お堂裏の見世物小屋の間を、人波をかき分けるようにして、さっき申し上げた十二階の前まで来ますと、石の門をはいって、お金を払って『凌雲閣』という額の上がった入口から、塔の中へ姿を消したじゃあございませんか。まさか兄がこんなところへ、毎日毎日通っていようとは、夢にも存じませんので、私はあきれてしまいました。子供心にね、私はその時まだ二十《はたち》にもなってませんでしたので、兄はこの十二階の化物に魅入られたんじゃないかなんて、変なことを考えたものですよ。

「私は十二階へは、父親につれられて、一度登ったきりでその後行ったことがありませんので、何だか気味がわるいように思いましたが、兄が登って行くものですから、仕方がないので、私も、一階くらいおくれて、あの薄暗い石の段々を登って行きました。窓も大きくござんせんし、煉瓦の壁が厚うござんすので、穴蔵のように冷え冷えと致しましてね。それに日清戦争の当時ですから、その頃は珍しかった戦争の油絵が、一方の壁にずっとかけ並べてあります。まるで、狼みたいなおっそろしい顔をして吠えながら突貫している日本兵や、剣つき鉄砲に脇腹をえぐられて、ふき出す血のりを両手で押えて、顔や唇を紫色にしてもがいている支那兵や、ちょんぎられた弁髪の頭が風船玉のように空高く飛び上がっているところや、何とも云えない毒々しい、血みどろの油絵が、窓からの薄暗い光線でテラテラと光っているのでございますよ。その間を、陰気な石の段々が、蝸牛《かたつむり》の殻みたいに、上へ上へと際限もなく続いております。ほんとうに変てこれんな気持ちでしたよ。

「頂上は八角形の欄干《らんかん》だけで、壁のない、見晴らしの廊下になっていましてね、そこへたどりつくと、にわかにパッと明るくなって、今までの薄暗い道中が長うござんしただけに、びっくりしてしまいました。雲が手の届きそうな低いところにあって、見渡すと、東京中の屋根が、ごみみたいに、ゴチャゴチャしていて、品川のお台場が、盆石のように見えております。目まいがしそうなのを我慢して、下をのぞきますと、観音様のお堂だってずっと低い所にありますし、小屋掛けの見世物が、おもちゃのようで、歩いている人間が、頭と足ばかりに見えるのです。

「頂上には、十人あまりの見物がひとかたまりになって、おっかなそうな顔をして、ボソボソ小声でささやきながら、品川の海の方をながめておりましたが、兄はと見ると、それとは離れた場所に、一人ぽっちで、遠眼鏡を目にあてて、しきりと浅草の境内をながめ廻しておりました。それをうしろから見ますと、白っぽくどんよりとした雲ばかりの中に、兄のビロードの洋服姿が、クッキリと浮き上がって、下の方のゴチャゴチャしたものが何も見えぬものですから、兄だということはわかっていましても、何だか西洋の油絵の中の人物みたいな気持がして、神々しいようで、言葉をかけるのもはばかられたほどでございましたっけ。

「でも、母のいいつけを思い出しますと、そうもしていられませんので、私は兄のうしろに近づいて『兄さん何を見ていらっしゃいます』と声をかけたのでございます。兄はビクッとして振向きましたが、気まずい顔をして何もいいません。私は『兄さんのこの頃のご様子には、お父さんもお母さんも、大変心配していらっしゃいます。毎日毎日どこへお出掛けなさるのかと不思議に思っておりましたら、兄さんはこんなところへ来ていらっしったのでございますね。どうかそのわけをいって下さいまし。日頃仲よしの私にだけでも打明けて下さいまし』と近くに人のいないのを幸いに、その塔の上で、兄を口説《くど》いたものですよ。

「なかなか打明けませんでしたが、私が繰返し繰返し頼むものですから、兄も根負けをしたと見えまして、とうとう一カ月来の胸の秘密を私に話してくれました。ところが、その兄の煩悶《はんもん》の原因と申すものが、これが又まことに変てこれんな事柄だったのでございますよ。兄が申しますにはひと月ばかり前に、十二階へ昇りまして、この遠眼鏡で観音様の境内をながめておりました時、人ごみの間に、チラッと、一人の娘の顔を見たのだそうでございます。その娘が、それはもう何とも云えない、此の世のものとも思えない美しい人で、日頃女にはいっこう冷淡であった兄も、その遠眼鏡の中の娘だけには、ゾッと寒気がしたほども、すっかり心を乱されてしまったと申しますよ。

「その時兄は、ひと目見ただけで、びっくりして、遠眼鏡をはずしてしまったものですから、もう一度見ようと思って、同じ見当を夢中になって探したそうですが、眼鏡の先が、どうしてもその娘の顔にぶっつかりません。遠眼鏡では近くに見えても実際は遠方のことですし、沢山の人ごみの中ですから、一度見えたからといって、二度目に探し出せるときまったものではございませんからね。

「それからと申すもの、兄はこの眼鏡の中の美しい娘が忘れられず、ごくごく内気な人でしたから、古風な恋わずらいをわずらい始めたのでございます。今のお人はお笑いなさるかも知れませんが、その頃の人間は、まことにおっとりしたものでして、行きずりにひと目見た女を恋して、わずらいついた男なども多かった時代でございますからね。いうまでもなく、兄はそんなご飯もろくろくたべられないような、衰えた身体を引きずって、又その娘が観音様の境内を通りかかることもあろうかと、悲しい空《そら》頼《だの》みから、毎日毎日、勤めのように、十二階に登っては、眼鏡をのぞいていたわけでございます。恋というものは不思議なものでございますね。

「兄は私に打明けてしまうと、又熱病やみのように眼鏡をのぞき始めましたっけが、私は兄の気持にすっかり同情致しましてね、千に一つも望みのない、無駄な探しものですけれど、お止《よ》しなさいと止めだてする気も起らず、あまりのことに涙ぐんで、兄のうしろ姿をじっと眺めていたものですよ。するとその時……ああ、私は、あのあやしくも美しかった光景を、いまだに忘れることが出来ません。三十年以上も昔のことですけれど、こうして眼をふさぎますと、その夢のような色どりが、まざまざと浮んで来るほどでございます。

「さっきも申しました通り、兄のうしろに立っていますと、見えるものは空ばかりで、モヤモヤした、むら雲のなかに、兄のほっそりとした洋服姿が絵のように浮き上がって、むら雲の方で動いているのを、兄の身体が宙に漂うかと見誤まるばかりでございましたが、そこへ、突然花火でも打上げたように、白っぽい大空の中を、赤や青や紫の無数の玉が、先を争って、フワリフワリと昇って行ったのでございます。お話ししたのではわかりますまいが、ほんとうに絵のようで、又何かの前兆のようで、私は何ともいえない妖しい気持になったものでした。何であろうと、急いで下をのぞいて見ますと、どうかしたはずみで、風船屋が粗相をして、ゴム風船を一度に空へ飛ばしたものとわかりましたが、その時分は、ゴム風船そのものが、今よりはずっと珍しうござんしたから、正体が分っても、私はまだ妙な気持がしておりましたものですよ。

「妙なもので、それがきっかけになったというわけでもありますまいが、ちょうどその時、兄は非常に興奮した様子で、青白い顔をぽっと赤らめ、息をはずませて、私の方へやって参り、いきなり私の手をとって『さあ行こう。早く行かぬと間に合わぬ』と申して、グングン私を引《ひっ》ぱるのでございます。引ぱられて、塔の石段をかけ降りながら、わけを尋ねますと、いつかの娘さんが見つかったらしいので、青畳を敷いた広い座敷にすわっていたから、これから行っても大丈夫元のところにいると申すのでございます。

「兄が見当をつけた場所というのは、観音堂の裏手の、大きな松の木が目印で、そこに広い座敷があったと申すのですが、さて、二人でそこへ行って、探して見ましても、松の木はちゃんとありますけれど、その近所には、家らしい家もなく、まるで狐につままれた塩梅《あんばい》なのですよ。兄の気の迷いだとは思いましたが、しおれ返っている様子が、あまり気の毒だものですから、気休めに、その辺の掛茶屋《かけぢゃや》などを尋ね廻って見ましたけれども、そんな娘さんの影も形もありません。

「探している間に、兄と分れ分れになってしまいましたが、掛茶屋を一巡して、しばらくたって元の松の木の下へ戻って参りますとね、そこにはいろいろな露店に並んで、一軒ののぞきからくり屋が、ピシャンピシャンと鞭《むち》の音を立てて、商売をしておりましたが、見ますと、そののぞきの眼鏡を、兄が中腰になって、一生懸命のぞいていたじゃございませんか。兄さん何をしていらっしゃる、といって肩をたたきますと、ビックリして振向きましたが、その時の兄の顔を、私はいまだに忘れることが出来ませんよ。何と申せばよろしいか、夢を見ているようなとでも申しますか、顔の筋がたるんでしまって、遠いところを見ている目つきになって、私に話す声さえも、変にうつろに聞えたのでございます。そして、お前、私たちが探していた娘さんはこの中にいるよと申すのです。

「そう云われたものですから、私は急いでおあしを払ってのぞきの眼鏡をのぞいて見ますと、それは八百屋《やおや》お七《しち》ののぞきからくりでした。ちょうど吉祥寺の書院で、お七が吉三《きちざ》にしなだれかかっている絵が出ておりました。忘れもしません、からくり屋の夫婦者はしわがれ声を合せて、鞭で拍子を取りながら『膝をつつらついて、目で知らせ』と申す文句を歌っているところでした。ああ『膝をつつらついて、目で知らせ』という変な節廻しが、耳についているようでございます。

「のぞき絵の人物は押絵になっておりましたが、その道の名人の作であったのでしょうね。お七の顔の生き生きとしてきれいであったこと、私の目にさえほんとうに生きているように見えたのですから、兄があんなことを申したのもまったく無理はありません。兄が申しますには『たとえこの娘さんがこしらえものの押絵だと分っても、私はどうもあきらめられない。悲しいことだがあきらめられない。たった一度でいい、私もあの吉三のように、押絵の中の男になって、この娘さんと話がして見たい』と、ぼんやりとそこに突っ立ったまま、動こうともしないのでございます。考えて見ますと、そののぞきからくりの絵は、光線をとるために上の方が開けてあるので、それがななめに十二階の頂上からも見えたものに違いありません。

「その時分には、もう日が暮れかけて、人足《ひとあし》もまばらになり、のぞきの前にも、二三人のおかっぱの子供が、未練らしく立ち去りかねてウロウロしているばかりでした。昼間からどんよりと曇っていたのが、日暮には、今にもひと雨来そうに雲が下がって来て、一層圧《おさ》えつけられるような、気でも狂うのじゃないかと思うような、いやな天候になっておりました。そして、耳の底にドロドロと太鼓の鳴っているような音が聞こえているのですよ。その中で、兄はじっと遠くの方を見据えて、いつまでも、立ちつくしておりました。その間が、たっぷり一時間はあったように思われます。

「もうすっかり暮れきって、遠くの玉乗りの花ガスがチロチロと美しく輝き出した時分に、兄はハッと目がさめたように、突然私の腕をつかんで『ああ、いいことを思いついた。お前、お頼みだから、この遠眼鏡をさかさにして、大きなガラス玉の方を目にあてて、そこから私を見ておくれでないか』と、変なことを云い出しました。なぜですって尋ねても、『まあいいから、そうしておくれな』と申して聞かないのでございます。私はいったい眼鏡類をあまり好みませんので、遠眼鏡にしろ、顕微鏡にしろ、遠いところのものが目の前にとびついて来たり、小さな虫けらが、けだものみたいに大きくなる、お化じみた作用が薄気味わるいのですよ。で、兄の秘蔵の遠眼鏡も、あまりのぞいたことがなく、のぞいたことが少いだけに、余計それが魔性の機械に思われたものです。しかも、日が暮れて人顔もさだかに見えぬ、うすら淋しい観音堂の裏で、遠眼鏡をさかさまにして、兄をのぞくなんて、気違いじみてもいますれば、薄気味わるくもありましたが、兄がたって頼むものですから、仕方なく云われた通りにしてのぞいたのですよ。さかさにのぞくのですから、二三間《げん》向うに立っている兄の姿が、二尺くらいに小さくなって、小さいだけに、ハッキリと闇の中に浮き出して見えるのです。ほかの景色は何もうつらないで、小さくなった兄の洋服姿だけが、眼鏡のまん中に、チンと立っているのです。それが、多分兄があとじさりに歩いて行ったのでしょう、見る見る小さくなって、とうとう一尺くらいの人形みたいな、かわいらしい姿になってしまいました。そして、その姿が、スーッと宙に浮いたかと見ると、アッと思う間に、闇の中へ溶け込んでしまったのでございます。

「私はこわくなって、(こんなことを申すと、年甲斐《としがい》もないと思し召しましょうが、その時は、ほんとうにゾッと、こわさが身にしみたものですよ)いきなり眼鏡を離して、『兄さん』と呼んで、兄の見えなくなった方へ走り出しました。どうした訳か、探しても探しても兄の姿が見えません。時間から申しても、遠くへ行ったはずはないのに、どこを尋ねても分りません。なんと、あなた、こうして私の兄は、それっきりこの世から姿を消してしまったのでございますよ……それ以来というもの、私はいっそう遠眼鏡という魔性の器械を恐れるようになりました。ことにも、このどこの国の船長とも分らぬ、異人の持ちものであった遠眼鏡が、特別にいやでして、ほかの眼鏡は知らず、この眼鏡だけは、どんなことがあっても、さかさに見てはならぬ、さかさにのぞけば凶事《きょうじ》が起ると、固く信じているのでございます。あなたがさっき、これをさかさにお持ちなすった時、私があわててお止め申したわけがおわかりでございましょう。

「ところが、長い間探し疲れて、元ののぞき屋の前へ戻って参った時でした。私はハタとあることに気がついたのです。と申すのは、兄は押絵の娘に恋こがれたあまり、魔性の遠眼鏡の力を借りて、自分の身体を押絵の娘と同じくらいの大きさに縮めて、ソッと押絵の世界へ忍び込んだのではあるまいかということでした。そこで、私はまだ店をかたづけないでいたのぞき屋に頼みまして、吉祥寺の場を見せてもらいましたが、なんとあなた、案の定、兄は押絵になって、カンテラの光の中で、吉三のかわりに、うれしそうな顔をして、お七を抱きしめていたではありませんか。

「でもね、私は悲しいとは思いませんで、そうして本望を達した兄の仕合せが、涙の出るほどうれしかったものですよ。私はその絵をどんなに高くてもよいから、必ず私に譲ってくれと、のぞき屋に固い約束をして、（妙なことに、小姓の吉三の代りに洋服姿の兄がすわっているのを、のぞき屋は少しも気がつかない様子でした）家へ飛んで帰って一部始終を母に告げましたところ、父も母も、何をいうのだ、お前は気でも違ったのじゃないかと申して、何といっても取上げてくれません。おかしいじゃありませんか。ハハ、ハハハハハ」

老人は、そこで、さも滑稽《こっけい》だといわぬばかりに笑い出した。そして、変なことには、私もまた老人に同感していっしょになって、ゲラゲラと笑ったのである。

「あの人たちは、人間は押絵なんぞになるものじゃないと思いこんでいたのですよ。でも押絵になった証拠には、その後兄の姿が、ふっつりと、この世から見えなくなってしまったではありませんか。それをも、あの人たちは、家出したのだなんぞと、まるで見当違いなあて推量をしているのですよ。おかしいですね。結局、私は何といわれても構わず、母にお金をねだって、とうとうそののぞき絵を手に入れ、それを持って、箱根から鎌倉の方へ旅をしました。それはね、兄に新婚旅行がさせてやりたかったからですよ。こうして汽車に乗っておりますと、その時のことを思い出してなりません。やっぱり、今日のように、この絵を窓に立てかけて、兄や兄の恋人に、外の景色を見せてやったのですからね。兄はどんなにか仕合せでございましたろう。娘の方でも、兄のこれほどの真心を、どうしていやに思いましょう。二人はほんとうの新婚者のように、恥かしそうに顔を赤らめ、お互いの肌と肌とを触れ合って、さもむつまじく、つきぬ睦言《むつごと》を語り合ったものでございますよ。

「その後、父は東京の商売をたたみ、富山《とやま》近くの故郷へ引込みましたので、それにつれて、私もずっとそこに住んでおりますが、あれからもう三十年の余になりますので、久々で兄にも変った東京を見せてやりたいと思いましてね、こうして兄といっしょに旅をしているわけでございますよ。

「ところが、あなた、悲しいことは、娘の方は、いくら生きているとはいえ、もともと人のこしらえたものですから年をとるということがありませんけれど、兄の方は、押絵になっても、それは無理やり形を変えたまでで、根が寿命のある人間のことですから、私達と同じように年をとって参ります。ご覧下さいまし、廿五歳《にじゅうご》の美少年であった兄がもうあのように白髪になって、顔にはみにくい皺が寄ってしまいました。兄の身にとってはどんなに悲しいことでございましょう。相手の娘はいつまでも若くて美しいのに、自分ばかりが汚なく老い込んで行くのですもの、恐ろしいことです。兄は悲しげな顔をしております。数年以前から、いつもあんな苦しそうな顔をしております。それを思うと私は兄が気の毒で仕様がないのでございますよ」

老人は黯然《あんぜん》として押絵の中の老人を見やっていたが、やがて、ふと気がついたように、

「ああ、とんだ長話を致しました。しかし、あなたは分って下さいましたでしょうね。ほかの人たちのように、私を気違いだとはおっしゃいませんでしょうね。ああ、それで私も話し甲斐があったと申すものですよ。どれ兄さんたちもくたびれたでしょう。それに、あなた方を前において、あんな話をしましたので、さぞかし恥かしがっておいででしょう。では、今やすませてあげますよ」

と云いながら、押絵の額を、ソッと黒い風呂敷に包むのであった。その刹那、私の気のせいだったのか、押絵の人形たちの顔が、少しくずれて、ちょっと恥かしそうに、唇の隅で、私に挨拶の微笑を送ったように見えたのである。

老人はそれきり黙り込んでしまった。私も黙っていた。汽車はあいも変らず、ゴト

ンゴトンと鈍い音を立てて闇の中を走っていた。

十分ばかりそうしていると、車輪の音がのろくなって、窓の外にチラチラと、二つ三つの燈火《あかり》が見え、汽車は、どことも知れぬ山間の小駅に停車した。駅員がたった一人、ぽっつりとプラットフォームに立っているのが見えた。

「ではお先へ、私はひと晩ここの親戚へ泊りますので」

老人は額の包みをかかえてヒョイと立上がり、そんな挨拶を残して、車の外へ出て行ったが、窓から見ていると、細長い老人の後姿は（それが何と押絵の老人そのままの姿であったことか）簡略な柵のところで、駅員に切符を渡したかと見ると、そのまま、背後の闇の中へ溶けこむように消えていったのである。

（「新青年」昭和四年六月号）

注1　格天井
　格子に組んだ角材に板を張った天井。格式が高いとされる。

注2　結綿
　未婚女性の髪型。低く結った島田髷《まげ》に手絡《てがら》という飾り布をつける。

注3　八陣隠れ杉
　庭園に造られた迷路。浅草や横浜で興行された。

火星の運河

又あそこへ来たなという、寒いような魅力が私をおののかせた。にぶ色の闇が私の全世界をおおいつくしていた。恐らくは音も、匂いも、触覚さえもが私の身体《からだ》から蒸発してしまって、煉羊羹《ねりようかん》のこまやかに澱《よど》んだ色彩ばかりが、私のまわりを包んでいた。

頭の上には夕立雲のように、まっくらに層をなした木の葉が、音もなくしずまり返って、そこからは巨大な黒褐色《こくかっしょく》の樹幹が、滝をなして地上に降り注ぎ、観兵式《かんぺいしき》の兵列のように、目も遙かに四方にうち続いて、末は奥知れぬ闇の中に消えていた。

幾層の木の葉の闇のその上には、どのようなうららかな日が照っているか、或《ある》いは、どのような冷たい風が吹きすさんでいるか、私には少しもわからなかった。ただわかっていることは、私が今、果てしも知らぬ大森林の下闇を、行方定めず歩きつづけている、その単調な事実だけであった。歩いても歩いても、幾抱えの大木の幹を、次から次へと、迎え見送るばかりで、景色は少しも変らなかった。足の下には、この森が出来て以来、幾百年の落葉が、湿気に充ちたクッションをなして、歩くたびに、ジクジクと、音を立てているに相違なかった。

聴覚のない薄闇の世界は、この世からあらゆる生物が死滅したことを感じさせた。或いは又、不気味にも、森全体がめしいたる魑魅魍魎《ちみもうりょう》に充ち満ちているが如くにも、思われないではなかった。くちなわのような山蛭《やまびる》が、まっくらな天井から、雨垂《あまだれ》をなして、私の襟くびにそそいでいるのが想像された。私の眼界には一物の動くものとてはなかったけれど、背後には、くらげの如きあやしの生きものが、ウヨウヨと身をすり合わせて、声なき笑いを合唱しているのかも知れなかった。

でも、暗闇と、暗闇の中に住むものとが、私を怖がらせたのは云うまでもないけれど、それらにもまして、いつもながらこの森の無限が、奥底の知れぬ恐怖をもって、私に迫った。それは、生れたばかりの嬰児《えいじ》が、広々とした空間に畏怖《いふ》して、手足をちぢめ、恐れおののくが如き感じであった。

私は「母さん、怖いよう」と叫びそうになるのを、やっとこらえながら、一刻も早く、闇の世界を逃れ出そうとあせった。

しかし、あがけばあがくほど、森の下闇は、ますます暗さをまして行った。何年のあいだ、或いは何十年のあいだ、私はそこを歩きつづけたことだろう！　そこには時というものがなかった。日暮れも夜明けもなかった。歩き始めたのが昨日であったか、何十年の昔であったか、それさえ曖昧《あいまい》な感じであった。

私はふと、未来永劫《みらいえいごう》、この森の中に大きな大きな円を描いて歩きつづけているのではないかと疑いはじめた。外界の何物よりも私自身の歩幅《ほはば》の不確実が恐ろしかった。

私はかつて、右足と左足との歩きぐせに、たった一インチの相違があったために、沙《さ》漠《ばく》の中を円を描いて歩き続けた旅人の話を聞いていた。沙漠には雲がはれて、日も出よう、星もまたたこう。しかし、暗闇の森の中には、いつまで待っても、なんの目印も現われてはくれないのだ。世にためしなき恐れであった。私はその時の、心《しん》の髄《ずい》からのおののきを、なんと形容すればよいのであろう。

私は生れてから、この同じ恐れを、幾たびと知れず味わった。しかし、ひと度《たび》ごとに、云い知れぬ恐怖の念は、そして、それに伴なうあるとしもなき懐かしさは、共に増しこそすれ、決して減じはしなかった。そのように度々のことながら、どの場合にも、不思議なことには、いつどこから森にはいって、いつ又どこから森を抜け出すことが出来たのやら、少しも記憶していなかった。一度ずつ、まったく新たなる恐怖が私の魂を圧《お》し縮めた。巨大なる死の薄闇を、豆つぶのような私という人間が、息を切り汗を流して、いつまでも歩いていた。

ふと気がつくと、私の周囲には異様な薄明りが漂いはじめていた。それは例えば、幕に映った幻燈の光のように、この世のほかの明るさであったけれど、でも、歩くにしたがって闇はしりえに退いていった。

「なんだ、これが森の出口だったのか」

私はそれをどうして忘れていたのであろう。そして、まるで永久にそこにとじ込められた人のように、おじ恐れていたのであろう。

私は水中を駈けるに似た抵抗を感じながら、でも次第に光の方へ近づいて行った。近づくにしたがって、森の切れ目が現われ、懐かしき大空が見え初めた。しかしあの空の色は、あれが私たちの空であったのだろうか。そして、その向うに見えるものは？　ああ、私はやっぱりまだ森を出ることが出来ないのだった。森の果てとばかり思い込んでいたところは、その実森のまん中であったのだ。

そこには、直径一丁(注1)ばかりの丸い沼があった。沼のまわりは、少しの余地も残さず、直ちに森が囲んでいた。そのどちらの方角を見渡しても、末はあやめも知れぬ闇となり、今まで私の歩いて来たのより浅い森はないように見えた。

度々森をさまよいながら、私はこんな沼のあることを少しも知らなかった。それ故、パッと森を出離れて、沼の岸に立った時、そこの景色の美しさに、私はめまいを感じた。万花鏡《まんげきょう》を一転して、ふと幻怪《げんかい》な花を発見した感じである。しかし、そこには万花鏡のような華やかな色彩があるわけではなく、空も森も水も、空はこの世のものならぬいぶし銀、森は黒ずんだ緑と茶、そして水は、それらの単調な色どりを映しているに過ぎないのだ。それにもかかわらず、この美しさは何物の業《わざ》であろう。銀鼠《ぎんねず》の空の色か。巨大な蜘蛛《くも》が今獲《え》ものをめがけて飛びかかろうとしているような、奇怪なる樹木たちの枝ぶりか。固体のようにおし黙って、無限の底に空を映した沼の景色か。それもそうだ。しかしもっとほかにある。えたいの知れぬものがある。音もなく、匂いもなく、肌触りさえない世界の故か。そして、それらの聴覚、嗅覚、触覚が、たった一つの視覚に集められているためか。それもそうだ。しかしもっとほかにある。空も森も水も、何者かを待ち望んで、ハチ切れそうに見えるではないか。彼らの貪婪《どんらん》きわまりなき慾情が、いぶきとなってふき出しているではないか。しかしそれがなぜなればかくも私の心をそそるのか。

私は何気なく、眼を外界から私自身の、いぶかしくも裸の身体に移した。そして、そこに、男のではなくて、豊満なる乙女《おとめ》の肉体を見出した時、私が男であったことをうち忘れて、さも当然のようにほおえんだ。ああこの肉体だ！　私は余りの嬉しさに、心臓が喉《のど》の辺まで飛び上がるのを感じた。

私の肉体は、（それは不思議にも私の恋人のそれと、そっくり生きうつしなのだが）なんとまあすばらしい美しさであろう。ぬれ鬘《かつら》の如く、豊かにたくましき黒髪、アラビヤ馬に似て、精悍《せいかん》にはりきった五体、蛇の腹のようにつややかに青白き皮膚の色、この肉体をもって、私は幾人の男子を征服して来たか、私という女王の前に、彼らがどのような有様でひれ俯《ふ》したか。

今こそ、何もかも明白になった。私は不思議な沼の美しさを、ようやく悟ることが出来たのだ。

「おお、お前たちはどんなに私を待ちこがれていたことであろう。幾千年、幾万年、お前たち、空も森も水も、ただこの一刹那《いっせつな》のために生き永らえていたのではないか。お待ち遠さま！　さあ、今、私はお前たちの烈《はげ》しい願いをかなえて上げるのだよ」

この景色の美しさは、それ自身完全なものではなかった。何かの背景としてそうであったのだ。そして今、この私が、世にもすばらしい俳優として彼らの前に現われたのだ。

闇の森に囲まれた底なし沼の、深くこまやかな灰色の世界に、私の雪白《せっぱく》の肌が、如何に調和よく、如何に輝かしく見えたことであろう。なんという大芝居だ。なんという奥底知れぬ美しさだ。

私は一歩沼の中に足を踏み入れた。そして、黒い水の中央に、同じ黒さで浮かんでいる、一つの岩をめがけて、静かに泳ぎはじめた。水は冷たくも暖かくもなかった。油のようにトロリとして、手と足を動かすにつれてその部分だけ波立つけれど、音もしなければ、抵抗も感じない。私は胸のあたりに、ふた筋三筋の静かな波紋を描いて、ちょうどまっ白な水鳥が、風なき水面をすべるように、音もなく進んで行った。やがて、中心に達すると、黒くヌルヌルした岩の上に這い上がる。その様は、例えば夕凪《ゆうなぎ》の海に踊る人魚のようにも見えたであろうか。

今、私はその岩の上にスックと立ち上がった。おお、何という美しさだ。私は顔を空《そら》ざまにして、あらん限りの肺臓の力をもって、花火のような一《ひ》と声をあげた。胸と喉の筋肉が無限のように伸びて、一点のようにちぢんだ。

それから、極端な筋肉の運動が始められた。それがまあ、どんなにすばらしいものであったか。青大将がまっ二つにちぎれてのたうち廻るのだ。尺取虫と芋虫とみみずの断末魔《だんまつま》だ。無限の快楽に或いは無限の痛苦にもがくけだものだ。

踊り疲れると、私は喉をうるおすために、黒い水中に飛び込んだ。そして、胃の腑の受け容れるだけ、水銀のように重い水を飲んだ。

そうして踊り狂いながらも、私は何か物足らなかった。私ばかりでなく、周囲の背景たちも不思議に緊張をゆるめなかった。彼らはこの上に、まだ何事を待ち望んでいるのであろう。

「そうだ、紅《くれない》の一と色だ」

私は、ハッとそこに気がついた。このすばらしい画面には、たった一つ、紅の色が欠けている。若《も》しそれを得ることが出来たならば、蛇の目が生きるのだ。奥底知れぬ灰色と、光り輝く雪の肌と、そして紅の一点、そこで、何物にもまして美しい蛇の目が生きるのだ。

したが、私はどこにその絵の具を求めよう。この森の果てから果てを探したとて、一輪の椿《つばき》さえ咲いてはいないのだ。立ち並ぶかの蜘蛛の木のほかに木はないのだ。

「待ちたまえ、それ、そこに、すばらしい絵の具があるではないか。心臓というシボリ出し、こんな鮮かな紅を、どこの絵の具屋が売っている」

私は薄い鋭い爪をもって、全身に、縦横無尽のかき傷をこしらえた。豊かなる乳房、ふくよかな腹部、肉つきのよい肩、はりきった太股《ふともも》、そして美しい顔にさえも。傷口からしたたる血のりが川をなして、私の身体はまっ赤なほりものに覆われた。血潮の網シャツを着たようだ。

それが沼の水面に映っている。火星の運河！　私の身体はちょうどあの気味わるい火星の運河だ。そこには水の代りに赤い血のりが流れている。

そして、私は又狂暴なる舞踊を始めた。キリキリ廻れば、紅白だんだら染めの独楽《こま》だ。のたうち廻れば、今度は断末魔の長虫だ。ある時は胸と足をうしろに引いて、極度に腰を張り、ムクムクと上がって来る太股の筋肉のかたまりを、出来る限り上へ引きつけて見たり、ある時は岩の上に仰臥《ぎょうが》して、肩と足とで弓のようにそり返り、尺取虫が這うように、その辺を歩きまわったり、ある時は、股《また》をひろげそのあいだに首をはさんで、芋虫のようにゴロゴロと転がって見たり、又は切られたみみずをまねて、岩の上をピンピンとはねまわって、腕と云わず肩と云わず、腹と云わず腰と云わず、所きらわず、力を入れたり抜いたりして、私はありとあらゆる曲線表情を演じた。命の限り、このすばらしい大芝居のはれの役目を勤めたのだ。………

「あなた、あなた、あなた」

遠くの方で誰かが呼んでいる。その声が一とこと毎に近くなる。地震のように身体がゆれる。

「あなた。何をうなされていらっしゃるの」

ボンヤリと目をあくと、異様に大きな恋人の顔が、私の鼻先に動いていた。

「夢を見た」

私は何気なくつぶやいて、相手の顔を眺めた。

「まあ、びっしょり、汗だわ。……怖い夢だったの」

「怖い夢だった」

彼女の頰は、入日時《いりひどき》の山脈のように、くっきりと陰《かげ》と日向《ひなた》に分れて、その分れ目を、白髪《しらが》のような長いむく毛が、銀色に縁取っていた。小鼻の脇に、綺麗な脂《あぶら》の玉が光って、それを吹き出した毛穴どもが、まるで洞穴《ほらあな》のように、いとも艶《なま》めかしく息づいていた。そして、その彼女の頰は何か巨大な天体ででもあるように、徐々《じょじょ》に徐々に、私の眼界を覆いつくして行くのだった。

（「新青年」大正十五年四月号）

注1　一丁　丁（町）は距離の単位。一二丁で一二〇〇メートル。一丁は約一〇九メートル。

目羅博士の不思議な犯罪

一

私は探偵小説の筋を考えるために、方々をぶらつくことがあるが、東京を離れない場合は、大抵行先がきまっている。浅草《あさくさ》公園、花やしき、上野《うえの》の博物館、同じく動物園、隅田川《すみだがわ》の乗合蒸汽、両国《りょうごく》の国技館。（あの丸屋根が往年のパノラマ館を連想させ、私をひきつける）今もその国技館の「お化け大会」というやつを見て帰ったところだ。久しぶりで「八幡《やわた》の藪不知《やぶしらず》」をくぐって、子供の時分のなつかしい思い出にふけることが出来た。

ところで、お話は、やっぱりその、原稿の催促がきびしくて、家にいたたまらず、一週間ばかり東京市内をぶらついていた時、ある日、上野の動物園で、ふと妙な人物に出合ったことから始まるのだ。

もう夕方で、閉館時間が迫って来て、見物達は大抵帰ってしまい、館内はひっそりかんと静まり返っていた。

芝居や寄席なぞでもそうだが、最後の幕はろくろく見もしないで、下足場の混雑ばかり気にしている江戸っ子気質《かたぎ》はどうも私の気風に合わぬ。

動物園でもその通りだ。東京の人は、なぜか帰りいそぎをする。まだ門がしまったわけでもないのに、場内はガランとして、人気《ひとけ》もない有様だ。

私は猿の檻《おり》の前に、ぼんやりたたずんで、つい今しがたまで雑沓《ざっとう》していた、園内の異様な静けさを楽しんでいた。

猿どもも、からかってくれる相手がなくなったためか、ひっそりと、淋しそうにしている。

あたりが余りに静かだったので、しばらくして、ふと、うしろに人の気勢《けはい》を感じた時には、何かしらゾッとしたほどだ。

それは髪を長く伸ばした、青白い顔の青年で、折目のつかぬ服を着た、いわゆる「ルンペン」という感じの人物であったが、顔付のわりには快活に、檻の中の猿にからかったりしはじめた。

よく動物園に来るものと見えて、猿をからかうのが手に入《い》ったものだ。餌を一つやるにも、思う存分芸当をやらせて、さんざん楽しんでから、やっと投げ与えるというふうで、非常に面白いものだから、私はニヤニヤ笑いながら、いつまでもそれを見物していた。

「猿ってやつは、どうして、相手の真似をしたがるのでしょうね」

男が、ふと私に話しかけた。彼はその時、蜜柑《みかん》の皮を上に投げては受取り、投げては受取りしていた。檻の中の一匹の猿も彼と全く同じやり方で、蜜柑の皮を投げたり受取ったりしていた。

私が笑って見せると、男は又云った。

「真似っていうことは、考えて見ると怖《こわ》いですね。神様が、猿にああいう本能をお与えなすったことがですよ」

私は、この男、哲学者ルンペンだなと思った。

「猿が真似するのはおかしいけど、人間が真似するのはおかしくありませんね。神様は人間にも、猿と同じ本能を、いくらかお与えなすった。これは考えて見ると怖いですよ。あなた、山の中で大猿に出会った旅人の話をご存じですか」

男は話ずきと見えて、だんだん口数が多くなる。私は、人見知りをする質《たち》で、他人から話しかけられるのは余り好きでないが、この男には、妙な興味を感じた。青白い顔とモジャモジャした髪の毛が、私をひきつけたのかも知れない。或《ある》いは、彼の哲学者風な話し方が気に入ったのかも知れない。

「知りません。大猿がどうかしたのですか」

私は進んで相手の話を聞こうとした。

「人里離れた深山でね、一人旅の男が、大猿に出会ったのです。そして、脇ざしを猿に取られてしまったのですよ。猿はそれを抜いて、面白半分に振り廻してかかって来る。旅人は町人なので、一本とられてしまったら、もう刀はないものだから、命さえ危うくなったのです」

夕暮の猿の檻の前で、青白い男が妙な話を始めたという、一種の情景が私を喜ばせた。私は「フンフン」と合槌《あいづち》をうった。

「取戻そうとするけれど、相手は木登りの上手な猿のことだから、手のつけようがないのです。だが、旅の男は、なかなか頓智《とんち》のある人で、うまい方法を考えついた。彼は、その辺に落ちていた木の枝を拾って、それを刀になぞらえ、いろいろな恰好《かっこう》をして見せた。猿の方では、神様から人真似の本能を授けられている悲しさに、旅人の仕草を一々真似はじめたのです。そして、とうとう自殺をしてしまったのです。なぜって、旅人が、猿の興《きょう》に乗って来たところを見すまし、木の枝でしきりと自分の頸部《けいぶ》をなぐって見せたからです。猿はそれを真似て抜身で自分の頸《くび》をなぐったから、たまりません。血を出して、血が出てもまだ我と我が頸をなぐりながら、絶命してしまったのです。旅人は刀を取返した上に、大猿一匹お土産が出来たという話ですよ。ハハハハハハ」

男は話し終って笑ったが、妙に陰気な笑い声であった。

「ハハハハ、まさか」

私が笑うと、男はふと真面目になって、

「いいえ、ほんとうです。猿って奴は、そういう悲しい恐ろしい宿命を持っているのです。ためして見ましょうか」

男は云いながら、その辺に落ちていた木切れを、一匹の猿に投げ与え、自分はついていたステッキで頸を切る真似をして見せた。

すると、どうだ。この男よっぽど猿を扱い慣れていたと見え、猿は木切れを拾って、いきなり自分の頸をキュウキュウこすり始めたではないか。

「ホラね、もしあの木切れが、ほんとうの刀だったらどうです。あの小猿、とっくにお陀仏《だぶつ》ですよ」

広い園内はガランとして、人っ子一人いなかった。茂った樹々の下蔭には、もう夜の闇が、陰気な隈《くま》を作っていた。私は何となく身内がゾクゾクして来た。私の前に立っている青白い青年が普通の人間でなくて、魔法使いかなんかのように思われて来た。

「真似というものの恐ろしさがおわかりですか。人間だって同じですよ。人間だって、真似をしないではいられぬ、悲しい恐ろしい宿命を持って生れているのですよ。タルドという社会学者は、人間生活を『模倣』の二字でかたづけようとしたほどではありませんか」

　今はもう一々覚えていないけれど、青年はそれから、「模倣」の恐怖についていろいろと説を吐いた。彼は又、鏡というものに、異常な恐れを抱いていた。

「鏡をじっと見つめていると、怖くなりやしませんか。僕はあんな怖いものはないと思いますよ。なぜ怖いか。鏡の向う側に、もう一人の自分がいて、猿のように人真似をするからです」

　そんなことを云ったのも、覚えている。

　動物園の閉門の時間が来て、係りの人に追いたてられて、私達はそこを出たが、出てからも別れてしまわず、もう暮れきった上野の森を、話しながら、肩を並べて歩いた。

「僕知っているんです。あなた江戸川《えどがわ》さんでしょう。探偵小説の」

　暗い木の下道を歩いていて、突然そう云われた時に、私は又してもギョッとした。相手がえたいの知れぬ、恐ろしい男に見えて来た。と同時に、彼に対する興味も一段と加わって来た。

「愛読しているんです。近頃のは正直に云うと面白くないけれど。以前のは、珍しかったせいか、非常に愛読したものですよ」

男はズケズケ物を云った。それも好もしかった。

「アア、月が出ましたね」

青年の言葉は、ともすれば急激な飛躍をした。ふと、こいつ気違いではないかと、思われるくらいであった。

「今日は十四日でしたかしら。ほとんど満月ですね。降りそそぐような月光というのは、これでしょうね。月の光って、なんて変なものでしょう。月光が妖術を使うという言葉を、どっかで読みましたが、ほんとうですね。同じ景色が、昼間とはまるで違って見えるではありませんか。あなたの顔だって、そうですよ。さっき、猿の檻の前に立っていらしったあなたとは、すっかり別の人に見えますよ」

そう云って、ジロジロ顔を眺められると、私も変になって、相手の顔の、隈になった両眼が、黒ずんだ唇が、何かしら妙な怖いものに見え出したものだ。

「月と云えば、鏡に縁がありますね。水月《すいげつ》という言葉や、『月が鏡となればよい』という文句が出来て来たのは、月と鏡と、どこか、共通点がある証拠ですよ。ごらんなさい、この景色を」

彼が指さす眼下には、いぶし銀のようにかすんだ、昼間の二倍の広さに見える不忍《しのばず》池《のいけ》がひろがっていた。

「昼間の景色がほんとうのもので、今月光に照らされているのは、その昼間の景色が鏡に写っている、鏡の中の影だとは思いませんか」

青年は、彼自身も又、鏡の中の影のように、薄ぼんやりした姿で、ほの白い顔で、云った。

「あなたは、小説の筋を探していらっしゃるのではありませんか。僕一つ、あなたにふさわしい筋を持っているのですが、僕自身の経験した事実談ですが、お話ししましょうか。聞いて下さいますか」

事実私は小説の筋を探していた。しかし、そんなことは別にしても、この妙な男の経験談が聞いて見たいように思われた。今までの話し振りから想像しても、それは決して、ありふれた、退屈な物語ではなさそうに感じられた。

「聞きましょう。どこかで、ご飯でもつき合って下さいませんか。静かな部屋で、ゆっくり聞かせて下さい」

私が云うと、彼はかぶりを振って、

「ご馳走を辞退するのではありません。僕は遠慮なんかしません。しかし、僕のお話は、明るい電燈には不似合いです。あなたさえお構いなければ、ここで、ここのベンチに腰かけて、妖術使いの月光をあびながら、巨大な鏡に映った不忍池を眺めながら、お話ししましょう。そんなに長い話ではないのです」

私は青年の好みが気に入った。そこで、あの池を見はらす高台の、林の中の捨て石に、彼と並んで腰をおろし、青年の異様な物語を聞くことにした。

二

「ドイルの小説に、『恐怖の谷』というのがありましたね」

青年は唐突に始めた。

「あれは、どっかの嶮《けわ》しい山と山が作っている峡谷のことでしょう。だが、恐怖の谷は何も自然の峡谷ばかりではありませんよ。この東京のまん中の、丸《まる》の内《うち》にだって恐ろしい谷間があるのです。

高いビルディングとビルディングとの間にはさまっている、細い道路。そこは自然の峡谷よりも、ずっと嶮しく、ずっと陰気です。文明の作った幽谷です。科学の作った谷底です。その谷底の道路から見た、両側の六階七階の殺風景なコンクリート建築は、自然の断崖のように、青葉もなく、季節季節の花もなく、目に面白いでこぼこもなく、文字通り斧《おの》でたち割った、巨大な鼠《ねずみ》色の裂け目に過ぎません。見上げる空は帯のように細いのです。日も月も、一日の間にホンの数分間しか、まともには照らないのです。その底からは昼間でも星が見えるくらいです。不思議な冷たい風が、絶えず吹きまくっています。

そういう峡谷の一つに、大地震以前まで、僕は住んでいたのです。建物の正面は丸の内のS通りに面していました。正面は明るくて立派なのです。しかし、一度背面に廻ったら、別のビルディングと背中合わせで、お互いに殺風景な、コンクリート丸出しの、窓のある断崖が、たった二間巾《けんはば》ほどの通路をはさんで、向き合っています。都会の幽谷というのは、つまりその部分なのです。

ビルディングの部屋部屋は、たまには住宅兼用の人もありましたが、大抵は昼間だけのオフィスで、夜は皆帰ってしまいます。昼間賑やかなだけに、夜の淋しさといったらありません。丸の内のまん中で、ふくろうが鳴くかと怪しまれるほど、ほんとうに深山の感じです。例のうしろ側の峡谷も、夜こそ文字通り峡谷です。

僕は、昼間は玄関番を勤め、夜はそのビルディングの地下室に寝泊りしていました。四五人泊り込みの仲間があったけれど、僕は絵が好きで、暇さえあれば、独りぼっちで、カンバスを塗りつぶしていました。自然ほかの連中とは口も利かないような日が多かったのです。

その事件が起ったのは、今いううしろ側の峡谷なのですから、そこの有様を少しお話しておく必要があります。そこには建物そのものに、実に不思議な、気味のわるい暗合があったのです。暗合にしては、あんまりぴったり一致し過ぎているので、僕は、その建物を設計した技師の、気まぐれないたずらではないかと思ったのです。

というのは、その二つのビルディングは、同じくらいの大きさで、両方とも五階でしたが、表側や、側面は、壁の色なり装飾なり、まるで違っているくせに、峡谷の側の背面だけは、どこからどこまで、寸分違わぬ作りになっていたのです。屋根の形から、鼠色の壁の色から、各階に四つずつ開いている窓の構造から、まるで写真に写したように、そっくりなのです。もしかしたら、コンクリートのひび割れまで、同じ形をしていたかも知れません。

その峡谷に面した部屋は、一日に数分間（というのはちと大袈裟《おおげさ》ですが）まあほんの瞬《また》くひましか日がささぬので、自然借り手がつかず、殊《こと》に一ばん不便な五階などは、いつも空部屋《あきべや》になっていましたので、僕は暇なときには、カンバスと絵筆を持って、よくその空部屋へ入り込んだものです。そして、窓から覗く度《たび》ごとに、向うの建物が、まるでこちらの写真のように、よく似ていることを、不気味に思わないではいられませんでした。何か恐ろしい出来事の前兆みたいに感じられたのです。

そして、その僕の予感が、間もなく的中する時が来たではありませんか。五階の北り返されたのです。

最初の自殺者は、中年の香料ブローカーでした。その人は初め事務所を借りに来た時から、何となく印象的な人物でした。商人のくせに、どこか商人らしくない、陰気な、いつも何か考えているような男でした。この人はひょっとしたら、裏側の峡谷に面した、日のささぬ部屋を借りるかも知れないと思っていると、案の定、そこの五階の北の端の、一ばん人里離れた（ビルディングの中で、人里はおかしいですが、如何にも人里離れたという感じの部屋でした）一ばん陰気な、したがって室料も一ばん廉《やす》い二《ふ》た部屋続きの室を選んだのです。

そうですね、引越して来て、一週間もいましたかね、とにかく極《ご》く僅かの間でした。

その香料ブローカーは、独身者だったので、一方の部屋を寝室にして、そこへ安物のベッドを置いて、夜は、例の幽谷を見おろす、陰気な断崖の、人里離れた岩窟のようなその部屋に、独りで寝泊りしていました。そして、ある月のよい晩のこと、窓の外に出っ張っている、電線引込み用の小さな横木に細引《ほそびき》をかけて、首をくって自殺をしてしまったのです。

朝になって、その辺一帯を受持っている道路掃除の人夫が、遙か頭の上の、断崖のてっぺんにブランブラン揺れている縊死者《いししゃ》を発見して、大騒ぎになりました。

彼がなぜ自殺をしたのか、結局わからないままに終りました。いろいろ調べて見ても、別段事業が思わしくなかったわけでも、借金に悩まされていたわけでもなく、独身者のこと故、家庭的な煩悶《はんもん》があったというでもなく、そうかといって、痴情の自殺、例えば失恋というようなことでもなかったのです。

「魔がさしたんだ、どうも、最初来た時から、妙に沈み勝ちな、変な男だと思った」

人々はそんなふうにかたづけてしまいました。一度はそれで済んでしまったのです。ところが、間もなく、その同じ部屋に、次の借り手がつき、その人は寝泊りしていたわけではありませんが、ある晩徹夜の調べものをするのだといって、その部屋にとじこもっていたかと思うと、翌朝は、又ブランコ騒ぎです。全く同じ方法で、首をくって自殺をとげたのです。

やっぱり、原因は少しもわかりませんでした。今度の縊死者は、香料ブローカーと違って、極く快活な人物で、その陰気な部屋を選んだのも、ただ室料が低廉《ていれん》だからという単純な理由からでした。

恐怖の谷に開いた、呪いの窓。その部屋へはいると、何の理由もなく、ひとりでに死にたくなって来るのだという怪談めいた噂《うわさ》が、ヒソヒソとささやかれました。

三度目の犠牲者は、普通の部屋借り人ではありませんでした。そのビルディングの事務員に、一人の豪傑《ごうけつ》がいて、俺《おれ》が一つためして見ると云い出したのです。化物屋敷を探検でもするような、意気込みだったのです」

青年が、そこまで話し続けた時、私は少々彼の物語に退屈を感じて、口をはさんだ。

「で、その豪傑も同じように首をくくったのですか」

青年はちょっと驚いたように、私の顔を見たが、

「そうです」

と不快らしく答えた。

「一人が首をくくると、同じ場所で、何人も何人も首をくくる。つまりそれが、模倣の本能の恐ろしさだということになるのですか」

「アア、それで、あなたは退屈なすったのですね。違います。違います。そんなつまらないお話ではないのです」

青年はホッとした様子で、私の思い違いを訂正した。

「魔の踏切りで、いつも人死にがあるというような、あの種類の、ありふれたお話ではないのです」

「失敬しました。どうか先をお話し下さい」

私は慇懃《いんぎん》に、私の誤解をわびた。

三

「事務員は、たった一人で、三晩というものその魔の部屋にあかしました。しかし何事もなかったのです。彼は悪魔払いでもした顔で、大威張《おおいば》りです。そこで、僕は云ってやりました。『あなたの寝た晩は、三晩とも、曇っていたじゃありませんか。月が出なかったじゃありませんか』とね」

「ホホウ、その自殺と月とが、何か関係でもあったのですか」

私はちょっと驚いて、聞き返した。

「エエ、あったのです。最初の香料ブローカーも、その次の部屋借り人も、月の冴えた晩に死んだことを、僕は気づいていました。月が出なければ、あの自殺は起らないのだ。それも狭い峡谷に、ほんの数分間、白銀色《しろがねいろ》の妖光がさし込んでいる、その間に起るのだ。月光の妖術なのだ。と僕は信じきっていたのです」

青年は云いながら、おぼろに白い顔を上げて、月光に包まれた脚下の不忍池を眺めた。

そこには、青年のいわゆる巨大な鏡に写った、池の景色が、ほの白く、妖《あや》しげに横たわっていた。

「これです。この不思議な月光の魔力です。月光は、冷たい火のような、陰気な激情を誘発します。人の心が燐《りん》のように燃えあがるのです。その不可思議な激情が、例えば『月光の曲』を生むのです。詩人ならずとも、月に無常を教えられるのです。『芸術的狂気』という言葉が許されるならば、月は人を『芸術的狂気』に導くものではありますまいか」

青年の話術が、少々ばかり私を辟易《へきえき》させた。

「で、つまり、月光が、その人達を縊死させたとおっしゃるのですか」

「そうです。半《なか》ばは月光の罪でした。しかし、月の光が、直《ただ》ちに人を自殺させるわけはありません。もしそうだとすれば、今、こうして満身に月の光をあびている私達はもうそろそろ、首をくくらねばならぬ時分ではありますまいか」

鏡に写ったように見える青白い青年の顔が、ニヤニヤと笑った。私は、怪談を聞いている子供のようなおびえを感じないではいられなかった。

「その豪傑事務員は、四日目の晩も、魔の部屋で寝たのです。そして、不幸なことには、その晩は月が冴えていたのです。

私は真夜中に、地下室の蒲団《ふとん》の中で、ふと目を覚まし、高い窓からさし込む月の光を見て、何かしらハッとして、思わず起き上がりました。そして、寝間着のまま、エレベーターの横の、狭い階段を、夢中で五階まで駈け昇ったのです。真夜中のビルディングが、昼間の賑やかさに引きかえて、どんなに淋しく、物凄いものだか、ちょっとご想像もつきますまい。何百という小部屋を持った、大きな墓場です。話に聞く、ローマのカタコムです。全くの暗闇ではなく、廊下の要所要所には、電燈がついているのですが、そのほの暗い光が一層恐ろしいのです。

やっと五階の、例の部屋にたどりつくと、私は、夢遊病者のように、廃墟《はいきょ》のビルディングをさまよっている自分自身が怖くなって、狂気のようにドアを叩きました。その事務員の名を呼びました。

だが、中からは何の答えもないのです。私自身の声が、廊下にこだまして、淋しく消えて行くほかには。

引手を廻すと、ドアは難なくあきました。室内には、隅の大テーブルの上に、青い傘の卓上電燈が、しょんぼりとついていました。その光で見廻しても、誰もいないのです。ベッドはからっぽなのです。そして、例の窓が、一杯に開かれていたのです。

窓の外には、向う側のビルディングが、五階の半ばから屋根にかけて、逃げ去ろうとする月光の、最後の光をあびて、おぼろ銀に光っていました。こちらの窓の真向うに、そっくり同じ形の窓が、やっぱりあけはなされて、ポッカリと黒い口をあいています。何もかも同じなのです。それが妖しい月光に照らされて、一層そっくりに見えるのです。

僕は恐ろしい予感にふるえながら、それを確かめるために、窓の外へ首をさし出したのですが、直ぐその方を見る勇気がないものだから、先ず遙かの谷底を眺めました。月光は向う側の建物のホンの上部を照らしているばかりで、建物と建物との作るはざまは、まっ暗に奥底も知れぬ深さに見えるのです。

それから、僕は、云うことを聞かぬ首を、無理に、ジリジリと、右の方へねじむけて行きました。建物の壁は、蔭《かげ》になっているけれど、向う側の月あかりが反射して、物の形が見えぬほどではありません。ジリジリと眼界を転ずるにつれて、果して、予期していたものが、そこに現われて来ました。黒い洋服を着た男の足です。ダラリと垂れた手首です。伸びきった上半身です。深くくびれた頸です。二つに折れたように、ガックリと垂れた頭です。豪傑事務員は、やっぱり月光の妖術にかかって、そこの電線の横木に首を吊っていたのでした。

僕は大急ぎで、窓から首を引《ひっ》こめました。僕自身妖術にかかっては大変だと思ったのかも知れません。ところが、その時です。首を引こめようとして、ヒョイと向う側を見ると、そこの、同じようにあけはなされた窓から、まっ黒な四角な穴から、人間の顔が覗いていたではありませんか。その顔だけが月光を受けて、クッキリと浮き上がっていたのです。月の光の中でさえ、黄色く見える、しぼんだような、むしろ畸形《きけい》な、いやないやな顔でした。そいつが、じっとこちらを見ていたではありませんか。

僕はギョッとして、一瞬間、立ちすくんでしまいました。余り意外だったからです。なぜといって、まだお話ししなかったかも知れませんが、その向う側のビルディングは所有者と、担保《たんぽ》に取った銀行との間にもつれた裁判事件が起っていて、その当時は、全く空家になっていたからです。人っ子一人住んでいなかったからです。

真夜半《まよなか》の空家に人がいる。しかも、問題の首吊りの窓の真正面の窓から、黄色い、物《もの》の怪《け》のような顔を覗かせている。ただ事ではありません。もしかしたら、僕は幻を見ているのではないかしら。そして、あの黄色い奴の妖術で今にも首が吊りたくなるのではないかしら。

ゾーッと、背中に水をあびたような恐怖を感じながらも、僕は向う側の黄色い奴から目を離しませんでした。よく見ると、そいつは痩《や》せ細った、小柄の、五十ぐらいの爺《じい》さんなのです。爺さんはじっと僕の方を見ていましたが、やがて、さも意味ありげに、ニヤリと大きく笑ったかと思うと、ふっと窓の闇の中へ見えなくなってしまいました。その笑い顔のいやらしかったこと、まるで相好《そうごう》が変って、顔じゅうが皺《しわ》くちゃになって、口だけが、裂けるほど、左右に、キューッと伸びたのです。

四

翌日、同僚や、別のオフィスの小使爺さんなどに尋ねて見ましたが、あの向う側のビルディングは空家で、夜は番人さえいないことが明らかになりました。やっぱり僕は幻を見たのでしょうか。

三度も続いた、全く理由のない、奇怪千万な自殺事件については、警察でも、一応は取調べましたけれど、自殺ということは、一点の疑いもないのですから、ついそのままになってしまいました。しかし僕は理外の理を信じる気にはなれません。あの部屋で寝るものが、揃いも揃って、気違いになったというような荒唐無稽《こうとうむけい》な解釈では満足が出来ません。あの黄色い奴が曲者《くせもの》だ。あいつが三人の者を殺したのだ。ちょうど首吊りのあった晩、同じ真向うの窓から、あいつが覗いていた。そして、意味ありげにニヤニヤ笑っていた。そこに何かしら恐ろしい秘密が伏在《ふくざい》しているのだ。僕はそう思い込んでしまったのです。

ところが、それから一週間ほどたって、僕は驚くべき発見をしました。

ある日の事、使いに出た帰りがけ、例の空きビルディングの表側の大通りを歩いていますと、そのビルディングのすぐ隣に、三菱何号館とか云う、古風な煉瓦《れんが》作りの、小型の、長屋風の貸事務所が並んでいるのですが、そのとある一軒の石段をピョイピョイと飛ぶように昇って行く、一人の紳士が、僕の注意を惹いたのです。

それはモーニングを着た、小柄の、少々猫背の、老紳士でしたが、横顔にどこか見覚えがあるような気がしたので、立ち止まって、じっと見ていますと、紳士は事務所の入口で、靴をふきながら、ヒョイと、僕の方を振り向いたのです。僕はハッとばかり、息が止まるような驚きを感じました。なぜって、その立派な老紳士が、いつかの晩、空きビルディングの窓から覗いていた、黄色い顔の怪物と、そっくりそのままだったからです。

紳士が事務所の中へ消えてしまってから、そこの金看板を見ると、目羅《めら》眼科、目羅聊斎《りょうさい》と記してありました。僕はその辺にいた小使を捉えて、今はいって行ったのが目羅博士その人であることを確かめました。

医学博士ともあろう人が、真夜中、空きビルディングに入り込んで、しかも首吊り男を見てニヤニヤ笑っていたという、この不可思議な事実を、どう解釈したらよいのでしょう。僕は烈《はげ》しい好奇心を起さないではいられませんでした。それからというもの、僕はそれとなく、出来るだけ多くの人から、目羅聊斎の経歴なり、日常生活なりを聞き出そうと力《つと》めました。

目羅氏は古い博士のくせに、余り世にも知られず、お金儲けも上手でなかったと見え、老年になっても、そんな貸事務所などで開業していたくらいですが、非常な変り者で、患者の取扱いなども、いやに不愛想で、時としては気違いめいて見えることさえあるということでした。奥さんも子供もなく、ずっと独身で通して、今も、その事務所を住いに兼用して、そこに寝泊りしているということもわかりました。又、彼は非常な読書家で、専門以外の、古めかしい哲学書だとか、心理学や犯罪学などの書物を、沢山持っているという噂も聞き込みました。

「あすこの診察室の奥の部屋にはね、ガラス箱の中に、ありとあらゆる形の義眼がズラリと並べてあって、その何百というガラスの目玉が、じっとこちらを睨《にら》んでいるのだよ。義眼もあれだけ並ぶと、実に気味のわるいものだね。それから、眼科にあんなものがどうして必要なのか、骸骨《がいこつ》だとか、等身大の蠟《ろう》人形などが、二つも三つも、ニヨキニヨキと立っているのだよ」

僕のビルディングのある商人が、目羅氏の診察を受けた時の奇妙な経験を聞かせてくれました。

僕はそれから、暇さえあれば、博士の動静に注意をおこたりませんでした。また一方、空ビルディングの、例の五階の窓も、時々こちらから覗いて見ましたが、別段変ったこともありません。黄色い顔は一度も現われなかったのです。

どうしても目羅博士が怪しい。あの晩向う側の窓から覗いていた黄色い顔は、博士に違いない。だが、どう怪しいのだ。もしあの三度の首吊りが自殺でなくて、目羅博士の企らんだ殺人事件であったと仮定しても、では、なぜ、如何《いか》なる手段によって、と考えてみると、パッタリ行詰まってしまうのです。それでいて、やっぱり目羅博士が、あの事件の加害者のように思われて仕方がないのです。

毎日毎日僕はそのことばかり考えていました。ある時は、博士の事務所の裏の煉瓦塀によじ登って、窓越しに、博士の私室を覗いたこともあります。その私室に、例の骸骨だとか、蠟人形だとか、義眼のガラス箱などが置いてあったのです。

でも、どうしてもわかりません、峡谷を隔てた、向う側のビルディングから、どうしてこちらの部屋の人間を、自由にすることが出来るのか、わかりようがないのです。催眠術？　いや、それは駄目です。死というような重大な暗示は、全く無効だと聞いています。

ところが、最後の首吊りがあってから、半年ほどたって、やっと僕の疑いを確かめる機会がやって来ました。例の魔の部屋に借り手がついたのです。借り手は大阪から来た人で、怪しい噂を少しも知りませんでしたし、ビルディングの事務所にしては、少しでも室料の稼ぎになることですから、何も云わないで、貸してしまったのです。まさか、半年もたった今頃、また同じことがくり返されようとは、考えもしなかったのでしょう。

しかし、少なくも僕だけは、この借り手も、きっと首を吊るに違いないと信じきっていました。そして、どうかして、僕の力で、それを未然に防ぎたいと思ったのです。

僕は、その日から、仕事はそっちのけにして、目羅博士の動静ばかりうかがっていました。そして、僕はとうとう、それを嗅《か》ぎつけたのです。博士の秘密を探り出したのです」

五

「大阪の人が引越して来てから、三日目の夕方のこと、博士の事務所を見張っていた僕は、彼が何か人目を忍ぶようにして、往診の鞄《かばん》も持たず、徒歩で外出するのを見逃がしませんでした。むろん尾行したのです。すると、博士は意外にも、近くの大ビルディングの中にある、有名な洋服店にはいって、沢山の既製品の中から、一着の背広服を選んで買い求め、そのまま事務所へ引返しました。

いくらはやらぬ医者だからといって、博士自身がレディメードを着るはずはありません。といって、助手に着せる服なれば、何も主人の博士が、人目を忍んで買いに行くことはないのです。こいつは変だぞ。一体あの洋服は何に使うのだろう。僕は博士の消えた事務所の入口を、うらめしそうに見守りながら、しばらくたたずんでいましたが、ふと気がついたのは、さっきお話した、裏の塀に登って、博士の私室を隙見《すきみ》することです。ひょっとしたら、あの部屋で、何かしているのが見られるかも知れないと思うと、僕はもう、事務所の裏側へ駈け出していました。

塀にのぼって、そっと覗いて見ると、やっぱり博士はその部屋にいたのです。しかも、実に異様な事をやっているのが、ありありと見えたのです。

黄色い顔のお医者さんが、そこで何をしていたと思います。蠟人形にね、ホラさっきお話した等身大の蠟人形ですよ。あれに、今買って来た洋服を着せていたのです。それを何百というガラスの目玉が、じっと見つめていたのです。

探偵小説家のあなたには、ここまで云えば、何もかもおわかりになったことでしょうね。僕もその時ハッと気がついたのです。そして、その老医学者の余りにも奇怪な着想に、驚嘆してしまったのです。

蠟人形に着せられた既製洋服は、なんと、あなた、色合いから縞柄《しまがら》まで、例の魔の部屋の新しい借り手の洋服と、寸分違わなかったではありませんか。博士は、それを、沢山の既製品の中から探し出して、買って来たのです。

もうぐずぐずしてはいられません。ちょうど月夜の時分でしたから、今夜にも、あの恐ろしい椿事《ちんじ》が起るかも知れません。何とかしなければ、何とかしなければ、僕は地だんだを踏むようにして、頭の中を探し廻りました。そしてハッと、我ながら驚くほどの、すばらしい手段を思いついたのです。あなたもきっと、それをお話ししたら、手を打って感心して下さるでしょうと思います。

僕はすっかり準備をととのえて夜になるのを待ち、大きな風呂敷包みを抱えて、魔の部屋へと上がって行きました。新来の借り手は、夕方には自宅へ帰ってしまうので、ドアに鍵がかかっていましたが、用意の合鍵でそれをあけて部屋にはいり、机によって、夜の仕事に取りかかるふうを装いました。例の青い傘の卓上電燈が、その部屋の借り手になりすました私の姿を照らしています。服は、その人のものとよく似た縞柄のを、同僚の一人が持っていましたので、僕はそれを借りて着込んでいたのです。髪の分け方なども、その人に見えるように注意したことは云うまでもありません。そして、例の窓に背中を向けてじっとしていました。

云うまでもなく、それは、向うの窓の黄色い顔の奴に、僕がそこにいることを知らせるためですが、僕の方からは、決してうしろを振向かぬようにして、相手に存分隙を与える工夫をしました。

三時間もそうしていたでしょうか。果して僕の想像が的中するかしら。そして、こちらの計画がうまく奏効《そうこう》するだろうか。実に待ち遠しい、ドキドキする三時間でした。もう振向こうか、もう振向こうかと、辛抱《しんぼう》がしきれなくなって、幾度頸を廻しかけたか知れません。が、とうとうその時機が来たのです。

腕時計が十時十分を指していました。ホウ、ホウと二た声、梟《ふくろう》の鳴き声が聞えたのです。はは ア、これが合図だな、梟の鳴き声で、窓の外を覗かせる工夫だな。丸の内のまん中で梟の声がすれば、誰しも覗いて見たくなるだろうからな。と悟ると、僕はもう躊躇《ちゆうちよ》せず、椅子を立って、窓際へ近寄りガラス戸を開きました。

向う側の建物は、一杯に月の光をあびて、銀鼠《ぎんねず》色に輝いていました。前にお話しした通り、それがこちらの建物と、そっくりそのままの構造なのです。何という変な気持でしょう。こうしてお話ししたのでは、とても、あの気違いめいた気持はわかりません。突然、眼界一杯の、べら棒に大きな、鏡の壁が出来た感じです。その鏡に、こちらの建物がそのまま写っている感じです。構造の相似の上に、月光の妖術が加わって、そんなふうに見せるのです。

　僕の立っている窓は、真正面に見えています。ガラス戸のあいているのも同じです。それから僕自身は……オヤ、この鏡は変だぞ。僕の姿だけ、のけものにして、写してくれないのかしら。……ふとそんな気持になるのです。ならないではいられぬのです。そこに身の毛もよだつ陥穽《かんせい》があるのです。

　ハテナ、俺はどこに行ったのかしら。確かにこうして、窓際に立っているはずだが、キョロキョロと向うの窓を探します。探さないではいられぬのです。

　すると、僕は、ハッと、僕自身の影を発見します。しかし、窓の中ではありません。外の壁の上にです。電線用の横木から、細引でぶら下がった自分自身をです。

「アア、そうだったか。俺はあすこにいたのだった」

　こんなふうに話すと、滑稽《こっけい》に聞えるかも知れませんね。あの気持は口では云えません。悪夢です。そうです。悪夢の中で、そうする積《つも》りはないのに、ついそうなってしまうあの気持です。鏡を見ていて、自分は目を開いているのに、鏡の中の自分が、目をとじていたとしたら、どうでしょう。自分も同じように目をとじないではいられなくなるではありませんか。

　で、つまり鏡の影と一致させるために、僕は首を吊らずにはいられなくなるのです。

向う側では自分自身が首を吊っている。それに、ほんとうの自分が、安閑《あんかん》と立ってなぞいられないのです。

首吊りの姿が、少しも怖ろしくも醜くも見えないのです。ただ美しいのです。絵なのです。自分もその美しい絵になりたい衝動を感じるのです。

もし月光の妖術の助けがなかったら、目羅博士の、この幻怪《げんかい》なトリックは、全く無力であったかも知れません。

むろんお分りのことと思いますが、博士のトリックというのは例の蠟人形に、こちらの部屋の住人と同じ洋服を着せて、こちらの電線横木と同じ場所に木切れをとりつけ、そこへ細引でブランコをさせて見せるという、簡単な事柄に過ぎなかったのです。

全く同じ構造の建物と妖しい月光とが、それにすばらしい効果を与えたのです。

このトリックの恐ろしさは、あらかじめ、それを知っていた僕でさえ、うっかり窓わくへ片足をかけて、ハッと気がついたほどでした。

僕は麻酔から醒《さ》める時と同じ、あの恐ろしい苦悶と戦いながら、用意の風呂敷包みを開いて、じっと向うの窓を見つめていました。

何と待ち遠しい数秒間——だが、僕の予想は的中しました。僕の様子を見るために、向うの窓から、例の黄色い顔が、即ち目羅博士が、ヒョイと覗いたのです。

待ち構えていた僕です。その一刹那《せつな》を捉えないでどうするものですか。風呂敷の中の物体を、両手で抱き上げて、窓わくの上へチョコンと腰かけさせました。

それが何であったか、ご存じですか。やっぱり蠟人形なのですよ。僕は、例の洋服屋からマネキン人形を借り出して来たのです。それに、モーニングを着せておいたのです。目羅博士が常用しているのと、同じような奴をね。

その時月光は谷底近くまでさし込んでいましたので、その反射で、こちらの窓も、ほの白く、物の姿はハッキリ見えたのです。

僕は果し合いのような気持で、向うの窓の怪物を見つめていました。畜生、これでもか、これでもかと心の中で力みながら。

するとどうでしょう。人間はやっぱり猿と同じ宿命を、神様から授かっていたのです。

目羅博士は、彼自身が考え出したトリックと、同じ手にかかってしまったのです。小柄の老人は、みじめにも、ヨチヨチと窓わくをまたいで、こちらのマネキンと同じように、そこへ腰かけたではありませんか。

僕は人形使いでした。

マネキンのうしろに立って、手を上げれば、向うの博士も手を上げました。足を振れば、博士も振りました。

そして、次に、僕が何をしたと思います。

ハハハハ、人殺しをしたのですよ。

窓わくに腰かけているマネキンを、うしろから、力一杯つきとばしたのです。人形はカランと音を立てて、窓の外へ消えました。

とほとんど同時に、向う側の窓からも、こちらの影のように、モーニング姿の老人が、スーッと風を切って、遥かの遥かの谷底へと、墜落して行ったのです。

そして、クシャッという、物をつぶすような音が、かすかに聞えて来ました。

……………目羅博士は死んだのです。

僕はかつての夜、黄色い顔が笑ったような、あの醜い笑いを笑いながら、右手に握っていた紐《ひも》を、たぐりよせました。スルスルと、紐について、借り物のマネキン人形が、窓わくを越して、部屋の中へ帰って来ました。

それを下へ落してしまって、殺人の嫌疑をかけられては大変ですからね」

語り終って、青年は、その黄色い顔の博士のように、ゾッとする微笑を浮べて、私をジロジロと眺めた。

「目羅博士の殺人の動機ですか。それは探偵小説家のあなたには、申し上げるまでもないことです。何の動機がなくても、人は殺人のために殺人を犯すものだということを知り抜いていらっしゃるあなたにはね」

青年はそう云いながら、立ち上がって、私の引留める声も聞えぬ顔に、サッサと向うへ歩いて行ってしまった。

私は、もやの中へ消えて行く、彼のうしろ姿を見送りながら、さんさんと降りそそぐ月光をあびて、ボンヤリと捨て石に腰かけたまま動かなかった。

青年と出会ったことも、彼の物語も、はては青年その人さえも、彼のいわゆる「月光の妖術」が生み出した、あやしき幻ではなかったのかと、あやしみながら。

（「文藝倶楽部」昭和六年四月増刊号）

虫

一

この話は、柾木《まさき》愛造《あいぞう》と木下《きのした》芙蓉《ふよう》との、あの運命的な再会から出発すべきであるが、それについては、先《ま》ず男主人公である柾木愛造の、いとも風変りな性格について、一言しておかねばならぬ。

柾木愛造は、すでに世を去った両親から、幾ばくの財産を受継いだ一人息子で、当時二十七歳の、私立大学中途退学者で、独身の無職者であった。ということは、あらゆる貧乏人、あらゆる家族所有者の、羨望《せんぼう》の的であるところの此の上もなく安易で自由な身の上を意味するのだが、柾木愛造は不幸にも、その境涯《きょうがい》を楽しんで行くことが出来なかった。彼は世にたぐいもあらぬ厭人病者《えんじんびょうしゃ》であったからである。

彼のこの病的な素質は、一体全体どこから来たものであるか、彼自身にも不明であったが、その徴候は、既《すで》に已《すで》に彼の幼年時代に発見することが出来た。彼は人間の顔さえ見れば、何の理由もなく、眼に一杯涙が湧き上がった。そして、その内気さを隠す為に、あらぬ天井を眺めたり、手の平を使ってまことに不様な恥かしい格好をしなければならなかった。隠そうとすればするほど、それを相手に見られているかと思うと、一層おびただしい涙がふくれ上がって来て、遂には「ワッ」と叫んで、気違いになってしまうより、どうにもこうにも仕方がなくなる、といった感じであった。彼は肉親の父親に対しても、家の召使に対しても、時とすると母親に対してさえ、この不可思議な羞恥《しゅうち》を感じた。従って彼は人間を避けた。人間が懐かしい癖に、彼自身の恥ずべき性癖を恐れるが故に、人間を避けた。そして、薄暗い部屋の隅にうずくまって、身のまわりに、積木のおもちゃなどで、可憐《かれん》な城壁を築いて、独りで幼い即興詩をつぶやいている時、僅かに安易な気持になれた。

年長《としちょう》じて、小学校という不可解な社会生活にはいって行かねばならなかった時、彼はどれほどか当惑し、恐怖を感じたことであろう。彼はまことに異様な小学生であった。母親に彼の厭人癖を悟られることが堪《た》え難く恥かしかったので、独りで学校へ行くことは行ったけれど、そこでの人間との戦いは実に無残なものであった。先生や同級生に物を云われても、涙ぐむほかに何の術をも知らなかったし、受持の先生が他級の先生と話をしているうちに、柾木愛造という名前が洩れ聞えただけで、彼はもう涙ぐんでしまうほどであった。

中学、大学と進むに従って、このいむべき病癖は、少しずつ薄らいでは行ったけれど、小学時代は、全期間の三分の一は病気をして、病後の養生にかこつけて学校を休んだし、中学時代には、一年のうち半分ほどは仮病を使って登校せず、書斎をしめ切って、家人のはいって来ないようにして、そこで小説本と、荒唐無稽《こうとうむけい》な幻想の中に、うつらうつらと日を暮らしていたものだし、大学時代には、進級試験を受ける時のほかは、殆《ほと》んど教室にはいったことがなく、と云って、他の学生のようにさまざまな遊びに耽《ふけ》るでもなく、自宅の書庫の、買い集めた異端の書物の塵《ちり》に埋まって、しかし、これらの書物を読むというよりは、虫の食った青表紙や、十八世紀の洋紙や皮表紙の匂いをかぎ、それらのかもし出す幻怪《げんかい》な大気の中で、ますます嵩《こう》じて来た空想に耽り、昼と夜との見境のない生活を続けていたものである。

そのような彼であったから、後に述べるたった一人の友達を除いては、まるで友達というものがなかったし、友達のないほどの彼に、恋人のあろう筈《はず》もなかった。人一倍やさしい心を持ちながら、彼に友達も恋人もなかったことを何と説明したらよいのであろう。彼とても、友情や恋をあこがれぬではなかった。濃《こま》やかな友情や甘い恋の話を聞いたり読んだりした時には、もし自分もそんな境涯であったなら、どんなにか嬉しかろうと、羨《うらや》まぬではなかった。だがたとい彼の方で友愛なり恋なりを感じても、それを相手に通じるまでに、どうすることも出来ぬ障害物が、まるで壁のように立ちはだかっていた。

柾木愛造には、彼以外の人間という人間が、例外なく意地わるに見えた。彼の方で懐かしがって近寄って行くと、相手は忠臣蔵の師直《もろなお》のように、ついとそっぽを向くかと思われた。中学生の時分、汽車や電車の中などで、二人連れの話し合っている様子を見て、しばしば驚異を感じた。彼等のうち一人が熱心に喋《しゃべ》り出すと、聞き手の方はさもさも冷淡な表情で、そっぽを向いて窓の外の景色を眺めたりしている。時たま思い出したように合点合点をするけれど、滅多に話し手の顔を見はしない。そして、一方が黙ると、今度は冷淡な聞き手だった方が、打って変って熱心な口調で話し出す。するると、前の話し手は、ついとそっぽを向いて、俄《にわ》かに冷淡になってしまう。それが人間の会話の常態であることを悟るまでに、彼は長い年月を要したほどである。これは些細な一例でしかないけれど、すべてこの例によって類推出来るような人間の社交上の態度が、内気な彼を沈黙させるに充分であった。彼は又、社交会話に洒落《しゃれ》（彼によればその大部分が、不愉快な駄洒落《だじゃれ》でしかなかったが）というものの存在するのが、不思議で仕様がなかった。洒落と意地わるとは同じ種類のものであった。彼は、彼が何かを喋っている時、相手の目が少しでも彼の目をそれて、ほかの事を考えていると悟ると、もうあとを喋る気がしないほど、内気者であった。言葉を換えて云うと、それほど彼は愛について貪婪《どんらん》であった。そして、余りに貪婪であるが故に、彼は他人を愛することが、社交生活をいとなむことが出来なかったのであるかも知れない。

だが、それればかりではなかった。もう一つのものがあった。卑近《ひきん》な実例を上げるならば、彼は幼少の頃、女中の手をわずらわさないで、自分で床《とこ》を上げたりすると、その時分まだ生きていた祖母が、「オオ、いい子だいい子だ」と云って御褒美《ごほうび》を呉《く》れたりしたものであるが、そうして褒《ほ》められることが、身内が熱くなるほど恥かしくて、いやでいやで、褒めてくれる相手に、極度の憎悪を感じたものである。引いては、愛することも、愛されることも、「愛」という文字そのものすらが、一面ではあこがれながらも、他の一面では、身体がキューッとねじれて来るほども、何とも形容し難いいやあな感じであった。これは彼がいわゆる自己嫌悪、肉親憎悪、人間憎悪等の一連の特殊な感情を、多分に附与されていたことを語るものであるかも知れない。彼と彼以外のすべての人間とは、まるで別種類の生物であるように思われて仕方がなかった。この世界の人間どもの、意地わるのくせに、あつかましくて、忘れっぽい陽気さが、彼には不思議でたまらなかった。彼はこの世において、全く異国人であった。彼は謂《い》わば、どうかした拍子で、別の世界へ放り出された、たった一匹の、孤独な陰獣《いんじゅう》でしかなかった。

そのような彼が、どうしてあんなにも、死にもの狂いな恋を為《な》し得たか。不思議と云えば不思議であるが、だが、考え方によっては、そのような彼であったからこそ、あれほどの、物狂わしい、人外境《じんがいきょう》の恋が出来たのだとも、云えないことはない。彼の恋にあっては、愛と憎悪とは、もはや別々のものではなかったのだから。しかし、それは後に語るべき事柄である。

幾ばくの財産を残して両親が相ついで死んだあとは、家族に対する見栄や遠慮の為に、苦痛をしのんで続けていた、ほんの僅かばかりの社会的な生活から、彼は完全に逃れることが出来た。それを簡単に云えば、彼は何の未練もなく私立大学を退校して、土地と家屋を売払い、かねて目星をつけておいた郊外の、淋しいあばら家へと引移ったのである。かようにして、彼は学校という社会から、又隣近所という社会から、全く姿をくらましてしまうことが出来た。人間である以上は、どこへ移ったところで、全然社会を無視して生存することは出来ないのだけれど、柾木愛造が、最も厭《いと》ったのは、彼の名前なり為人《ひととなり》を知っている、見知り越しの社会であったから、隣近所に一人も知合いのない、淋しい郊外へ移住したことは、その当座、彼に「人間社会を逃れて来た」という、やや安易な気持を与えたものである。

その郊外の家というのは、向島《むこうじま》の吾妻橋《あづまばし》から少し上流のKという町にあった。そこは近くに安待合や貧民窟がかたまっていて、河一つ越せば浅草《あさくさ》公園という盛り場をひかえているにもかかわらず、思いもかけぬ所に、広い草原があったり、ひょっこり釣堀のこわれかかった小屋が立っていたりする、妙に混雑と閑静とを混ぜ合わせたような区域であったが、そのとある一廓に、(このお話は大地震よりは余程以前のことだから) 立ち腐れになったような、化物屋敷《ばけものやしき》同然の、だだっ広い屋敷があって、柾木愛造は、いつか通りすがりに見つけておいて、それを借受けたのであった。

こわれた土塀や生垣で取まいた、雑草のしげるにまかせた広い庭のまん中に、壁の落ちた大きな土蔵がひょっこり立っていて、その脇に、手広くはあるけれど、ほとんど住むに耐えないほど荒れ古びた母屋《おもや》があった。だが、彼にとっては、母屋なんかはどうでもよかったので、彼がこの化物屋敷に住む気になったのは、一つにその古めかしい土蔵の魅力によってであった。厚い壁でまぶしい日光をさえぎり、外界の音響を遮断した、樟脳《しょうのう》臭い土蔵の中に、独りぼっちで住んでみたいというのは、彼の長年のあこがれであった。ちょうど貴婦人が厚いヴェールで彼女の顔を隠すように、彼は土蔵の厚い壁で、彼自身の姿を、世間の視線から隠してしまいたかったのである。

彼は土蔵の二階に畳を敷きつめて、愛蔵の異端の古書や、横浜《よこはま》の古道具屋で手に入れた、等身大の木彫の仏像や、数個の青ざめたお能の面などを持ち込んで、そこに彼の不思議な檻《おり》を造りなした。北と南の二方だけに開かれた、たった二つの、小さな鉄棒をはめた窓が、すべての光源であったが、それを更に陰気にする為に、彼は南の窓の鉄の扉を、ぴっしゃりと締め切ってしまった。それ故、その部屋には、年中一分《いちぶ》の陽光さえも直射することはなかった。これが彼の居間であり、書斎であり、寝室であった。

　階下は板張りのままにして、彼のあらゆる所有品を、祖先伝来の丹塗《にぬ》りの長持《ながもち》や、紋章のような錠前のついたいかめしい箪笥《たんす》や、虫の食った鎧櫃《よろいびつ》や、不用の書物をつめた本箱や、そのほかさまざまのがらくた道具を、滅茶苦茶《めちゃくちゃ》に置き並べ積み重ねた。

　母屋の方は十畳の広間と、台所脇の四畳半との畳替えをして、前者を滅多に来ない客の為の応接間に備え、後者は炊事に雇った老婆の部屋に当てた。彼はそうして、雇い婆さんにも、土蔵の入口にすら近寄らせない用意をした。土蔵の出入口の、厚い土の扉には、内からも外からも錠をおろす仕掛けにして、彼がその二階にいる時は内側から、外出の際は外側から、戸締りが出来るようになっていた。それは謂わば、怪談の明かずの部屋に類するものであった。

　雇い婆さんは、家主の世話で、ほとんど理想に近い人が得られた。身寄りのない六十五歳の年寄りであったが、耳が遠いほかには、これという病気もなく、至極まめまめしい、小綺麗な老人であった。何より有難いのは、そんな婆さんにも似合わず、楽天的な呑気者《のんきもの》で、主人が何者であるか、彼が土蔵の中で何をしているか、というようなことを、猜疑《さいぎ》し穿鑿《せんさく》しなかったことである。彼女は所定の給金をきちんきちんと貰って、炊事の暇々には、草花をいじったり、念仏を唱えたりして、それですっかり満足しているように見えた。

云うまでもなく、柾木愛造は、その土蔵の二階の、昼だか夜だかわからないような、薄暗い部屋で、彼の多くの時間を費した。赤茶けた古書のページをくって一日をつぶすこともあった。ひねもす部屋のまん中に仰臥《ぎょうが》して、仏像や壁にかけたお能の面を眺めながら、不可思議な幻想に耽ることもあった。そうしていると、いつともなく日が暮れて、頭の上の小さな窓の外の、黒天鵞絨《くろびろうど》の空に、お伽噺《とぎばなし》のような星がまたたいていたりした。

暗くなると、彼は机の上の燭台に火をともして、夜更けまで読書をしたり、奇妙な感想文を書き綴ったりすることもあったが、多くの夜は、土蔵の入口に錠をおろして、どこともなくさまよい出るのがならわしになっていた。極端な人厭《ひとぎら》いの彼が、盛り場を歩き廻ることを好んだというのは、甚だ奇妙だけれど、彼は多くの夜、河ひとつ隔てた浅草公園に足を向けたものである。だが、人嫌いであったからこそ、話しかけたり、じろじろと顔を眺めたりしない、漠然たる群集を、彼は一層愛したのであったかも知れぬ。そのような群集は、彼にとって、局外から観賞すべき、絵や人形にしか過ぎなかったし、又、夜の人波にもまれていることは、土蔵の中にいるよりも、かえって人目を避けるゆえんでもあったのだから。人は、無関心な群集のただ中で、最も完全に彼自身を忘れることが出来た。群集こそ、彼にとってこよなき隠《かく》れ蓑《みの》であった。そして柾木愛造のこの群集好きは、あの芝居のはね時をねらって、木戸口をあふれ出る群集にまじって歩くことによって、僅かに夜更けの淋しさをまぎらしていた、ポオのMan of crowdの一種不可思議な心持とも、相通ずるところのものであった。

さて、冒頭に述べた、柾木愛造と木下芙蓉との、運命的な邂逅《かいこう》というのは、この土蔵の家に引移ってから、二年目、彼がこのような風変りな生活の中に、二十七歳の春を迎えて間もない頃、淀んだ生活の沼の中に、突然石を投じたように、彼の平静をかき乱したところの、一つの重大な出来事だったのである。

二

先にもちょっと触れておいたが、かくも人厭いな柾木愛造にも、例外として、たった一人の友達があった。それは、実業界にちょっと名を知られた父の威光で、ある商事会社の支配人を勤めている、池内光太郎《いけうちこうたろう》という、柾木と同年輩の青年紳士であったが、あらゆる点が柾木とは正反対で、明るい、社交上手な、物事を深く掘り下げて考えない代りには、末端の神経はかなりに鋭敏で、人好きのする、好男子であった。彼は柾木と家も近く小学校も同じだった関係で、幼少の頃から知合いであったが、お互いが青年期に達した時分、柾木の不可思議な思想なり言動なりを、それが彼にはよくわからないだけに、すっかり買いかぶってしまって、それ以来引続き、柾木のような哲学者めいた友達を持つことを、一種の見栄にさえ感じて、柾木の方ではむしろ避けるようにしていたにもかかわらず、しげしげと彼を訪ねては、少しばかり見当違いな議論を吹きかけることを楽しんでいたのである。また、華やかな社交に慣れた彼にとっては、柾木の陰気な書斎や、柾木の人間そのものが、こよなき休息所であり、オアシスでもあったのだ。

その池内光太郎が、ある日、柾木の家の十畳の客間で、(柾木はこの唯一の友達をさえ、土蔵の中へ入れなかった)柾木を相手に、彼の華やかな生活の一断面を吹聴《ふいちょう》しているうちに、ふと次のようなことを云い出したのである。

「僕は最近、木下芙蓉って云う女優と近づきになったがね。ちょっと美しい女なんだよ」彼はそこで一種の微笑を浮べて、柾木の顔を見た。それはここに云う「近づき」とは、文字のままの「近づき」でないことを意味するものであった。「まあ聞き給え。この話は君にとってもちょっと興味がありそうなんだから。と云うのは、その木下芙蓉の本名が木下文子《ふみこ》なんだ。君、思い出さないかい。ホラ、小学校時代、僕等がよくいたずらをした、あの美しい優等生の女の子さ。たしか、僕達より三年ばかり下の級だったが」

そこまで聞くと、柾木愛造は、ハッとして、俄かに顔がほてって来るのを感じた。さすがに彼とても、二十七歳の今日では、久しく忘れていた赤面であったが、ああ赤面しているなと思うと、ちょうど子供の時分、涙を隠そうとすればするほど、一層涙ぐんで来たのと同じに、それを意識するほど、ますます目の下が熱くなって来るのをどうすることも出来なかった。

「そんな子がいたかなあ。だが、僕は君みたいに早熟でなかったから」

彼はてれ隠しに、こんなことを云った。だが、幸いなことに、部屋が薄暗かったせいか、相手は、彼の赤面には気づかぬらしく、やや不服な調子で、

「いや、知らない筈はないよ。学校じゅうで評判の美少女だったから。久しく君と芝居を見ないが、どうだい、近いうちに一度木下芙蓉を見ようじゃないか。幼顔《おさながお》そのままだから、君だって見れば思い出すに違いないよ」

と、如何にも木下芙蓉との親交が得意らしいのである。

芙蓉の芸名では知らなかったけれど、云うまでもなく、柾木愛造は、木下文子の幼

顔を記憶していた。彼女については、彼が赤面したのも決して無理ではないほどの、実に恥かしい思い出があったのである。

彼の少年時代は、先にも述べた通り、極度に内気な、はにかみ屋の子供であったけれど、彼の云うように早熟でなかったわけでなく、同じ学校の女生徒に、幼いあこがれを抱くことも人一倍であった。そして、彼が四年級の時分から、当時の高等小学の三年級までも、ひそかに思いこがれた女生徒というのが、ほかならぬ木下文子だったのである。と云っても、例えば池内光太郎のように、彼女の通学の途中を擁《よう》して、お下げのリボンを引きちぎり、彼女の美しい泣き顔を楽しむなどと云う、すばらしい芸当は思いも及ばなかったので、風《かぜ》を引いて学校を休んでいる時など、発熱の為にドンヨリとうるんだ脳の中を、文子の笑顔ばかりにして、熱っぽい小さな腕に、彼自身の胸を抱きしめながら、ホッと溜息をつくぐらいが、関の山であった。

ある時、彼の幼い恋にとって、まことに奇妙な機会が恵まれたことがある。それは、当時の高等小学二年級の時分で、同級の餓鬼《がき》大将の、口髯の目立つような大柄な少年から、木下文子に（彼女は尋常部の三年生であった）附文《つけぶみ》をするのだから、その代筆をしろと命じられたのである。彼はもちろん級中第一の弱虫であったから、この腕白《わんぱく》少年にはもうビクビクしていたもので、「ちょっとこい」と肩をつかまれた時には、例の目に涙を一杯浮べてしまったほどで、其の命令には、一も二もなく応じるほかはなかった。彼はこの迷惑な代筆のことで胸を一杯にして、学校から帰ると、お八《や》つもたべないで、一と間にとじ籠《こも》り、机の上に巻紙をのべ、生れて初めての恋文の文案に、ひどく頭を悩ましたものである。だが、幼い文章を一行二行と書いて行くに従って、彼に不思議な考えが湧き上がって来た。「これを彼女に手渡す本人はかの腕白少年であるけれど、書いているのは正しく私だ。私はこの代筆によって、私自身のほんとうの心持を書くことが出来る。あの娘は私の書いた恋文を読んでくれるのだ。たとえ先方では気づかなくても、私は今、あの娘の美しい幻をえがきながら、この巻紙の上に、思いのたけを打あけることが出来るのだ」この考えが彼を夢中にしてしまった。彼は長い時間を費して、巻紙の上に涙をさえこぼしながら、あらゆる思いを書き記した。腕白少年は翌日そのかさばった恋文を、木下文子に渡したが、それは恐らく文子の母親の手で焼き捨てられでもしたのであろう。其の後快活な文子のそぶりにさしたる変りも見えず、腕白少年の方でも、いつかけろりと忘れてしまった様子であった。ただ代筆者の柾木少年だけが、いつまでも、クヨクヨと、甲斐《かい》なく打捨てられた恋文のことを、思いつづけていたのである。

又、それから、間もなく、こんなこともあった。恋文の代筆が彼の思いを一層つのらせたのであろう。余りに堪え難い日が続いたので、彼はまことに幼い一策を案じ、人目のない折を見定めて、ソッと文子の教室に忍び込み、文子の机の上げ蓋《あぶた》を開いて、そこに入れてあった筆入れから、一ばんちびた、ほとんど用にも立たぬような、短い鉛筆を一本盗み取り、大事に家へ持帰ると、彼の所有になっていた小簞笥の開きの中を、綺麗に清め、今の鉛筆を半紙に包んで、まるで神様ででもあるように、その奥のところへ祭っておいて、淋しくなると、彼は、開き戸をあけて、彼の神様を拝んでいた。その当時、木下文子は、彼にとって神様以下のものではなかったのである。

その後文子の方でもどこかへ引越して行ったし、彼の方でも学校が変ったので、いつか、忘れるともなく忘れてしまっていたのだが、今、池内光太郎から、木下文子の現在を聞かされて、相手は少しも知らぬ事柄ではあったけれど、そのような昔の恥かしい思い出に、彼は思わず赤面してしまったのであった。

雑沓《ざっとう》中の孤独といった気持の好きな、柾木のような種類の厭人病者は、浅草公園の群集と同じに、汽車や電車の中の群集、劇場の群集などを、むしろ好むものであったから、彼は芝居のことも世間並には心得ていたが、木下芙蓉と云えば、以前は影の薄い場末の女優でしかなかったのが、最近ある人気俳優の新劇の一座に加わってから、グッと売り出して、首席女優ではないけれど、顔と身体の圧倒的な美しさが特殊の人気を呼んで、一座の女優中でも、二番目ぐらいには羽振《はぶ》りのよい名前になっていた。柾木は、かけ違って、まだ彼女の舞台を見てはいなかったが、彼女についてこの程度の知識は持っていた。

その人気女優が、昔々の幼い恋の相手であったとわかると、厭人病者の彼も、少しばかり浮き浮きして、彼女が懐かしいものに思われて来るのであった。それが今では、池内光太郎の恋人であろうとも、どうせ彼には出来ない恋なのだから、一目《ひ》と目彼女の舞台姿を見て、ちょっと女々《めめ》しい気持になるのも、わるくないなと感じたのである。

彼等がK劇場の舞台で、木下芙蓉を見たのは、それから三四日の後であったが、柾木愛造に取っては、まことに幸か不幸か、それはちょうど首席の女優が病気欠勤をして、その持ち役のサロメを、木下芙蓉が代演している際であった。

二四の鯛《たい》が向き合っているような形をした、非常に特徴のある大きな目や、鼻の下が人の半分も短くて、その下に、絶えず、打震えている、やや上方にまくれ上がった、西洋人のように自在な曲線の唇や、殊にそれが、婉然《えんぜん》と微笑んだ時の、忘れ難き魅力に至るまで、その昔の俤《おもかげ》をそのまま留《とど》めてはいたけれど、十幾年の歳月は、可憐なお下げの小学生を、恐ろしいほど豊麗な全き女性に変えてしまったと同時に、その昔の無邪気な天使を、柾木の神様でさえあった聖なる乙女を、いつしか妖艶《ようえん》たぐいもあらぬ魔女と変じていたのである。

柾木愛造は、輝くばかりの彼女の舞台姿に、最初のほどは、恐怖に近い圧迫を感じるばかりであったが、それが驚異となり、憧憬《どうけい》となり、遂に限りなき眷恋《けんれん》と変じて行った。大人の柾木が大人の文子を眺める目は、もはや昔のように聖なるものではなかった。彼は心に恥じながらも、知らず識らず舞台の文子を汚していた。彼女の幻を愛撫し、彼女の幻を抱き、彼女の幻を打擲《ちょうちゃく》した。それは、隣席の池内光太郎が彼の耳に口をつけて、ささやき声で、芙蓉の舞台姿に、野卑な品評を加えつづけていたことが、彼に不思議な影響を与えたのでもあったけれど。

サロメが最終の幕だったので、それが済むと、彼等は劇場を出て、迎えの自動車にはいったが、池内は独り心得顔に、その近くの或る料理屋の名を、運転手に指図した。柾木愛造は池内の下心を悟ったけれど、一度芙蓉の素顔が見たくもあったし、サロメの幻に圧倒されて、夢うつつの気持だったので、強いて反対を唱えもしなかった。

彼等が料理屋の広い座敷で、上の空な劇評などを交わしているうち、案の定、そこへ和服姿の木下芙蓉が案内されて来た。彼女は襖《ふすま》の外に立って、池内の見上げた顔に、ニッコリと笑いかけたが、ふと柾木の姿を見ると、作ったような不審顔になって、目で池内の説明を求めるのであった。

「木下さん。この方を覚えてませんか」

池内は意地わるな微笑を浮べて云った。

「エエ」

と答えて、彼女はまじまじした。

「柾木さん。僕の友達。いつか噂《うわさ》をしたことがあったでしょう。僕の小学校の同級生で、君を大変好きだった人なんです」

「まア、私、思い出しましたわ。覚えてますわ。やっぱり幼顔って、残っているものでございますわね。柾木さん、ほんとうにお久しぶりでございました。わたくし、変りましたでしょう」

そう云って、丁寧なおじぎをした時の、文子の巧みな嬌羞《きょうしゅう》を、柾木はいつまでも忘れることが出来なかった。

「学校中での秀才でいらっしゃいましたのを、私、覚えておりますわ。池内さんは、よくいじめられたり、泣かされたりしたので覚えてますし」

彼女がそんなことを云い出した時分には、柾木はもう、すっかり圧倒された気持であった。池内すら彼女の敵ではないように見えた。

小学校時代の思い出話が劇談に移って行った。池内は酒を飲んで、雄弁に彼の劇通を披瀝《ひれき》した。彼の議論はまことに雄弁であり、気が利いてもいたが、しかし、それはやっぱり、彼の哲学論と同じに、少しばかり上すべりであることを免れなかった。木下芙蓉も、少し酔って、要所要所で柾木の方に目まぜをしながら、池内の議論を反駁《はんばく》したりした。彼女にも、劇論では柾木の方が(通ではなかったけれど)本ものでもあり、深くもあることがわかった様子で、池内には揶揄《やゆ》をむくいながら、彼には教えを受ける態度を取った。お人よしの柾木は、彼女の意外な好意が嬉しくて、いつになく多弁に喋った。彼の物の云い方は、芙蓉には少しむずかし過ぎる部分が多かったけれど、彼の議論に油がのってきた時には、彼女はじっと話し手の目を見つめて、讃嘆に近い表情をさえ示しながら、彼の話に聞き入るのであった。

「これを御縁に、御ひいきをお願いしますわ。そして、時々、教えていただきたいと思いますわ」

別れる時に、芙蓉は真面目な調子でそんなことを云った。それがまんざらお世辞でないように見えたのである。

池内にあてられることであろうと、いささか迷惑に思っていたこの会合が、案外にも、かえって池内の方で嫉妬を感じなければならないような結果となった。芙蓉が女優稼業にも似げなく、どこか古風な思索的な傾向を持っていたことは、むしろ意外で、彼女が一層好もしいものに思われた。柾木は帰りの電車の中で、「学校中でも秀才でいらっしゃいましたのを、私、覚えておりますわ」と云った彼女の言葉を、子供らしく、心のうちでくり返していた。

三

それ以来、世間に知られているところでは、柾木愛造が木下芙蓉を殺害したまでの、半年ばかりの間に、この二人はたった三度（しかも最初の一カ月の間に三度だけ）しか会っていない。つまり芙蓉殺害事件は、彼等が最後に会った日から、五カ月もの間をおいて、彼等がお互いの存在をすでに忘れてしまったと思われる時分に、まことに突然に起ったものである。これは何となく信じ難い、変てこな事実であった。空漠《くうばく》たる五カ月間が、犯罪動機と犯罪そのものとの連鎖をブッツリ断ち切っていた。それなればこそ、柾木愛造は、兇行後、あんなにも長い間、警察の目を逃れていることが出来たのである。

だが、これは顕《あら》われたる事実でしかなかった。実際は彼は、いとも奇怪なる方法によってではあったが、その五カ月の間も、五日に一度ぐらいの割合で、しげしげと芙蓉に会っていた。そして、彼の殺意は、彼にとってはまことに自然な経路を踏んで、成長して行ったのである。

木下芙蓉は彼の幼い初恋の女であった。彼のフェティシズムが、彼女の持ち物を神と祭ったほどの相手であった。しかも、十幾年ぶりの再会で、彼は彼女のくらめくばかり妖艶な舞台姿を見せつけられたのである。その上、その昔の恋人が、当時は口を利いた事のなかった彼女が、やさしい目で彼を見、微笑みかけ、彼の思想を畏敬《いけい》し崇《すう》拝《はい》するかにさえ見えたのである。あれほどの厭人的な臆病者の柾木愛造ではあったが、さすがにこの魅力に打ち勝つことは出来なかった。ほかの女からのように、彼女から逃避する力はなかった。彼が彼女に恋を打明けるまでには、たった三度の対面で充分だったことが、よくそれを語っている。

三度とも、場所は変っていたけれど、彼等は最初と同じ三人で、御飯をたべながら話をした。引張り出すのはむろん池内で、柾木はいつもお相伴《しょうばん》といった形であったが、しかし、芙蓉がその都度《つど》快く招待に応じたのは、柾木に興味を感じていたからだと、彼はひそかに自惚《うぬぼ》れていた。池内が気の毒にさえ思われた。芙蓉は、池内に対しては、普通の人気女優らしい態度で、意地わるでもあれば、たかぶっても見せた。相手を翻《ほん》弄《ろう》するような口も利いた。その様子を見ていると、彼女は柾木の一ばん苦手な、恐怖すべき女でしかなかったが、それが柾木に対する時は、ガラリと態度が変って、芸術の使徒としての一俳優といった感じになり、真面目に、彼の意見を傾聴するのであった。そして、会うことが度重なるほど、彼女のこの静かなる親愛の情は、濃やかになって行くかと思われた。

だが、気の毒な柾木は、実は大変な誤解をしていたのだ。芙蓉のような種類の女性は、二つ面《めん》(注1)の仁和賀《にわか》と同じように、二つも三つもの、全く違った性格をたくわえていて、時に応じ人に応じて、それを見事に使い別《わ》けるものだと云うことを、彼はすっかり忘れていた。彼女の好意は、実は男友達の池内光太郎が彼に示した好意と同じもので、彼の、古風な小説にでもありそうな、陰鬱な、思索的な性格を面白がり、すぐれた芸術上の批判力をめで、ただ気のおけない話し相手として、親愛を示したに過ぎないことを、彼は少しも気づかなんだ。彼は自惚れの余り、池内の立場を憐みさえしたけれど、反対に池内の方でこそ、彼をあざ笑っていたのである。

池内の最初の考えでは、愛すべき木念仁《ぼくねんじん》の友達に、彼自身の新しい愛人を見せびらかして、ちょっとばかり罪の深い楽しみを味わって見ようとしたまでで、その御用が済んでしまえば、そんな第三者は、もう邪魔なばかりであった。それに、彼は、柾木の小学時代の恥かしい所業については知るところがなかったけれど、近頃の柾木の様子が、妙に熱っぽく見えて来たのも、いささか気掛りであった。彼はこの辺が切上げ時だと思った。

三度目に会った時、次の日曜日はちょうど月末で、芙蓉の身体に隙《ひま》があるから、三人で鎌倉へ出かけようと、約束をして別れたので、柾木はその日落ち合う場所の通知が、今来るか今来るかと、待ち構えていても、どうしたわけか、池内からハガキ一本来ないので、待ち兼ねて問合わせの手紙まで出したのだが、それにも何の返事もなく、約束の日曜日は、いつの間にか過ぎ去ってしまった。池内と芙蓉との間柄が、単なる知合い以上のものであることは柾木も大かたは推察していたので、もしかしたら池内の奴、やきもちをやいているのではないかと、やっぱり自惚れて考えて、才子で好男子の池内に、それほど嫉妬されているかと思うと、彼はむしろ得意をさえ感じたのである。

だが、池内という仲立《なかだち》にそむかれては、手も足も出ない彼であったから、そうして、芙蓉と会わぬ日が長引くに従って、耐え難き焦燥を感じないではいられなかった。三日に一度は、三階席の群集に隠れて、ソッと彼女の舞台姿を見に行ってはいたけれど、そんなことは、むしろ焦慮を増しこそすれ、彼の烈《はげ》しい恋にとって、何の慰めにもならなかった。彼は多くの日、例の土蔵の二階にとじ籠って、ひねもす、夜もすがら、木下芙蓉の幻をえがき暮した。目をふさぐと、まぶたの裏の暗闇の中に、彼女のさまざまな姿が、大写しになって、悩ましくもうごめくのだ。小学時代の、天女のように清純な笑顔にダブッて、半裸体のサロメの嬌笑《きょうしょう》が浮き出すかと思うと、金色の乳覆いで蓋をしたサロメの雄大な胸が、波のように息吐《いきづ》いたり、靨《えくぼ》のはいったたくましい二の腕が、まぶた一杯に蛇の踊りを踊ったり、それらの、おさえつけるような、兇暴な姿態にまじって、大柄な和服姿の彼女が、張り切った縮緬《ちりめん》の膝をすりよせて、じっと上目に見つめながら、彼の話を聞いている、いとしい姿が、いろいろな角度で、身体のあらゆる隅々が大写しになって、彼の心をかき乱すのであった。考えることも、読むことも、書くことも、全く不可能であった。薄暗い部屋の隅に立っている、木彫りの菩薩像《ぼさつぞう》さえがややともすれば、悩ましい連想の種となった。

ある晩、あまりに堪え難かったので、彼は思い切って、兼ねて考えていたことを、実行して見る気になった。陰獣の癖に、彼は少しばかりお洒落だったので、いつも外出する時はそうしていたのだが、その晩も、婆やに風呂を焚《た》かせ、身だしなみをして、洋服に着かえると、吾妻橋の袂《たもと》から自動車を雇って、その時芙蓉の出勤していた、S劇場へと向かったのである。

あらかじめ計ってあったので、車が劇場の楽屋口に着いたのは、ちょうど芝居のはねる時間であったが、彼は運転手に待っているように命じておいて、車を降りると、楽屋口の階段の傍らに立って、俳優達が化粧を落して出て来るのを辛抱《しんぼう》強く待ち構えた。彼はかつて、池内と一緒に、同じような方法で、芙蓉を誘い出したことがあるので、大体様子を呑み込んでいたのである。

その附近には、俳優の素顔を見ようとする、町の娘どもにまじって、意気な洋服姿の不良らしい青年達がブラブラしていたし、中には柾木よりも年長に見える紳士が、彼と同じように自動車を待たせて、そっと楽屋口を覗《のぞ》いているのも見受けられた。

恥かしさを我慢して、三十分も待った頃、やっと芙蓉の洋服姿が階段を降りて来るのが見えた。彼はつまずきながら、あわてて、その傍へ寄って行った。そして、彼が口の中で木下さんと云うか云わぬに、非常に間のわるいことには、ちょうどその時、違う方角から近寄って来た一人の紳士が、物慣れた様子で芙蓉に話しかけてしまったのである。柾木はのろまな子供のように赤面して、引返す勇気さえなく、ぼんやりと二人の立ち話を眺めていた。紳士は待たせてある自動車を指して、しきりと彼女を誘っていた。知合いと見えて芙蓉は快くその誘いに応じて、車の方へ歩きかけたが、その時やっと、彼女のあの特徴のある大きな目が、柾木の姿を発見したのである。

「アラ、柾木さんじゃありませんの」

彼女の方で声をかけてくれたので、柾木は救われた思いがした。

「エエ、通り合わせたので、お送りしようかと思って」

「まア、そうでしたの。では、お願い致しますわ。私ちょうど一度お目にかかりたくっていたのよ」

彼女は先口《せんくち》の紳士を無視して、さも馴れ馴れしい口を利いた。そして、その紳士にあっさり詫言《わびごと》を残したまま、柾木に何かと話しかけながら、彼の車に乗ってしまったのである。柾木は、このはれがましい彼女の好意に、嬉しいよりは、面喰《めんくら》って、運転手にかねて聞き知った芙蓉の住所を告げるのも、しどろもどろであった。

「池内さんたら、この前の日曜日のお約束をフイにしてしまって、ひどござんすわ。それとも、あなたにお差支えがありましたの」

車が動き出すと、その震動につれて、彼の身近く寄り添いながら、彼女は話題を見つけ出した。彼女は其の後も池内と三日にあげず、会っていたのだから、これはむろんお世辞に過ぎなかった。柾木は、芙蓉の身体の暖い触感にビクビクしながら、差支えのあったのは、池内の方だろうと答えると、彼女は、では、今月の末こそは、是非どこかへ参りましょう、などと云った。

彼等がちょっと話題を失なって、ただ触覚だけで感じ合っていた時、俄かに車内が明るくなった。車が、街燈やショーウインドウでまぶしいほど明るい、或る大通りにさしかかったのである。すると、芙蓉は小声で「まア、まぶしい」とつぶやきながら、大胆にも自分の側《がわ》の窓のシェードをおろして、柾木にも、ほかの窓のをおろしてくれるように頼むのであった。これは別の意味があったわけではなく、女優稼業の彼女は、人目がうるさくて、一人の時でもシェードをおろしていたくらいだから、まして男と二人で乗っている際、ただ、その用心に目かくしをしたまでであった。同時にそれは、彼女が柾木という男性にたかをくくっていた印でもあった。

だが、柾木の方では、それをまるで違った意味に曲解しないではいられなかった。彼はおろかにも、それを彼女がわざと作ってくれた機会だと思い込んでしまったのである。彼は震えながら、すべてのシェードをおろした。そして、彼はたっぷり一時間もたったかと思われたほど長い間、正面を向いたまま、身動きもしないでいた。

「もうあけても、いいわ」

車が暗い町にはいったので、芙蓉の方では気兼ねの意味で、こう云ったのだが、その声が柾木を勇気づける結果となった。彼はビクッと身震いをして、黙ったまま、彼女の膝の上の手に、彼自身の手を重ねた。そして、だんだん力をこめながらそれを押えつけて行った。

芙蓉はその意味を悟ると、何も云わないで、巧みに彼の手をすり抜けて、クッションの片隅へ身を避けた。そして柾木の木彫のようにこわばった表情を、まじまじと眺めていたが、ややあって、意外にも、彼女は突然笑い出した。しかも、それは、プッと吹き出すような笑いであった。

　柾木は一生涯、あんな長い笑いを経験したことがなかった。彼女はいつまでも、いつまでも、さもおかしそうに笑い続けていた。だが、彼女が笑っただけなれば、まだ忍べた。最もいけないのは、彼女の笑いにつれて柾木自身が笑ったことである。ああ、それが如何に唾棄《だき》すべき笑いであったか。もし彼があの恥かしい仕草を冗談にまぎらしてしまう積《つも》りだとしても、その方が、なお一層恥かしいことではないか。彼は彼自身のお人好しに身震いしないではいられなかった。それが彼を撃《う》った烈しさは、後に彼があの恐ろしい殺人罪を犯すに至った、最初の動機が、実にこの笑いにあったと云っても差支えないほどであった。

四

　それ以来数日の間、柾木は何を考える力もなく、茫然として蔵の二階に坐っていた。彼と彼以外の人間の間に、打破り難い厚い壁のあることが、一層痛切に感じられた。人間憎悪の感情が、吐き気のようにこみ上げて来た。

彼はあらゆる女性の代表者として、木下芙蓉を、此《こ》の上憎みようがないほど憎んだ。だが、何という不思議な心の働きであったか、彼は芙蓉を極度に憎悪しながらも、一方では、少年時代の幼い恋の思い出を忘れることが出来なかった。又、成熟した彼女の、目や唇や全身のかもし出す魅力を、思い出すまいとしても思い出した。明かに、彼はなお木下芙蓉を恋していた。しかもその恋は、あの破綻《はたん》の日以来、一層その熱度を増したかとさえ思われたのである。今や烈しき恋と、深い憎しみとは、一つのものであった。とは云え、もし今後彼が芙蓉と目を見かわすような場合が起ったならば、彼はいたたまらぬほどの恥と憎悪とを感じるであろう。彼は決して再び彼女と会おうとは思わなかった。そして、それにもかかわらず、彼は彼女を熱烈に恋していたのである。あくまでも彼女が所有したかったのである。

それほどの憎悪を抱きながら、やがて、彼がこっそりと三等席に隠れて、芙蓉の芝居を見に行き出したと云うのは、一見まことに変なことではあったが、厭人病者の常として、他人に自分の姿を見られたり、言葉を聞かれたりすることを、極度に恐れる反面には、人の見ていない所や、たとい見ていても、彼の存在が注意を惹かぬような場所（例えば公園の群集の中）では、彼は普通人の幾層倍も、大胆に放肆《ほうし》にふるまうものである。柾木が土蔵の中にとじ籠って、他人を近寄せないというのも、一つには彼はそこで、人の前では押えつけていた、自儘《じまま》な所業を、ほしいままに振舞いたいが為であった。そして厭人病者の、この秘密好みの性質には、兇悪なる犯罪人のそれと、どこかしら似通ったものを含んでいるのだが、それはともかく、柾木が芙蓉を憎みながら、彼女の芝居を見に行った心持も、やっぱりこれで、彼の憎悪というのは、その相手と顔を見合わせた時、彼自身の方で恥かしさに吐き気をもよおすような、一種異様の心持を意味したのだから、芝居小屋の大入場から、相手に見られる心配なく、相手を眺めてやるということは、決して彼のいわゆる憎悪と矛盾するものではなかったのである。

だが、一方彼の烈しい恋慕の情は、芙蓉の舞台姿を見たくらいで、いやされるわけはなく、そうして彼女を眺めれば眺めるほど、彼の満たされぬ慾望は、いやましに、深く烈しくなって行くのであった。

さて、そうした或る日のこと、柾木愛造をして、いよいよ恐ろしい犯罪を決心させるに至ったところの、重大なる機縁となるべき、一つの出来事が起った。それは、やっぱり彼が劇場へ芙蓉の芝居を見に行った帰りがけのことであるが、芝居がはねて、木戸口を出た彼は、曾《かつ》ての夜の思い出に刺戟《しげき》されたのであったか、ふと芙蓉の素顔が垣間見たくなったので、闇と群集にまぎれて、ソッと楽屋口の方へ廻って見たのである。

建物の角を曲って、楽屋口の階段の見通せる所へ、ヒョイと出た時である。彼は意外なものを発見して、再び建物の蔭に身を隠さねばならなかった。というのは、その楽屋口の人だかりのうちに、かの池内光太郎の見なれた姿が立ちまじっていたからである。

探偵の真似をして、先方に見つけられぬように用心しながら、じっと見ていると、ややたって、楽屋口から芙蓉が降りて来たが、案の定、池内は彼女を迎えるようにして、立ち話をしている。云うまでもなく、うしろに待たせた自動車に乗せて、彼女をどこかへ連れて行く積りらしいのだ。

柾木愛造は、先夜の芙蓉のそぶりを見て、池内と彼女の間柄が、相当深く進んでいることを、想像はしていたけれど、目の当《まあた》り彼等の親しい様子を見せつけられては、今更のように、烈しい嫉妬を感じないではいられなかった。それを眺めているうちに、彼の秘密好きな性癖がさせた業《わざ》であったか、咄嗟の間に、彼は池内等のあとを尾行してやろうと決心した。彼は急いで、客待ちのタクシーを雇って、池内の車をつけるように命じた。

うしろから見ていると、池内の自動車は、尾行されているとも知らず、さもお人よしに、彼の車の頭光の圏内を、グラグラとゆれていたが、しばらく走るうちに、こちらから見えている背後のシェードが、スルスルとおろされた。いつかの晩と同じである。だが、おろした人の心持は、恐らく彼の場合とは全く違っているであろうと邪推すると、彼はたまらなくいらいらした。

池内の車が止まったのは、築地河岸《つきじがし》のある旅館の門前であったが、門内に広い植込みなどのある、閑静な上品な構えで、彼等の媾曳《あいびき》の場所としては、まことに恰好の家であった。彼等が、そういう場所として、世間に知られた家を、わざと避けた心遣いが、一層小憎らしく思われた。

彼は二人が旅館へはいってしまうのを見届けると、車を降りて、意味もなく、その門前を行ったり来たりした。恋しさ、ねたましさ、腹立たしさに、物狂わしきまで興奮して、どうしても、このまま、二人を残して帰る気がしなかった。

一時間ほども、その門前をうろつき廻ったあとで、彼は何を思ったのか、突然門内へはいって行った。そして「お馴染《なじみ》でなければ」と云うのを、無理に頼んで、独りでそこの家へ泊ることにした。

手広い旅館ではあったが、夜も更けていたし、客も少いと見えて、陰気にひっそりとしていた。彼は当てがわれた二階の部屋に通ると、すぐ床をとらせて、横になった。

そうして、もっと夜の更けるのを待ち構えた。

階下の大時計が二時を報じた時、彼はムックリと起《た》って、寝間着のまま、そっと部屋を忍び出し、森閑とした広い廊下を、壁伝いに影の如くさまよって、池内と芙蓉の部屋を尋ねるのであった。それは非常に難儀な仕事であったが、スリッパの脱いである、間毎《まごと》の襖を、臆病な泥棒よりも、もっと用心をして、ソッと細目に開いては調べて行くうちに、遂に目的の部屋を見つけ出すことが出来た。電燈は消してあったが、まだ眠っていなかった二人のささやきかわす声音《こわね》によって、それと悟ることが出来たのである。二人が起きているとわかると、一層用心しなければならなかった。彼は躍る胸を押えながら、少しも物音を立てないように、襖の所へピッタリ身体をつけて、身体じゅうを耳にした。

中の二人はまさか、襖一と重の外に、柾木愛造が立聞きしていようとは、思いも及ばぬものだから、ささやき声ではあったけれど、喋りたいほどのことを、何の気兼もなく喋っていた。話の内容はさして意味のある事柄でもなかったけれど、柾木にとっては、木下芙蓉の、うちとけて、乱暴にさえ思われる言葉使いや、その懐かしい鼻声を、じっと聞いているのが、実に耐え難い思いであった。

彼はそうして、室内のあらゆる物音を聞き漏らすまいと、首を曲げ、息を殺し、全身の筋肉を、木像のようにこわばらせ、まっ赤に充血した眼で、どことも知れぬ空間を凝視しながら、いつまでも、いつまでも立ちつくしていた。

五

それ以来、彼が殺人罪を犯したまでの約五カ月の間、柾木愛造の生活は、尾行と立聞きと隙見《すきみ》との生活であったと云っても、決して云い過ぎではなかった。その間、彼はまるで、池内と芙蓉との情交につきまとう、不気味な影の如きものであった。

凡《およ》そは想像していたのだけれど、実際二人の情交を見聞するに及んで、彼は今更のように、身の置きどころもない恥かしさと、胸のうつろになるような悲しさを味わった。それはむしろ肉体的な痛みでさえあった。池内の圧迫的な、けだもののような猫撫で声には、彼は人のいない襖の外で赤面したほど、烈しい羞恥を感じたし、芙蓉の、昼間の彼女からはまるで想像も出来ない、乱暴な赤裸々な言葉使いや、それでいて、その音波の一と波ごとに、彼の全身が総毛立つほども懐かしい、彼女の甘い声音には、彼はまぶたに溢《あふ》れる熱い涙をどうすることも出来なかった。そして、ある絹ずれの音や、ある溜息の気配を耳にした時には、彼は恐怖の為に、膝から下が無感覚になって、ガクガクと震え出しさえした。

彼はたった一人で、薄暗い襖の外で、あらゆる羞恥と憤怒《ふんぬ》とを経験した。それで充分であった。もし彼が普通の人間であったら、二度と同じ経験をくり返すことはなかったであろう。いや、むしろ最初から、そのような犯罪者めいた立聞きなどを目論見はしなかったであろう。だが、柾木愛造は内気や人厭いで異常人であったばかりでなく、恐らくはそのほかの点においても、例えば、秘密や、罪悪に不可思議な魅力を感ずるところの、あのいまわしい病癖をも、彼は心の隅に、多分に持合わせていたに相違ないのである。そして、その潜在せる邪悪なる病癖が、彼のこの異常な経験を機縁として、俄かに目覚めたものに違いないのだ。

世にもいまわしき立聞きと隙見とによって覚えるところの、むず痒《がゆ》い羞恥、涙ぐましい憤怒、歯の根も合わぬ恐怖の感情は、不思議にも、同時に、一面においては、彼にとって、限りなき歓喜であり、たぐいもあらぬ陶酔であった。彼ははからずも覗いた世界の、あの兇暴なる魅力を、どうしても忘れることが出来なかった。

世にも奇怪な生活が始まった。柾木愛造のすべての時間は、二人の恋人の媾曳の場所と時とを探偵すること、あらゆる機会をのがさないで、彼等を尾行し、彼等に気づかれぬように立聞きし隙見することに費された。偶然にも、その頃から池内と芙蓉との情交が、一段と濃やかに、真剣になって行ったので、その逢う瀬も繁く、彼等も夢《ゆめ》現《うつつ》の恋に酔うことが烈しければ烈しいほど、従って柾木が、あの歯ぎしりするような、苦痛と快楽の錯綜境《さくそうきょう》にさまよう事もますますその度数と烈しさを増して行った。

多くの場合、二人が別れる時に言いかわす、次の逢う瀬の打合わせが、彼の尾行の手掛りとなった。彼等の媾曳の場所は、いつも築地河岸の例の家とは限らなんだし、落ち合う所も楽屋口ばかりではなかったが、柾木はどんな場合も見逃さず、五日に一度、七日に一度、彼等の逢う瀬の度ごとに、邪悪なる影となって、彼等につきまとい、彼等と同じ家に泊り込み、或は襖の外から、或は壁ひとえの隣室から、時には、その壁に隙見の穴さえあけて、彼等の一挙一動を監視した。（それを相手に悟られない為に、彼はどれほどの艱難辛苦《かんなんしんく》を嘗《な》めたであろう）そして、ある時はあらわに、ある時はほのかに、恋人同士のあらゆる言葉を聞き、あらゆる仕草を見たのである。

「僕は柾木愛造じゃないんだからね。そんな話はちとお門《かど》違いだろうぜ」

ある夜のひそひそ話の中では、池内がふとそんなことを云い出すのが聞えた。

「ハハハハハハ、全くだわ。あんたは話せないけど可愛い可愛い人。柾木さんは話せるけど、虫酸《むしず》の走る人。それでいいんでしょ。あんなお人好しの、でくの坊に惚れる奴があると思って。ハハハハハハハハ」

芙蓉の低いけれど、傍若無人《ぼうじゃくぶじん》な笑い声が、錐《きり》のように、柾木の胸をつき抜いて行った。その笑い声は、いつかの晩の自動車の中でのそれと、全く同じものであった。柾木にとっては、無慈悲な意地わるな厚さの知れぬ壁としか考えられないところのものであった。

彼の立聞きを少しも気づかないで、ほしいままに彼を噂する二人の言葉から、柾木は、やっぱり彼がこの世の除《の》けもので、全く独りぼっちな異人種であることを、いよいよ痛感しないではいられなかった。俺は人種が違うのだ。だから、こういう卑劣な唾棄すべき行為が、かえって俺にはふさわしいのだ。この世の罪悪も俺にとっては罪悪ではない。俺のような生物は、このほかにやって行きようがないのだ。彼はだんだんそんな事を考えるようになった。

一方、彼の芙蓉に対する恋慕の情は、立聞きや隙見が度重なれば重なるほど、息も絶え絶えに燃え盛って行った。彼は隙見の度ごとに、一つずつ、彼女の肉体の新しい魅力を発見した。襖の隙から、薄暗い室内の、蚊帳《かや》の中で(もうその頃は夏が来ていたから)海底の人魚のように、ほの白くうごめく、芙蓉の絽《ろ》の長襦袢《ながじゅばん》姿を眺めたことも、一度や二度ではなかった。

そのような折には、彼女の姿は、母親みたいに懐かしく、なよなよと夢のようで、むしろ幽幻にさえ感じられた。

だが、まるで違った場面もあった。そこでは、彼女は物狂わしき妖女《ようじょ》となった。振りさばいた髪の毛は、無数の蛇ともつれ合って着衣をかなぐり捨てた全身が、まぶしいばかりに桃色に輝き、つややかな四肢が、空《そら》ざまにゆらめき震えた。柾木は、その兇暴なる光景に耐えかねて、ワナワナと震え出したほどである。

　ある晩のこと、彼はこっそりと、二人の隣の部屋に泊り込んで、彼等が湯殿へ行った間に、境の砂壁の腰貼りの隅に、火箸で小さな穴をあけた。これが病みつきとなって、それ以来、彼は出来る限り、二人の隣室へ泊り込むことを目論んだ。そして、どの家の壁にも、一つずつ、小さな穴をあけて行った。彼はこの狐のように卑劣な行為を続けながら、ふと「俺はここまで堕落《だらく》したのか」と、慄然《りつぜん》とすることがあった。しかし、それは烈しい驚きではあっても、決して悔恨ではなかった。世の常ならぬ愛慾の鬼奴《め》(注2)が、彼を清玄《せいげん》のように、執拗な恥しらずにしてしまった。

　彼は不様な格好で、這いつくばい、壁に鼻の頭をすりつけて、辛抱強く、小さな穴を覗き込むのだが、その向う側には、凡そ奇怪で絢爛《けんらん》な、地獄の覗き絵がくりひろげられていた。毒々しい五色のもやが、目もあやに、、もつれ合った。ある時は、芙蓉のうなじが、眼界一杯に、つややかな白壁のようにひろがって、ドキンドキンと脈をうつた。ある時は、彼女の柔かい足の裏がまっ正面に穴をふさいで、老人の顔に見えるそこの皺《しわ》が、異様な笑いを笑ったりした。だが、それらのあらゆる幻惑の中で、柾木愛造を最も引きつけたものは、不思議なことに、彼女のふくらはぎに、ちょっとばかり、どす黒い血をにじませた、掻き傷の痕であった。それはひょっとしたら、池内の爪がつけたものだったかも知れぬけれど、彼の目の前に異様に拡大されてうごめく、まぶしいほどつやつやかな薄桃色のふくらはぎと、その表面を無残にもかき裂いた、生々しい傷痕の醜さとが、怪しくも美しい対照を為して、彼の眼底に焼きついたのであった。

だが、彼のこの人でなしな所業は、恥と苦痛の半面に、奇怪な快感を伴なっていたとは云え、それは、日一日と、気も狂わんばかりに、彼をいらだたせ、悩ましこそすれ、決して彼を満足させることはなかった。襖ひとえの声を聞き、眼前一尺の姿を見ながら、彼と芙蓉との間には、無限の隔《へだ》たりがあった。彼女の身体はそこにありながら、つかむことも、抱くことも、触れることさえ、全く不可能であった。しかも、彼にとっては永遠に不可能な事がらを、池内光太郎は、彼の眼前で、さも無造作に、自由自在に振舞っているのだ。柾木愛造が、この世の常ならぬ、無残な苛責《かしゃく》に耐えかねて、遂にあの恐ろしい考えを抱くに至ったのは、まことに無理もない事であった。それは実に、途方もない、気違いめいた手段ではあった。だが、それがたった一つ残された手段でもあったのだ。それをほかにしては、彼は永遠に、彼の恋を成就するすべはなかったのである。

六

彼が尾行や立聞きを始めてから一と月ばかりたった時、悪魔が彼の耳元に、ある不気味な思いつきをささやき始めたのであったが、彼はいつとなく、その甘いささやきに引入れられて行って、半月ほどの間に、とうとうそれを、思い返す余地のない実際的な計画として、決心するまでになってしまった。

ある晩、彼は久しぶりで、池内光太郎の自宅を訪問した。彼の方では、あの秘密な方法で、しげしげ池内に会っていたけれど、池内にしては一と月半ぶりの、やや気まずい対面だったので、何かと気を遣って、例の巧みな弁口で、池内自身も、その後芙蓉とはまるで御無沙汰になっている体《てい》に、云いつくろうのであったが、柾木は、相手が芙蓉のことを云い出すのを待ち兼ねて、それをきっかけに、さも何気なく、

「いや、木下芙蓉といえば、僕は少しばかり君にすまない事をしているのだよ。ナニ、ほんの出来心なんだけれど、実はね、もう一と月以上も前のことだが、芙蓉がS劇場に出ていた時分、ちょうど芝居がはねる時間に、あの辺を通り合わせたものだから、

楽屋口で芙蓉の出て来るのを待って、僕の車に乗せて、家まで送ってやったことがあるのだよ。でね、その車の中で、つい出来心で、僕はあの女に云い寄ったわけなのさ。だが君、怒ることはないよ。あの女は断然はねつけたんだからね。とても僕なんかの手には合わないよ。君に内緒にしておくと、何だか僕が今でも、君とあの女の間柄をねたんでいるように当って、気が済まないものだから、少し云いにくかったけれど、恥かしい失敗談を打ちあけたわけだがね。全く出来心なんだ。もうあの女に会いたいとも思わぬよ。君も知っている通り、僕は真剣な恋なんて、出来ない男だからね」

というようなことをしゃべった。なぜ、そうしなければならないのか、彼自身にも、ハッキリわからなかったけれど、あの一事を秘密にしておいては、何だかまずいように思われた。それをあからさまに云ってしまった方が、かえって安全だという気がした。

狂人というものは、健全な普通人を、一人残らず、彼等の方がかえって気違いだと思い込んでいるものであるが、すると、柾木愛造が、人厭いであったのも、彼以外の人間を、異国人のように感じたのも、すべて、彼が最初から、幾分気違いじみていたことを、証拠立てているのかも知れない。

事実、彼はもはや気違いというほかはなかった。あの執拗で、恥知らずな尾行や立聞きや隙見なども、云うまでもなく狂気の沙汰であった。今度は彼は、それに輪をかけた、実に途方もない事を始めたのである。と云うのは、あの人厭いな陰気者の柾木愛造が、突然、新青年のように、隅田川の上流の、とある自動車学校に入学して、毎日欠かさずそこへ通って、自動車の運転を練習し始めたことで、しかも、彼は、それが彼の恐ろしい計画にとって、必然的な準備行為であると、まじめに信じていたのである。

「僕は最近、不思議なことを始めたよ。僕みたいな古風な陰気な男が、自動車の運転を習っていると云ったら、君は定めし驚くだろうね。僕のところの婆やなんかも、僕が柄《がら》にもなく朝起きをして、一日も休まず自動車学校へ通学するのを見て、たまげているよ。毎日毎日練習用のフォードのぼろ車をいじくっているうちに、妙なもので、少しは骨《こつ》がわかって来た。この分なら、もう一と月もしたら、乙種の免状ぐらい取れそうだよ。それがうまく行ったら、僕は一台車を買い込むつもりだ。そして、自分で運転して、気散《きさん》じな自動車放浪をやるつもりだ。自動車放浪という気持ちが、君はわかるかね、僕にしては、実にすばらしい思いつきなんだよ。たった一人で箱の中に坐っていて、少しも人の注意を惹かないで、しかも非常な速度で自由自在に、東京中を放浪して歩くことが出来るのだ。君も知っているように、僕が出嫌《でぎら》いなのは、この自分の身体を天日《てんぴ》や人目にさらす感じが、たまらなくいやだからだ。車に乗るにしても、運転手に物を云ったり指図をしたりしなければならぬし、僕がどこへ行くかと云うことを、少くとも運転手だけには悟られてしまうからね。それが、自分で箱車を運転すれば、誰にも知られず、ちょうど僕の好きな土蔵の中にとじ籠っているような気持のままで、あらゆる場所をうろつき廻ることが出来る。どんな賑やかな大通りをも、雑沓をも、全く無関心な気持で、隠れ簑を着た仙人のように、通行することが出来る。僕みたいな男にとっては、何と理想的な散歩法ではあるまいか。僕は今、子供のように、運転手免状が下附される日を、待ちこがれているのだよ」

柾木はこんな意味の手紙を、池内光太郎に書いた。それは彼の犯罪準備行為を、わざと大胆に曝露《ばくろ》して、相手を油断させ、相手に疑いを抱かせまいとする、捨身の計略であった。この場合、大胆に曝露することが、いたずらに隠蔽《いんぺい》するよりも、かえって安全であることを、彼はよく知っていたのだ。むろんその時分にも、一方では例の七日に一度ぐらいの、尾行と立聞きを続けていたので、彼はその手紙を受取ってからの、池内の挙動に注意したが、彼が柾木の奇行を笑うほかに、何の疑うところもなかったことは、いうまでもない。

ずいぶん金も使ったけれども、僅か二た月ほどの練習で、彼は首尾よく乙種運転手の免状を手に入れることが出来た。同時に、彼は自動車学校の世話で、箱型《セダン》フォードの中古品を買入れた。やくざなフォードを選んだのは、費用を省く意味もあったが、当時東京市中のタクシーには、過半フォードが使用されていたので、その中に立ちまじって、目立たぬという点が、主たる理由であった。ある理由から、彼はそれを買入れる時、客席の窓に新しくシェードを取りつけさせることを忘れなかった。前にも云ったように、彼のK町の家には広い荒れ庭があったので、車庫を建てるのも、少しも面倒がなかった。

車庫が出来上がると、柾木はその扉《ドア》をしめ切って、婆やに気づかれぬように注意しながら、二た晩もかかって、大工の真似事をした。それは、彼の自動車の後部のクッションを取りはずして、その内部の空ろな部分に、板を張ったり、クッションそのものを改造したりして、そこに人一人横になれるほどの箱を作ることであった。つまり、外部からは少しもわからぬけれど、そのクッションの下に、長方形の棺桶のような、空虚な部分が出来上がったわけである。

さて、この奇妙な仕事がすむと、彼は古着屋町で、タクシーの運転手が着そうな黒の詰襟《つめえり》服と、スコッチの古オーバーと（その時分気候はすでに晩秋になっていたので）目まで隠れる大きな鳥打帽とを買って来て（かような服装を選んだのにも、むろん理由があった）それを身につけて運転手台におさまり、時を選ばず、市中や近郊をドライブし始めたのである。

　それはまことに奇妙な光景であった。雑草の生《お》い茂った荒れ庭。壁の落ちた土蔵。倒れかかったあばら家。くずれた土塀。その荒涼《こうりょう》たる化物屋敷の門内から、たといフォードの中古にもしろ、見たところ立派やかな自動車が、それが夜の場合には、怪獣の目玉のような、二つの頭光を、ギラギラと光らせて、毎日毎日、どこともしれずすべり出して行くのである。婆やをはじめ、附近の住民達は、もうその頃は噂のひろまっていた、この奇人の、世にも突飛《とっぴ》な行動に、目を見はらないではいられなかった。

　一と月ばかりの間、彼は、運転を覚えたばかりの嬉しさに、用もないのに自動車を乗り廻している、という体を装いつつ、無闇と彼のいわゆる自動車放浪を試みた。市内はもちろん、道路の悪くない限り、近郊のあらゆる方面に遠乗りをした。ある時は、自動車を、池内光太郎の勤め先の会社の玄関へ横づけにして、驚く池内を誘って宮城前の広場から、上野《うえの》公園を一巡して見せたこともあった。池内は「君に似合わしからぬ芸当だね。だが、フォードの古物とは、気が利かないな」などと云いながら、でも、少なからず驚いている様子だった。もし彼が、現に彼の腰かけていた、クッションの下に、妙な空隙《くうげき》がこしらえてあること、又遠からぬ将来、そこへ何物かの死体が隠されるであろうことを知ったなら、どんなに青ざめ、震え上がったことであろうと思うと、運転しながら、柾木は背中を丸くし、顔を胸に埋めて、湧き上がって来るニタニタ笑いを、隠さなければならなかった。

又ある晩は、たった一度ではあったけれど、彼は大胆にも、当の木下芙蓉の散歩姿を、自動車で尾行したこともあった。もしそれを、相手に見つかったならば、彼の計画はほとんど駄目になってしまうほど、実に危険な遊戯であったが、しかし、危険なだけに、柾木はゾクゾクするほど愉快であった。洋装の美人が、さも気取った様子で、歩道をコツコツと歩いて行く。その斜めうしろから、一台のボロ自動車が、のろのろとついて行くのだ。美人が町角を曲るたびに、ボロ自動車もそこを曲る。まるで紐でつないだ飼犬みたいな感じで、まことに滑稽な、同時に不気味な光景であった。「御令嬢、ホラ、うしろから、あなたの棺桶がお供をしていますよ」柾木はそんな歌を、心の中でつぶやいて、薄気味のわるい微笑を浮べながら、ソロソロと車を運転するのであった。

彼がこんなふうに、自動車を手に入れてから、一と月もの長い間、辛抱強く無駄な日を送っていたのは、云うまでもなく、池内をはじめ婆やだとか近隣の人達に彼の真意を悟られまい為であった。彼が自動車を買ったかと思うと、すぐさま芙蓉が殺されたのでは、少々危険だと考えたのである。だが、これはむしろ杞憂《きゆう》であったかも知れない。なぜと云って、表面に現われたところでは、柾木と芙蓉とは、ただ小学校で顔見知りであった男女が、偶然十数年ぶりに再会して、三四度席を同じうしたまでに過ぎないし、それからでも、すでに五カ月の月日が経過しているのだから、柾木が自動車を買い入れた日と、芙蓉が殺害された日と、たとえピッタリ一致したところで、この二つの事柄の間に、恐ろしい因果関係が存在しようなどと、誰が想像し得たであろう。どんなに早まったところで、彼には少しの危険さえなかった筈である。

それはともかく、さすが用心深い柾木も、一と月の間の、さも呑気そうな自動車放浪で、もはや充分だと思った。いよいよ実行である。だが、その前に準備しておかねばならぬ、二三のこまごました仕事が、まだ残っていた。と云うのは、賃自動車の目印である。ツーリングの赤いマークを印刷した紙切れを手に入れること、自動車番号を記したテイルの塗り板の替え玉を用意すること、芙蓉の為に安全な墓場を準備しておくことなどであったが、前の二つは大した困難もなく揃えることが出来たし、墓場についても、実に申し分のない方法があった。彼は邸《やしき》の荒れ庭のまん中に水のかれた深い古井戸のあることを知っていた。ある日彼は、庭をぶらついていて、わざとそこへ身をすべらせ、向脛《むこうずね》にちょっとした傷をこしらえて見せた。そして、その事を婆やに告げて、危ないから埋めることにしようと云い出したのである。ちょうどその頃、近くに道路工事があって、不用の土を運ぶ馬力が、毎日彼の邸の前を通り、工事の現場には、「土御入用の方は申出て下さい」と立札がしてあった。柾木はその工事監督に頼んで、代金を払って、二た車ばかりの土を、彼の邸内へ運んでもらうことにしたのである。馬方は彼の荒れ庭の中へ馬車を引き込んで、その片隅へ乱暴に土の山をつくって行った。あとは、いつでも好きな時に、人足を頼んで、その土を古井戸の中へほうり込んでもらえばよいのである。云うまでもなく、彼は井戸を埋める前に芙蓉の死骸をその底へ投げ込み、上から少々土をかけて、人足たちに気づかれることなく、彼女を葬ってやる積りであった。

さて、準備は遺漏《いろう》なくととのった。もう決行の日をきめるばかりである。それについても、彼は確かな目算があった。というのは、しばしば述べたように、彼は其の時分までも、例の尾行や立聞きを続けていたので、彼等(池内と芙蓉と)が次に出会う場所も時間も、知れていたし、当時芝居の切れ目だったので、芙蓉は自宅から約束の場所へ出かけるのだが、そんな時に限って、彼女はわざと帳場の車を避け、きまったように、近くのある大通りの角まで歩いて、そこで通りすがりのタクシーを拾うことさえ、彼にはすっかりわかっていた。実を云うと、それがわかっていたからこそ、彼はあの変てこな、自動車のトリックを思いついたほどであったのだから。

七

十一月のある一日、その日は朝からすがすがしく晴れ渡って、高台の窓からは、富士山の頭が、ハッキリ眺められるような日和《ひより》であったが、夜に入っても、肌寒いそよ風が渡って、空には梨地《なしじ》の星が、異様にあざやかにきらめいていた。

その夜の七時頃、柾木愛造の自動車は、二つの目玉を歓喜に輝かせ、爆音華やかに、彼の化物屋敷の門をすべり出し、人なき隅田堤を、吾妻橋の方角へと、一文字に快走した。運転台の柾木愛造も、軽やかにハンドルを握り、彼に似合わしからぬ口笛さえ吹き鳴らして、さもいそいそと嬉しそうに見えた。

何というはればれとした夜、何という快活な彼のそぶり。あの恐ろしい犯罪への首途《かどで》としては、余りにも似合わしからぬ陽気さではなかったか。だが、柾木の気持では、陰惨な人殺しに行くのではなくて、今彼は、十幾年も待ちこがれた、あこがれの花嫁《はなよめ》御《ご》を、お迎いに出かけるのだった。今夜こそ、曾ては彼の神様であった木下文子が、幾夜の夢に耐え難きまで彼を悩まし苦しめた木下芙蓉の肉体が、完全に彼の所有に帰するのだ。何人《なんぴと》も、あの池内光太郎でさえも、これを妨げる力はないのだ。アア、この歓喜を何に例えることが出来よう。すき通った闇夜も、闌干《らんかん》たる星も、自動車の風よけガラスの隙間から、彼の頬にざれかかるそよ風も、彼の世の常ならぬ結婚の首途を祝福するものでなくて何であろう。

　木下芙蓉の、その夜の媾曳の時間は八時ということであったから、柾木は、七時半には、もうちゃんと、いつも芙蓉が自動車を拾う、大通りの四つ角に、車を止めて待ち構えていた。彼は運転台で、背を丸くし、鳥打帽をまぶかにして、うらぶれた辻待ちタクシーの運転手を装った。前面の風よけガラスには、ツーリングの赤いマークのはいった紙を目立つように貼り出し、テイルの番号標は、いつの間にか、警察から下附されたものとは、まるで違う番号の、営業自動車用のにせ物に代っていた。それは誰が見ても、ありふれたフォードの、客待ち自動車でしかなかった。

「ひょっとしたら、今夜は何か差支えが出来て、約束を変えたのではあるまいか」

　待ち遠しさに、柾木がふとそんなことを考えた時、ちょうどそれが合図ででもあったように、向うの町角から、ひょっこりと、芙蓉の和服姿が現われた。彼女は、わざと地味なこしらえにして、茶っぽい袷《あわせ》に黒の羽織、黒いショールで顎《あご》を隠して、小走りに、彼の方へ近づいて来るのだが、街燈の作りなした影であったか、顔色も、どことなく打沈んで見えた。

ちょうどその時は、通り過ぎる空自動車もなかったので、彼女は当然柾木の車に走り寄った。いうまでもなく、柾木の欺瞞《ぎまん》が効を奏して、彼女はその車を、辻待ちタクシーと思い込んでいたのである。

「築地まで、築地三丁目の停留場のそばよ」

柾木が運転台から降りもせず、顔をそむけたまま、うしろ手にあけた扉から、彼女は大急ぎですべり込んで、彼の背中へ行先を告げるのであった。

柾木は、心の内で凱歌《がいか》を奏しながら、猫背になって命ぜられた方角へ、車を走らせた。淋しい町を幾曲りして、車は順路として、ある明るい、夜店で賑わっている、繁華な大通りへさしかかったが、この大通りこそ、柾木の計画にとって、最も大切な場所であった。彼は運転しながら、鳥打のひさしの下から、上目使いに、前のバックミラーに映る背後の客席の窓を見つめていた。今か今かと、ある事の起るのを待ち構えていた。

すると間もなく、案の定まぶしい燈光をさける為に、半年以前、柾木と同乗した時と同じように、芙蓉が客席の四方の窓のシェードを、一つ一つおろして行くのが見えた。(当時の箱型フォードはすべて、客席と運転手台との間に、ガラス戸の隔てが出来ていた)彼が自動車を買い入れた時、わざわざシェードを取りつけさせた理由は、これであった。柾木は、胸の中で小さな動物が、滅茶苦茶《めちゃくちゃ》にあばれ廻っているように感じた。一里も走りつづけたほど喉《のど》が乾いて、舌が木のようにこわばってしまった。だが、彼は断末魔の苦しみで、これを堪えながら、なおも車を走らせるのであった。

　賑かな大通りの中程へ進んだころ、前方から気違いめいた音楽が聞えて来た。それはその町のとある空地に、大テントを張って興行していた、娘曲馬団の客寄せ楽隊で、旧式な田舎音楽が、蛮声を張り上げて、かっぽれの曲を、滅多無性《めったむしょう》に吹き鳴らしているのであった。曲馬団の前は、黒山の人だかりが、人道を埋め、車道は雷のような音を立てて行きかう電車や、自動車、自転車で、急流を為し、耳を聾する音楽と、目をくらます雑沓が、その辺一帯の通行者から、あらゆる注意力を奪ってしまったかに見えた。柾木が予期した通り、これこそ屈強《くっきょう》の犯罪舞台であった。

　彼は車道の片側へ車を寄せて、突然停車すると目に見えぬす早さで、運転台を飛び降り、客席に躍り込んで、ピッシャリと中から扉をしめた。そこはちょうど露店の焼鳥屋のうしろだったし、たとい見た人があったところで、完全にシェードが下りているのだから、客席内の様子に気づく筈はなかった。

　躍り込むと同時に、彼は芙蓉の喉を目がけて飛びついて行った。彼の両手の間で、白い柔かいものが、しなしなと動いた。

「許して下さい。許して下さい。僕はあなたが可愛いのだ。生かしておけないほど可愛いのだ」

彼はそんな世迷言《よまいごと》を叫びながら、白い柔かいものを、くびれて切れてしまうほど、ぐんぐんとしめつけて行った。

芙蓉は、運転手だと思い込んでいた男が、気違いのように血相をかえて飛び込んで来た時、殺される者のす早い思考力で咄嗟に柾木を認めた。だが、彼女は、悪夢の中でのように、全身がしびれ、舌が釣って、逃げ出す力も、助けを呼ぶ力もなかった。妙なことだけれど、彼女は大きく開いた目で、またたきもせず柾木の顔を見つめ、泣き笑いのような表情をして、さあここをと云わぬばかりに、彼女の首をグッと彼の方へつき出したかとさえ思われた。

柾木は必要以上に長い間、相手の首をしめつけていた。離そうにも、指が無感覚になってしまって、云うことを利かなかったし、そうでなくても、手を離したら、ビチビチ躍り出すのではないかと、安心が出来なんだ。だが、いつまで押えつけているわけにも行かぬので、怖《おそ》る怖る手を離して見ると、被害者はくらげのように、グニャグニャと、自動車の底へ、くずおれてしまった。

彼はクッションを取りはずし、難儀をして、芙蓉の死骸を、その下の空ろな箱の中へおさめ、元通りクッションをはめて、その上にぐったり腰をおろすと、気をしずめる為に、しばらくの間、じっとしていた。外には、相変らず、かっぽれの楽隊が、勇ましく鳴り響いていたが、それが実は、彼をだます為に、わざと何気なく続けられているので、安心をして、シェードをあげると、窓ガラスの外に、無数の顔が折り重って、千の目で、彼を覗き込んでいるのではないかと思われ、迂闊《うかつ》にシェードを上げられないような気がした。

彼は一分《ぶ》くらいの幕の隙間から、おずおずと外を覗いて見た。だが、安心したことには、そこには彼を見つめている一つの顔もなかった。電車も自転車も歩行者も、彼の自動車などには、全然無関心に、いそがしく通り過ぎて行った。

大丈夫だと思うと、少し正気づいて、乱れた服装をととのえたり、隠し残したものはないかと、車の中を改めたりした。すると床のゴムの敷物の隅に、小さな手提鞄《てさげかばん》が落ちているのに気づいた。むろん芙蓉の持ち物である。開いて見ると、別段の品物も入っていなかったが、中に銀の懐中鏡があったので、ついでにそれをとり出して、自分の顔を写して見た。丸い鏡の中には、少し青ざめていたけれど、別に悪魔の形相も現われていなかった。彼は長い間鏡を見つめて、顔色をととのえ、呼吸を静める努力をした。やがて、やや平静を取戻した彼は、いきなり運転台に飛び戻って、大急ぎで電車道を横切り、車を反対の方角に走らせた。そして、人通りのない淋しい町へ淋しい町へと走って、とある神社の前で車を止め、前後に人のいないのを確かめると、ヘッドライトを消しておいて、咄嗟の間に、シェードを上げ、ツーリングのマークをはがし、テイルの番号標を元の本物と取り換え、再び頭光をつけると、今度はすっかり落ちついた気持で、車を家路へと走らせるのであった。交番の前を通るたびに、わざと徐行して「お巡りさん、私ゃ人殺しなんですよ。このうしろのクッションの下には、美しい女の死骸が隠してあるんですよ」などと独りごちて、ひどく得意を感じさえした。

八

邸について、車を車庫に納めると、もう一度身の廻りを点検して、シャンとして玄関へ上がり、大声に台所の婆やを呼び出した。

「お前済まないが、ちょっと使いに行って来ておくれ。浅草の雷門の所に、鶴屋という洋酒屋があるだろう。あすこへ行ってね、何でもいいから、これで買えるだけの上等の葡萄酒を一本取ってくるのだ。さア、ここにおあしがある」

そういって彼が十円札を二枚つき出すと、婆やは、彼の下戸《げこ》を知っているので、

「まア、お酒でございますか」と妙な顔をした。柾木は機嫌よくニコニコして「ナニ、ちょっとね、今晩は嬉しいことがあるんだよ」と弁解したが、これは、婆やが雷門まで往復する間に、芙蓉の死骸を、土蔵の二階へ運ぶ為でもあったけれど、同時に又、この不可思議な結婚式の心祝いに少々お酒がほしかったのでもあった。

婆やの留守の三十分ばかりの間に、彼は魂のない花嫁を、土蔵の二階へ運んだ上、例の自動車のクッションの下の仕掛けを、すっかり取りはずして、元々通りに直しておく暇さえあった。こうして彼は、最後の証拠を湮滅《いんめつ》してしまったわけである。

この上は、あかずの土蔵へ闖入《ちんにゅう》して、芙蓉の死骸そのものを目撃しない以上、誰一人彼を疑い得る者はない筈であった。

間もなく半ば狂せる柾木と、木下芙蓉の死体とが、土蔵の二階でさし向いであった。燭台のたった一本の蠟燭《ろうそく》が赤茶けた光で、そこに恥もなく横たわった、花嫁御の冷たい裸身を照らし出し、それが、部屋の一方に飾ってある、等身大の木彫りの菩薩像や、青ざめたお能の面と、一種異様の、陰惨な、甘酸っぱい対象を為していた。

たった一時間前まで、心持の上では、千里も遠くにいて、むしろ怖いものでさえあった、世間並に意地わるで、利口者の人気女優が、今何の抵抗力もなく、赤裸々のむくろを彼の眼前一尺にさらしているかと思うと、柾木は不思議な感じがした。全く不可能な事柄が、突然夢のように実現した気持であった。今度は反対に軽蔑したり、憐れんだりするのは、彼の方であった。手を握るはおろか、頰をつついても、抱きしめても、ほうり出しても、相手はいつかの晩のように、彼を笑うことも、嘲ることも出来ないのだ。何たる驚異であろう。幼年時代には彼の神様であり、この半年の間は、物狂おしきあこがれの的であった木下芙蓉が、今や全く彼の占有に帰したのである。

死体は、首に青黒い扼殺《やくさつ》のあとがついているのと、皮膚の色がやや青ざめていたほかは、生前と何の変りもなかつた。大きく見開いた、瀬戸物のようなうつろな目が、空間を見つめ、だらしなく開いた唇の間から、美しい歯並と舌の先がのぞいていた。唇には生色がなくて、何とやら花やしき（注3）の生人形《いきにんぎょう》みたいであったが、皮膚は青白くすべっこかった。仔細に見れば、二の腕や腿のあたりに生毛《うぶげ》も生えていたし、毛穴も見えたけれど、それにもかかわらず、全体の感じは、すべっこくて透き通っていた。

非現実的な蠟燭の光が身体全体に無数の柔かい影を作った。胸から腹の表面は、砂漠の砂丘の写真のように、蔭ひなたが、雄大なるうねりを為し、身体全体は、夕陽を受けた奇妙な白い山脈のように見えた。気高く聳《そび》えた嶺《みね》つづきの不可思議な曲線、滑かな深い谷間の神秘なる陰影、柾木愛造はそこに、芙蓉の肉体のあらゆる細部にわたって、思いもよらぬ、微妙な美と秘密とを見た。

生きている時は、人間はどんなにじっとしていても、どこやら動きの感じを免れないものだが、死者には全くそれがない。このほんの僅かの差違が、生体と死体とを、まるで感じの違ったものに見せることは、恐ろしかった。芙蓉はあくまでも沈黙していた。あくまでも静止していた。だらしのない姿をさらしながら、叱りつけられた小娘のようにいじらしいほどおとなしかった。

柾木は彼女の手を取って、膝の上でもてあそびながら、じっとその顔に見入った。強直《きょうちょく》の来ぬ前であったから、手はくらげのようにぐにゃぐにゃしていて、そのくせ非常な重さだった。皮膚はまだ、日向水《ひなたみず》ぐらいの温度を保っていた。

「文子さん、あなたはとうとう僕のものになりましたね。あなたの魂がいくらあの世で意地わるを云ったり、嘲笑ったりしても、僕は何ともありませんよ。なぜって、僕は現にこうして、あなたの身体そのものを自由にしているのですからね。そして、あなたの魂の方の声や表情は、聞えもしなければ、見えもしないのですからね」

柾木が話しかけても、死骸は生人形みたいに黙り返っていた。空ろな目が霞《かすみ》のかかったように、白っぽくて、白眼の隅の方に、目立たぬほど、灰色のポツポツが見えていた。（それの恐ろしい意味を、柾木はまだ気づかなかったけれど）顎がひどく落ちて、口があくびをしたように見えるのが、少し気の毒だったので、彼は手で、それをグッと押し上げてやった。押し上げても、押し上げても、元に戻るものだから、口をふさいでしまうのに、長い間かかった。でも、ふさいだ口は、一層生前に近くなって、厚ぼったい花瓣《かべん》の重なり合ったような恰好が、いとしく、好ましかった。可愛らしい小鼻がいきんだように開いて、その肉が美しく透き通って見えるのも、云い難き魅力であった。

「僕達はこの広い世の中で、たった二人ぼっちなんですよ。誰も相手にしてくれない、のけ者なんですよ。僕は人に顔を見られるのも恐ろしい、人殺しの大罪人だし、あなたは、そう、あなたは死びとですからね。私達はこの土蔵の厚い壁の中に、人目をさけて、ひそひそと話をしたり、顔を眺め合っているばかりですよ。淋しいですか。あなたはあんな華やかな生活をしていた人だから、これでは、あんまり淋し過ぎるかも知れませんね」

彼はそんなふうに、死骸と話しつづけながら、ふと古い古い記憶を呼び起していた。田舎風の、古めかしく陰気な、八畳の茶の間の片隅に、内気な弱々しい子供が、積木のおもちゃで、彼のまわりに切れ目のない垣を作り、その中にチンと坐って、女の子のように人形を抱いて、涙ぐんで、そのお人形と話をしたり、頬ずりをしたりしている光景である。云うまでもなく、それは柾木愛造の六七才の頃の姿であったが、その折の内気な青白い少年が、大きくなって、積木の垣の代りに土蔵の中にとじ籠り、お人形の代りに芙蓉のむくろと話をしているのだ。何という不思議な相似《そうじ》であろう。柾木はそれを思うと、急に目の前の死骸がゾッと総毛立つほど恋しくなって、それが遠い昔のお人形ででもあるように、芙蓉の上半身を抱き上げて、その冷たい頰に彼の頰を押しつけるのであったが、そうしてじっとしていると、まぶたが熱くなって、目の前がふくれ上がって、ボタボタと涙が流れ落ち、それが熱い頰と冷たい頰の合せ目を、顎の方へツーツーとすべって行くのが感じられた。

九

その翌朝、北側の小さな窓の、鉄格子の向うから、晩秋のうららかな青空がのぞき込んだ時、柾木愛造は、青黒くよごれた顔に、黄色くしぼんだ目をして、部屋の片隅の菩薩の立像の足元にくずおれていたし、芙蓉の水々しいむくろは、悲しくもすでに強直して畳の上に横たわっていた。だが、それは、ある種の禁制の生人形のようで、決して醜くなかったばかりか、むしろ異様になまめかしくさえ感じられた。

柾木はその時、疲れきった脳髄を、むごたらしく使役して、奇妙な考えに耽っていた。最初の予定では、たった一度、芙蓉を完全に占有すれば、それで彼の殺人の目的は達するのだから、昨夜のうちに、こっそりと、死骸を庭の古井戸の底へ隠してしまう考えであった。それで充分満足する筈であった。ところが、これは彼の非常な考え違いだったことがわかって来た。

彼は、魂のない恋人のむくろに、こうまで彼を惹きつける力が潜んでいようとは、想像もしていなかった。死骸であるが故に、かえって、生前の彼女にはなかったところの、一種異様の、人外境の魅力があった。むせ返るような香気の中を、底知れぬ泥沼へ、果てしも知らず沈んで行く気持だった。悪夢の恋であった。地獄の恋であった。それ故に、この世のそれの幾層倍、強烈で、甘美で、物狂わしき恋であった。

彼はもはや芙蓉のなきがらと別れるに忍びなかった。彼女なしに生きて行くことは考えられなかった。この土蔵の厚い壁の中の別世界で、彼女のむくろと二人ぼっちで、いつまでも、不可思議な恋にひたっていたかった。そうするほかには何の思案も浮ばなかった。「永久に……」と彼は何心なく考えた。だが、「永久」という言葉に含まれた、ある身の毛もよだつ意味に思い当った時、彼は余りの怖さに、ピョコンと立ち上がって、いきなり部屋の中を、忙しそうに歩き始めた。一刻も猶予《ゆうよ》のならぬことだった。だが、どんなに急いでもあわてても、彼には（恐らく神様にだって）どうすることも出来ないのだ。

「虫、虫、虫、虫、虫、虫、虫、虫、虫、虫、虫、虫、虫、虫、虫、虫、……」

彼の白い脳髄の襞《ひだ》を、無数の群虫が、ウジャウジャ這い廻った。あらゆるものを啖《くら》いつくす、それらの微生物の、ムチムチという咀嚼《そしゃく》の音が、耳鳴りのように鳴り渡った。

彼は長い躊躇《ちゅうちょ》のあとで怖わ怖わ、朝の白い光線に曝された、恋人の上にかがみ込んで、彼女の体を注視した。一見したところ、死後強直が、さき程よりも全身に行き渡って、作り物の感じを増したほか、さしたる変化もないようであったが、仔細に見ると、もう目がやられていた。白眼の表面は灰色の斑点で、ほとんど覆い尽され、黒目もそこひのように溷濁《こんだく》して、虹彩がモヤモヤとぼやけて見えた。そして目全体の感じが、ガラス玉みたいに、滑っこくて、固くて、しかもひからびたように、潤いがなくなっていた。そっと手を取って眺めると、拇指《おやゆび》の先が、片輪みたいに、掌《てのひら》の方へ曲り込んだまま動かなかった。

彼は胸から背中の方へ目を移して行った。無理な寝かたをしていたので、肩の肉が皺になって、そこの部分の毛穴が、異様に大きく開いていたが、それを直してやる為に、ちょっと身体を持ち上げた拍子に、背中の畳に接していた部分が、ヒョイと彼の目に映った。それを見ると、彼はギョクンとして思わず手を離した。そこには、かの「死体の紋章」と云われている、青みがかった鉛色の小斑点が、すでに現われていたのだった。

これらの現象はすべて正体の曖昧《あいまい》な、極微有機物《きょくびゆうきぶつ》の作用であって、死後強直という えたいの知れぬ現象すらも、腐敗の前兆をなすところの、一種の糜爛《びらん》であった。柾木はかつて何かの書物で、この極微有機物には、空気にて棲息《せいそく》するもの、空気なくとも棲息するもの、および両棲的なるものの三類があることを読んだ。それが一体何物であるか、何処からやって来るかは、非常に曖昧であったけれど、とにかく、目に見えぬ黴菌《ばいきん》の如きものが、恐ろしい速度で、秒一秒と死体を蝕《むしば》みつつあることは確かだった。相手が目に見えぬえたいの知れぬ虫だけに、どんな猛獣よりも一層恐ろしく、ゾッとするほど不気味に感じられた。

柾木は、焰の見えぬ焼け焦げが、見る見る円周をひろげて行くのを、どうすることも出来ない時のような、恐怖と焦燥とを覚えた。立っても坐ってもいられない気持だった。と云って、どうすればよいのか、少しも考えがまとまらなんだ。

彼は何の当てもなく、せかせかと梯子《はしご》段を降りて母屋《おもや》の方へ行った。婆やが妙な顔をして、「ご飯に致しましょうか」と尋ねたが、彼は「いや」と云っただけで、又蔵の前まで帰って来た。そして、外側から錠前をおろすと、玄関へ走って行って、そこにあった下駄をつっかけ、車庫を開いて、自動車を動かす支度を始めた。エンジンが温まると、彼はそのまま運転台に飛び乗って、車を門の外へ出し、吾妻橋の方角へ走らせた。賑かな通りへ出ると、その辺に遊んでいた子供達が、運転手の彼を指さして笑っているのに気づいた。彼はギョッとして青くなったが、次の瞬間、彼が和服の寝間着姿のままで車を運転していたことがわかった。なアんだと安心したけれど、そんな際にも、彼は顔をまっ赤にして、まごつきながら、車の方向を換え始めた。

大急ぎで洋服に着換えて、再び門を出た時も、彼はどこへ行こうとしているのだか、まるで見当がついていなかった。そのくせ彼の頭は脳味噌がグルグル廻るほど忙しく働いていた。真空、ガラス箱、氷、製氷会社、塩づけ、防腐剤、クレオソート、石炭酸、………死体防腐に関するあらゆる物品が、意識の表面に浮び上がっては沈んで行った。彼は町から町へ、無意味に車を走らせた。そして非常な速度を出しているくせに、同じ場所を幾度も幾度も通ったりした。ある町に氷と書いた旗の出ている家があったので、彼はそこで車を降りてツカツカと家の中へはいって行った。店の間に青ペンキを塗った大きな氷室が出来ていた。「もし、もし」と声をかけると、奥から四十ばかりのお神《かみ》さんが出て来て、彼の顔をジロジロと眺めた。「氷をくれませんか」

と云うと、お神さんは面倒臭そうなふうで「いかほど」と訊《き》いた。むろん彼女は病人用の氷の積りでいるのだ。

「アノ頭を冷やすんですから、沢山は入りません。少しばかり分けて下さい」

内気の虫が、彼の言葉を、途中で横取りして、まるで違ったものに飜訳してしまった。

縄でからげてもらった小さな氷を持って、車に乗ると、彼は又当てもなく運転を続けた。運転台の床で氷がとけて、彼の靴の底をベトベトにぬらした時分、彼は一軒の大きな酒屋の前を通りかかって、そこの店に三尺四方くらいの上げ蓋の箱に、塩が一杯に盛り上がっているのを発見すると、又車を降りて、店先に立った。だが、不思議な事に、彼はそこで塩を買う代りに、コップに一杯酒をついでもらって、車を止めたのはそれが目的ででもあったかのようにグイとあおった。

何の為に車を走らせているのか、わからなくなってしまった。ただ、何かにウオーウオーと追い駈けられる気持で、せかせかと町から町を走り廻った。呑みつけぬ酒の為に、顔がかっかとほてって、肌寒い気候なのに、額《ひたい》にはビッショリ汗の玉が発疹《はっしん》した。そんなでいて、しかし、頭の中の、彼の屋敷の方角に当る片隅には、絶えず芙蓉の死体があざやかに横たわっていた。そして、その幻影のクッキリと白い裸体が、焼け焦げがひろがるように、刻々に蝕まれて行くのが、見えていた。「こうしてはいられない。こうしてはいられない」彼の耳元で、ブツブツ、ブツブツ、そんな呟きが聞えた。

無意味な運転を二時間余り続けた頃、ガソリンが切れて車が動かなくなった。しかも、それがちょうどガソリンスタンドのないような町だったので、車を降りて、その店を探し廻り、バケツで油を運搬するのに悲惨なほど間の抜けた無駄骨折りをしなければならなかった。そして、やっと車が動くようになった時、彼は始めて気づいたように「ハテ、俺は何をしていたのだっけ」としばらく考えていたが、「アアそうだ。俺は朝飯をたべていないのだ。婆やが待っているだろう。早く帰らなければ」と気がついた。彼は側に立ち止まって彼の方を見ていた小僧さんに道を訊いて、家の方角へと車を走らせた。三十分もかかって、やっと吾妻橋へ出たが、その時また、彼自身のやっていることに不審を抱いた。「御飯」のことなど、とっくに忘れていたので、車を徐行させて、ボンヤリ考え込まなければならなかった。だが、今度は意外にも、天《てん》啓《けい》のようにすばらしい考えがひらめいた。

「チェッ、俺はさっきから、なぜそこへ気がつかなかったろう」彼は腹立たしげにつぶやいて、しかし晴れ晴れした表情になって、車の方向を変えた。行先は本郷の大学病院わきの、ある医療器械店であった。

白く塗った鉄製の棚だとか、チカチカ光る銀色の器械だとか、皮を剝《む》いた赤や青の毒々しい人体模型だとか、薄気味わるい品物で埋まっている広い店の前で、彼はしばらく躊躇していたが、やがて影法師みたいにフラフラとそこへはいって行くと、一人の若い店員を捉えて、何の前置きもなく、いきなりこんなことを云った。

「ポンプを下さい。ホラ、あの死体防腐用の、動脈へ防腐液を注射する、あの注射ポンプだよ。あれを一つ売って下さい」

彼は相当ハッキリ口を利いたつもりなのに、店員は「へ？」と云って、不思議そうに彼の顔をジロジロ眺めた。彼は、今度は顔をまっ赤にして、もう一度同じことをくり返した。

「存じませんね、そんなポンプ」

店員はボロ運転手みたいな彼の風体《ふうてい》を見下しながら、ぶっきら棒に答えた。

「ない筈はないよ。ちゃんと大学で使っている道具なんだからね。誰かほかの人に訊いて見て下さい」

彼は店員の顔をグッと睨みつけた。果し合いをしても構わないといった気持だった。

店員はしぶしぶ奥へはいって行ったが、しばらくすると少し年とった男が出て来て、

もう一度彼の注文を聞くと、変な顔をして、

「一体何にお使いなさいますんで」

と尋ね返した。

「むろん、死骸の動脈へフォルマリンを注射するんです。あるんでしょう。隠したって駄目ですよ」

「御冗談でしょう」と番頭は泣き笑いみたいな笑い方をして、「そりゃね、注射器はあるにはありますがね。大学でも時たましか注文のないような品ですからね。あいにく手前どもには持ち合せがないのですよ」と一句一句丁寧に言葉を切って、子供に物を云うような調子で答えた。そして、気の毒そうに柾木の取乱した服装を眺めるのだった。

「じゃ、代用品を下さい。大型の注射器ならあるでしょう。一ばん大きい奴を下さい」

柾木は自分の言葉が自分の耳へははいらなかった。ただ轟々《ごうごう》と喉が鳴っているような感じだった。

「それならありますがね。でも、変だな。いいんですか」

番頭は頭を掻きながら、躊躇していた。

「いいんです。いいからそれを下さい。さア、いくらです」

柾木は震える手で蟇口《がまぐち》を開いた。番頭は仕方なく、その品物を若い店員に持って来させて、

「じゃアまアお持ちなさい」と云って柾木に渡した。

柾木は金を払って、その店を飛び出すと、それから、今度は近くの薬屋へ車をつけて、防腐液をしこたま買い求め、あわただしく家路についたのであった。

十

ギャッと叫んで逃げ出すほど、ひどくなっているのではないかと、柾木は息も止まる気持で、階段を上がったが、案外にも、芙蓉の姿は、かえって、朝見た時よりも美しくさえ感じられた。さわって見れば強直状態であることがわかったけれど、見たところでは、少しむくんだ青白い肉体が艶々《つやつや》しくて、海底に住んでいる、或る血の冷たい美しい動物みたいな感じがした。朝までは、眉が奇怪にしかめられ、顔全体が苦悶の表情を示していたのに、今の彼女は、聖母のようにきよらかな表情となって、彼がふさいでやった唇の隅が、少しほころび、白い歯でニッコリと笑っていた。目が空ろだったし、顔色が蠟のように透き通っていたので、それは大理石に刻んだ、微笑せる

そこひ（盲目の奇《く》しき魅力）の聖母像であった。

柾木はすっかり安心した。さっきまでの焦燥が馬鹿馬鹿しく思われて来た。「もし芙蓉のこの刹那《せつな》の姿を、永遠に保つことが出来たら」叶わぬことと知りながら、彼は果敢《はか》ない願いを捨て兼ねた。

彼は医学上の智識も技術も、まるで持ち合わせなかったけれど、物の本で、動脈から防腐剤を注射して、全身の悪血をおし出してしまうやり方が、最も新しい手軽な死体防腐法であることを読んでいた。防腐液のうすめ方も記憶していた。そこで、甚《はなは》だ不安だったけれど、ともかく、それをやって見る事にして、階下から水を入れたバケツや洗面器などを運んで（婆やに気づかれぬ為にどれほどみじめな心遣いをしたことであろう）フォルマリンの溶液を作り、注射の用意をととのえた。

柾木は、まるで彼自身が手術でも受けているように、まっ青になって、烈しい息づかいをしながら、針をつけないガラスの注射器に、防腐液を含ませ、その先端のとがった部分を動脈の切り口にさし込み、継ぎ目の所を息が洩れぬように指でおさえ、一方の手で、ポンプを押した。だが、こんな作業が彼のような素人に出来るものではなかった。彼の指がしびれたようになって、云うことを聞かなかったせいもあるけれど、いくら圧しても、ポンプの中の溶液は減って行かぬのだ。いらいらして、力まかせにグイグイ圧すと、溶液が逆流してまっ赤な液体が、そこら一面に溢れるばかり、何度やっても同じ事だ。そこで彼は、まるで器械いじりをする小学生のように、汗みどろの真剣さで、或は血管との継ぎ目を糸でしばってみたり、或いはもう一本の静脈にも同じことをやってみたり、あらゆる手段を試みたが、ちょうど器械いじりの小学生が、骨を折れば折るだけ、かえって器械を滅茶苦茶にしてしまうように、ただ傷口を大きくするばかりであった。結局、彼が無駄な素人手術を思いあきらめたのは、もう夜の十時頃であった。何と驚くべき努力であったろう。彼は午後から、ほとんど十時間の間、この一事に夢中になっていたのである。

死体や道具のあと始末をしたり、バケツの水で手を洗ったりしているうちに、失望の隙につけ込んで、睡魔が襲いはじめた。昨夜一睡もしていないのだし、二日間ぶっ続けに、頭や身体を極度に酷使したので、如何に興奮していたとは云え、もう気力が尽きたのである。彼は、クラクラとそこへぶっ倒れたまま、いきなり鼾《いびき》をかきはじめた。泥のような眠りだった。

ほとんど燃え尽きて、ジージーと音を立てている、蠟燭の光が、死人のように青ざめた顔の、鼻の頭にあぶら汗を浮べ、大きな口を開いて泥睡《でいすい》している柾木の気の毒な姿と、その横に、まっ白に浮き上がって見える、芙蓉のむくろのなまめいた姿との、奇怪な対照の地獄絵を、赤々と照らし出していた。

十一

翌日柾木が目を覚ましたのは、もうお昼過ぎであった。睡りながらも、彼の心は「こうしてはいられない。こうしてはいられない」という気持で、一と晩中、闘争し苦悶しつづけていたのだが、さて目が覚めると、かえってボンヤリしてしまって、昨日までのことが、すべて悪夢に過ぎなかったようにも思え、現に彼の目の前に横たわっている芙蓉の死骸を見ても、部屋じゅうにみなぎっている薬品の匂いや、甘酸っぱい死臭にむせ返っても、それも夢の続きで、まだほんとうに起きているのではないというような感じがしていた。

だが、いつまで待っても、夢は醒めそうにもない。たといこれが夢の中の出来事としても、彼はもうじっとしているわけには行かなかった。そこで、彼はその方へ這って行って、ややはっきりした目で、恋人の死体を調べたが、そこに起ったある変化に気づくと、ギョッとして、俄かに意識が鮮明になった。

芙蓉は寝返りでも打ったように、一と晩のうちに姿勢がガラリと変っていた。昨夜までは、死骸とは云え、どこかに反撥力が残っていて、無生物という気持がしなかったのに、今見ると彼女は全くグッタリと、身も心も投げ出した形で、やっと固形を保った、重い液体の一と塊のように、横たわっていた。さわって見ると、肉が豆腐みたいに柔かくて、既に死後強直が解けていることがわかった。だが、そんなことよりも、もっと彼を撃ったのは、芙蓉の全身に現われた、おびただしい屍斑《しはん》であった。不規則な円形を為した、鉛色の紋々《もんもん》が、まるで奇怪な模様みたいに、彼女の身体じゅうを覆っていた。

　幾億とも知れぬ極微なる虫どもは、いつ殖《ふ》えるともなく、いつ動くともなく、まるで時計の針のように正確に、着々と彼等の領土を侵蝕して行った。彼等の極微に比して、その侵蝕力は、実に驚くべき速さだった。しかも、人は彼等の暴力を目前に眺めながら、どうすることも出来ぬのだ。手をつかねて傍観するほかはないのだ。一たび恋人を葬《ほう》むる機会を失したばかりに、生体に幾倍する死体の魅力を知りはじめ、痛ましくも地獄の恋に陥った柾木愛造は、その代償として、彼の目の前で、いとしい恋人の五体が戦慄すべき極微物の為に、徐々に、しかも間違いなく蝕まれて行く姿を、拱《きょう》手《しゅ》して見守らなければならなかった。恋人の為に死力を尽して戦いたいのだ。だが、彼等の恐るべき作業はまざまざと目に見えていながら、しかも、戦うべき相手がないのだ。かつてこの世に、これほどの大苦痛が存在したであろうか。

彼は追い立てられるような気持で、昨日失敗した防腐法を、もう一度くり返すことを考えて見たが、考えるまでもなく駄目なことはわかりきっていた。防腐液の注射はむろん彼の力に及ばぬし、氷や塩を用いる方法も、そのかさばった材料を運び入れる困難があったほかに、何となく彼と恋人とを隔離する感じが、いやであった。そして、たとえどんな方法をとって見たところで、幾ぶん分解作用を遅らすことは出来ても、結局それを完全に防ぎ得るものでないことが、彼にもよくわかっていた。彼のあわただしい頭の中に巨大な真空のガラス瓶だとか、死体の花氷だとかの、荒唐無稽な幻影が浮んでは消えて行った。製氷会社の薄暗い冷蔵室の中で、技師に嘲笑されている彼自身の姿さえ、空想された。

だが、あきらめる気にはなれなかった。

「アア、そうだ。死骸にお化粧をしてやろう。せめて、うわべだけでも塗りつぶして、恐ろしい虫どものひろがって行くのを見えないようにしよう」

考えあぐんだ彼は、遂にそんなことを思い立った。あきらめのわるい姑息《こそく》な方法には相違なかったけれど、彼の不思議な恋を一分でも一秒でも長く楽しむ為には、このような一時のがれをでも試みるほかはなかった。

彼は大急ぎで町に出て、胡粉《ごふん》と刷毛《はけ》とを買って帰り、(これらの異様な挙動を、婆やはさして怪しまなんだ。彼の不規則な生活や、奇矯《ききょう》な行為には、慣れっこになっていたからだ。彼女はただ土蔵から出て来た柾木の身辺に、病院へ行ったような、ひどい防腐剤の匂いのただよっていたのを、いささか不審に思った）別の洗面器にそれを溶いて、人形師が生人形の仕上げでもするように、芙蓉の全身を塗りつぶした。そして、不気味な屍斑が見えなくなると、今度は、普通の絵の具で、役者の顔をするように、目の下をピンク色にぼかして見たり、眉を引いて見たり、唇に紅を塗って見たり、耳たぶを染めて見たり、その他五体のあらゆる部分に、思うままの色彩をほどこすのであった。この仕事に彼はたっぷり半日もかかった。最初はただ屍斑や陰気な皮膚の色を隠すのが目的であったが、やっているうちに、屍《しかばね》の粉飾そのものに異常な興味を覚えはじめた。彼は、死体というキャンバスに向って、妖艶なる裸像をえがく、世にも不思議な画家となり、さまざまな愛の言葉をささやきながら、興に乗じては冷たいキャンバスに口づけをさえしながら、夢中になって絵筆を運ぶのであった。

やがて出来上がった彩色された死体は、妙なことに、彼がかつてS劇場で見た、サロメの舞台姿に酷似《こくじ》していた。生地《きじ》の芙蓉も美しかったけれど、全身に毒々しく化粧した芙蓉は、一層生前のその人にふさわしく、云い難い魅力を備えていた。蝕まれて、もはや取返すすべもなく思われた、芙蓉のむくろに、このような生気が残っていたことは、しかもそれが生前の姿にもまして悩ましき魅力を持っていたことは、柾木にとってむしろ驚異であった。

それから三日ばかりの間、死体に大きな変化もなかったので、柾木は、日に三度食事に降りて来るほかは、全く土蔵にとじ籠って、せっぱつまった最後の恋に、明日なき恋人のむくろとさし向いで、気違いのように、泣きわめき、笑い狂った。彼には、それがこの世の終りとも感じられたのである。

その間に、一つだけ、少し変った出来事があった。ある午後、粉飾せる死体のそばで、疲れきって泥のように眠っていた柾木は、婆やが土蔵の入口の所で引いている、呼鈴代りの鳴子《なるこ》の音に目を覚ました。それは来客の時に限って使用することになっていたので、彼は若しや犯罪が発覚したのではないかと、ギョッとして、飛び起きると、芙蓉の死体に頭から蒲団をかぶせておいて、ソッと階段を降り、入口の所でしばらく耳をすましていたが、思い切って厚い扉を開けた。すると、そこにはやっぱり婆やが立っていて、「旦那様、池内様がお出でなさいました」と告げた。彼は池内と聞いてホッとしたが、次の瞬間、「アア、奴めとうとう俺を疑い始め、様子をさぐりに来たんだな」と考えた。「いると云ったのかい」と聞くと、婆やは悪かったのかとオドオドして、「ハイ、そう申しましたが」と答えた。彼は咄嗟に心をきめて「構わないから、探して見たけれどいないから、多分知らぬ間に外出したのだろうと云って、返して下さい。それからね。当分誰が来ても、僕はいないように云っておくのだよ」と命じて、そのまま扉をしめた。

だが、時がたつに従って、池内に会わなかったことが、悔まれて来た。勇気を出して会いさえすれば、一《いち》か八《ばち》か様子がわかって、かえって気持が落ちついたであろうに、なまじ逃げた為に、池内の心をはかり兼ねて、いつまでも不安が残った。静かな土蔵の二階で、黙りこくった死骸を前にして、じっと考えていると、その不安がジリジリとお化けのように大きくなり、身動きも出来ないほどの恐怖に襲われて来、彼はその恐怖を打消すためだけにも、居つづけの遊蕩児《ゆうとうじ》のような、焼けくそな気持で、ギラギラと毒々しい着色死体を物狂おしく愛撫した。

十二

三日ばかり小康《しょうこう》が続いたあとには、恐ろしい破綻が待ち受けていた。その間死体に別段の変化が現われなかったばかりでなく、不思議なお化粧の為とは云え、彼女の肉体が前例なきほど妖艶に見えたというのは、たとえば消える前の蠟燭が一時異様に明るく照り輝くようなものであった。いまわしき虫どもは、表面平穏を装いながら、その実死体の内部において、幾億の極微なる吻《くちばし》を揃え、ムチムチと、五臓を蝕み尽しているのであった。

ある日、長い眠りから目覚めた柾木は、芙蓉の死体に非常な変化が起っているのを見て、余りの恐ろしさに、あやうく叫び出すところであった。

そこには、もはや昨日までの美しい恋人の姿はなくて、女角力《おんなずもう》のような白い巨人が横たわっていた。身体がゴム鞠《まり》のようにふくれた為に、お化粧の胡粉が相馬焼《そうまやき》(注4)みたいに、無数の亀裂を生じ、其の網目の間から褐色の肌が気味わるく覗いていた。顔も巨大な赤ん坊のようにあどけなくふくれ上がっていた。柾木は曾てこの死体膨脹の現象について記載されたものを読んだことがあった。目に見えぬ極微な有機物は、群をなして腸腺《ちょうせん》をつらぬき、破壊して血管と腹膜に侵入し、そこに瓦斯《ガス》を発生して、組織を液体化する醱酵素を分泌するのだが、この発生瓦斯の膨脹力は驚くべきものであって、死体の外貌を巨人と変えるばかりでなく、横隔膜を第三肋骨の辺まで押上げる力を持っている。同時に体内深くの血液を、皮膚の表面に押し出し、かの吸血鬼の伝説を生んだところの、死後循環の奇現象を起すことがある。

遂に最後が来たのだ。死体が極度まで膨脹すれば次に来るものは分解である。皮膚も筋肉も液体となって、ドロドロ流れ出すのだ。柾木はおどかされた幼児のように、大きなうるんだ目で、キョロキョロとあたりを見廻し、今にも泣き出しそうに、キュッと顔をしかめた。そして、そのままの表情で、長い間じっとしていた。

しばらくすると、彼は突然何か思い出した様子で、ピョコンと立ち上がると、せかせか本棚の前へ行って、一冊の古ぼけた書物を探し出した。背皮に「木乃伊《みいら》」と記されていた。そんなものが今更何の役にも立たぬことはわかりきっていたにもかかわらず、命をかけた恋人が、刻々に蝕まれて行くいらだたしさに、物狂わしくなっていた彼は、熱心にその書物のページをくって、とうとう次のような一節を発見した。

「最も高価なる木乃伊の製法左《さ》の如し。先づ左側の肋骨《ろっこつ》の下を深く切断し、其傷口より内臓を悉く《ことごと》引き出だし、唯《ただ》心臓と腎臓とを残す。又、曲れる鉄の道具を鼻口より挿入して、脳髄を残りなく取出し、かくして空虚となれる頭蓋と胴体を棕梠《しゅろ》酒にて洗浄、頭蓋には鼻孔より没薬《もつやく》等の薬剤を注入し、腹腔には乾葡萄其他の物を塡充《てんじゅう》し、傷口を縫合す。かくして、身体を七十日間曹達水《そうだすい》に浸したる後、之を取出し、護謨《ごむ》にて接合せる麻布を以て綿密に包巻《ほうかん》するなり」

彼は幾度も同じ部分を読み返していたが、やがて、ポイとその本をほうり出したかと思うと、頭のうしろをコツコツと叩きながら、空目《そらめ》をして、何事か胴忘《どうわす》れした人のように、「なんだっけなあ、なんだっけなあ、なんだっけなあ」とつぶやいた。そして、何を思ったのか、突然階段をかけ降り、非常な急用でも出来た体で、そそくさと玄関を降りるのであった。

　門を出ると、彼は隅田堤を、何ということもなく、急ぎ足で歩いて行った。大川《おおかわ》の濁水が、ウジャウジャと重なり合った無数の虫の流れに見えた。行く手の大地が、匍《ほ》匐《ふく》する微生物で覆い隠され、足の踏みどころもないように感じられた。

「どうしよう、どうしようなあ」

　彼は歩きながら、幾度も幾度も、心の苦悶を声に出した。或る時は、「助けてくれエ」と大声に叫びそうになるのを、やっと喉の所で喰い止めねばならなかった。

　どこをどれほど歩いたのか、彼には少しもわからなかったけれど、三十分も歩きつづけた頃、余りに心の内側ばかりを見つめていたので、つい爪先がお留守になり、小さな石につまずいて、彼はバッタリ倒れてしまった。痛みなどは感じもしなかったが、その時ふと彼の心に奇妙な変化が起った。彼は立ち上がる代りに、一層身を低く土の上に這いつくばって、誰にともなく、非常に丁寧なおじぎをした。

　変な男が、往来のまん中で、いつまでもおじぎをしているものだから、たちまち人だかりになり、通りがかりの警官の目にも留まった。それは親切な警官であったから、彼を助け起して、住所を聞き、気違いとでも思ったのか、わざわざ吾妻橋の所まで送り届けてくれたが、警官と連れ立って歩きながら、柾木は妙なことを口走った。

「お巡りさん。近頃残酷な人殺しがあったのを御存じですか。なぜ残酷だといいますとね。殺された女は、天使のように清らかで、何の罪もなかったのです。と云って、殺した男もお人好しの善人だったのです。変ですね。それはそうと、私はその女の死骸のある所をちゃんと知っているのですよ。教えて上げましょうか。教えて上げましょうか」

だが、彼がいくらそのことをくり返しても、警官は笑うばかりで、てんで取合おうともしなかったのである。

それから数日の後、柾木がまる二日間食事に降りて来ないので婆やが心配をして家主に知らせ、家主から警察に届け出で、あかずの蔵の扉は、警官達の手によって破壊された。薄暗い土蔵の二階には（むせ返る屍臭と、おびただしい蛆虫《うじむし》の中に）二つの死骸が転がっていた。その一人は直ぐ主人公の柾木愛造と判明したけれど、もう一人の方が、行衛《ゆくえ》不明を伝えられた人気女優木下芙蓉のなれの果てであることを確かめるには、長い時間を要した。なぜと云って、彼女の死体はほとんど腐敗していた上に、腹部が無残に傷つけられ、腐りただれた内臓が醜く露出していたほどであったから。

柾木愛造は（芙蓉の死毒によって命を奪われたとの判定であった）露出した芙蓉の腹わたの中へ、うつぶしに顔を突込んで死んでいたが、恐ろしいことには、彼の醜くゆがんだ、断末魔の指先が、恋人の脇腹の腐肉に、執念深く喰い入っていた。

（「改造」昭和四年六、七月号）

注1　仁和賀
　俄狂言。素人の即興寸劇。お面を使うものもあった。

注2　清玄
　歌舞伎「桜姫東文章《さくらひめあずまぶんしょう》」などに登場する清水寺の僧。高貴な桜姫に恋慕し、執着する。

注3　花やしき
　浅草にある遊園地。等身大の生人形（活人形）展示など、様々な興行がおこなわれた。

注4　相馬焼
　福島県相馬地方で焼かれる陶器。青ひびが全体に入っていることを特徴とする。

疑惑

一、その翌日

「お父さんが、なくなられたと、いうじゃないか」

「ウン」

「やっぱりほんとうなんだね。

だが、君は、今朝の○○新聞の記事を読んだかい。いったいあれは、事実なのかい」

「………」

「おい、しっかりしろよ。心配して聞いているのだ。なんとかいえよ」

「ウン、有難う。……別にいうことはないんだよ。あの新聞記事が正しいのだ、昨日の朝、目をさましたら、家《うち》の庭で、親父《おやじ》が頭を破《わ》られて倒れていたのだ。それだけのことなんだ」

「それで、昨日、学校へ来なかったのだね。……そして、犯人はつかまったのかい」

「ウン、嫌疑者は二三人あげられたようだ。しかしまだ、どれがほんとうの犯人だかわからない」

「お父さんは、そんな、恨みを受けるような事をしていたのかい。新聞には遺恨《いこん》の殺人らしいと出ていたが」

「それは、していたかも知れない」

「商売上の……」

「そんな気のきいたんじゃないよ。親父のことなら、どうせ酒の上の喧嘩が元だろうよ」

「酒の上って、お父さんは酒くせでもわるかったのかい」

「……」

「おい、君は、どうかしたんじゃないかい。……ああ、泣いているね」

「………」

「運がわるかったのだよ。運がわるかったのだよ」

「……おれはくやしいのだ。生きているあいだは、さんざんお袋《ふくろ》やおれたちを苦しめておいて、それだけでは足らないで、あんな恥さらしな死に方をするなんて、……おれは悲しくなんぞ、ちっともないんだよ。くやしくて仕様がないのだ」

「ほんとうに、君は、今日は、どうかしている」

「君にわからないのは尤《もっと》もだよ。いくらなんでも、自分の親の悪口をいうのは、いやだったから、おれは今日まで、君にさえ、これっぱかりも、そのことを話さなかったのだ」

「………」

「おれは、昨日から、なんともいえない変てこな気持なんだ。親身の父親が死んだのを悲しむことが出来ない。……いくらあんな父親でも、死んだとなれば、定めし悲しかろう。おれはそう思っていた。ところが、おれは今、少しも悲しくないんだよ。若《も》しも、あんな不名誉な死に方でさえなかったなら、死んでくれて助かったくらいのものだよ」

「ほんとうの息子から、そんなふうに思われるお父さんは、しかし、不幸な人だね」

「そうだ、あれがどうすることも出来ない親父の運命だったとしたら、考えて見れば、気の毒な人だ。だが、今、おれにはそんなふうに考える余裕なんかない。ただ、いまいましいばかりだ」

「そんなに……」

「親父は、じいさんが残して行った、僅かばかりの財産を、酒と女に使い果すために生れて来たような男なんだ。みじめなのは母親だった。母が、どんなに堪《た》えがたい辛《しん》抱《ぼう》をし通して来たか、それを見て、子供のおれたちが、どんなに親父をにくんだか。……こんなことをいうのはおかしいが、おれの母は実際驚くべき女だ。二十何年のあいだ、あの暴虐を堪え忍んで来たかと思うと、おれは涙がこぼれる。今おれがこうして学校へ通っていられるのも、一家の者が路頭に迷わないで、ちゃんと先祖からの屋敷に住んでいられるのも、みんな母親の力なんだ」

「そんなに、ひどかったのかい」

「そりゃ君たちには、とても想像も出来やしないよ。この頃では、殊《こと》にそれがひどくなって、毎日毎日あさましい親子げんかだ。年がいもなく、だらしなく酔っぱらった親父が、どこからか、ひょっこり帰って来る。――親父はもう酒の中毒で、朝から晩まで、酒なしには生きていられないのだ。――そして、母親が出迎えなかったとか、変な顔つきをしたとか、実にくだらない理由で、すぐに手を上げるんだ。この半年ばかりというもの、母親はからだに生傷が絶えないのだ。それを見ると、兄貴がかんしゃくもちだからね――歯ぎしりをして、親父に飛びかかって行くのだ……」

「お父さんは、いくつなんだい」

「五十だ。君はきっと、その年でといぶかしく思うだろうね。実際親父はもう、半分くらい気が違っていたのかも知れない。若い時分からの女と酒の毒でね。……夜など、何の気なしに家へ帰って、玄関の格子《こうし》をあけると、その障子に、箒《ほうき》を振り上げて、仁王立ちになっている兄貴の影がうつっていたりするのだ。ハッとして立ちすくんでいると、ガラガラというひどい音がして、提灯《ちょうちん》の箱が、障子をつき抜けて飛んで来る。親父が投げつけたんだ。こんなあさましい親子が、どこの世界にある……」

「………」

「兄貴は、君も知っていた通り、毎日横浜へ通って、○○会社の通訳係りをやっているんだが、気の毒だよ、縁談があっても、親父のためにまとまらないのだ。そうかといって、別居する勇気もない、みじめな母親を見捨てて行く気には、どうしてもなれないというのだ。三十近い兄貴が、親父ととっ組みあったりするといったら、君にはおかしく聞こえるかも知れないが、兄貴の心持になって見ると、実際無理もないんだよ」

「ひどいんだねえ」

「おとといの晩だって、そうだ。親父は珍しくどこへも出ないで、その代りに朝起きるとから、もう酒だ。一日じゅうぐずぐず管《くだ》をまいていたらしいのだが、夜十時頃になって、母親が余りのことに、少しお燗《かん》をおくらす、それからあばれ出してね。とう とう、母親の顔へ茶わんをぶっつけたんだよ。それが、ちょうど鼻柱へ当って、母親はしばらく気を失ったほどだ。すると兄貴がいきなり親父に飛びついて胸ぐらをとる、妹が泣きわめいて、それを止める。君、こんな景色が想像出来るかい。地獄だよ、地獄だよ」

「…………」

「若しこの先、何年もああいう状態がつづくのだったら、おれたちは到底堪えきれなかったかも知れない。母親なんか、そのために死んでしまったかも知れない。あるいはそうなるまでに、おれたち兄弟のたれかが親父を殺してしまったかも知れない。だから、ほんとうのことをいえば、おれの一家は、今度の事件で救われたようなもんだよ」

「お父さんがなくなったのは、昨日の朝なんだね」

「発見したのが五時頃だったよ、妹が一ばん早く目を覚ましたんだ。そして、気がつくと、縁側の戸が一枚あいている。親父の寝床がからっぽだったので、てっきり親父が起きて庭へ出ているのだろうと思ったそうだ」

「じゃ、そこからお父さんを殺した男が、はいったんだね」

「そうじゃないよ。親父は庭でやられたんだよ。その前の晩に、母親が気絶するような騒ぎがあったので、さすがの親父も眠れなかったと見えて、夜中に起きて、庭へ涼みに出たらしいのだ。次の部屋に寝ていた母親や妹は、ちっとも気がつかなかったそうだけれど、そういうふうに、夜中に庭へ出て、そこにおいてある、大きな切石《きりいし》の上に腰かけて涼むのが親父のくせだったから、そうしているところを、うしろからやられたに相違ない」

「突いたのかい」

「後頭部を、余り鋭くない刃物で、なぐりつけたんだ。斧とかなたとかいう種類のものらしいのだ。そういう警察の鑑定なんだ」

「それじゃ兇器が、まだ見つからないのだね」

「妹が母親を起こして、二人が声をそろえて、二階に寝ていた兄貴とおれを呼んだよ。うわずったその声の調子で、おれは、親父の死がいを見ない先に、すっかり事件がわかったような気がした。妙な予感というようなものが、ずっと以前からあった。それで、とうとう来たなと思った。兄貴と二人で、大急ぎで降りて行って見ると、一枚あいた雨戸の隙間《すきま》から、活人画《かつじんが》のように、明るい庭の一部が見え、そこに、親父が非常に不自然な恰好をしてうずくまっていた。妙なものだね、ああいう時は。おれは暫《しばら》く、お芝居を見ているような、まるで傍観的な気持になっていたよ」

「……それで、いつ頃だろう、実際兇行の演じられたのは」

「一時頃っていうんだよ」

「ま夜中だね。で、嫌疑者というのは」

「親父をにくんでいたものは沢山ある。だが、殺すほどもにくんでいたかどうか。強いて疑えば今あげられているうちに一人、これではないかと思うのがある。ある小料理屋で、親父になぐられて、大怪我をした男なんだがね、療治代《りょうじだい》を出せとかなんとかいって、度々《たびたび》やって来たのを、親父はその都度《つど》怒鳴りつけて追い返したばかりか、最後には、母親なんかの留めるのも聞かないで、巡査を呼んで引き渡しさえしたんだよ。こっちは零落《れいらく》はしていても、町での古顔だし、先方はみすぼらしい、労働者みたいな男だから、そうなると、もう喧嘩にならないんだ。……おれは、どうもそいつではないかと思うのだ」

「しかし、おかしいね。夜中に、多勢家族のいるところへ忍び込むなんて、可なりむつかしい仕事だからね。ただ、なぐられたくらいの事でそれほどの危険を冒してまで、相手を殺す気持になるものかしら。それに、殺そうと思えば、家の外でいくらも機会がありそうなものじゃないか。……いったい、曲者が外から忍び込んだという、確かな証拠でもあったのかい」

「表の戸締りがあいていたのだ。かんぬきがかかっていなかったのだ。そして、そこから、庭へ通じる枝折戸《しおりど》には錠前がないのだ」

「足跡は」

「それは駄目だよ。このお天気で、地面がすっかりかわいているんだから」

「……君のところには、やとい人はいなかったようだね」

「いないよ……ア、では、君は犯人は外部からはいったのではないと、……そんな、そんなことが、いくらなんでも、そんな恐ろしいことが。きっとあいつだよ。その親父になぐられた男だよ。労働者の命知らずなら、危険なんか考えてやしないよ」

「それはわからないね。でも……」

「ああ君、もうこんな話は止《よ》そう。なんといって見たところで、済んでしまったことだ、今更どうなるものじゃない。それに、もう時間だよ。ぼつぼつ教室へはいろうじゃないか」

二、五日目

「それじゃ、君は、お父さんを殺した者が、君の家族のうちにあるとでもいうのかい」

「君は、このあいだ、犯人は外からはいったのではないというような口吻《こうふん》を漏らしていたね。あの時は、そんなことを聞くのが嫌だったので——というのが、いくらかおれもそれを感じていて、痛いところへさわられたような気がしたんだね——君の話を中途で止めさせてしまったが、今おれは、その同じ疑いに悩まされているのだ。……こんなことはむろん他人に話す事柄じゃない。出来るなら、だれにもいわないでおこうと思っていた。だが、おれはもう苦しくってたまらないのだ。せめて、君だけには相談に乗ってもらいたくなった」

「で、つまり、だれを疑っているのだ」

「兄貴だよ、おれにとっては血を分けた兄弟で、死んだ親父にとっては、真実の息子である兄貴を疑っているのだ」

「嫌疑者は白状したのか」

「白状しないのみか、次から次へと、反証《はんしょう》が現われて来るのだ。裁判所でも手こずっているというのだ。よく刑事がたずねて来ては、そんな話をして帰る。それが矢張り、考えようによっては、その筋でも、おれの家のものを疑っていて、様子を探りに来るのかも知れないのだ」

「だが、君は少し神経過敏になり過ぎてやしないのかい」

「神経だけの問題なら、おれはこんなに悩まされやしない。事実があるんだ。……このあいだは、そんなものが事件に関係を持っていようとは思わず、ほとんど忘れていたくらいで、君にも話さなかったが、おれはあの朝、親父の死骸のそばで、クチャクチャに丸めた麻のハンカチを拾ったのだよ。ずいぶんよごれていたけれど、ちょうど、印を縫いつけたところが、外側に出ていたので、一《ひ》と目でわかった。それは兄貴とおれのほかには、だれも持っているはずのない品物だった。親父は古風にハンカチを嫌って、手ぬぐいをたたんで懐に入れているくせだったし、母親や妹は、ハンカチは持つけれど、むろん女持ちの小さいやつで、まるで違っていた。だから、そのハンカチを落したのは、兄貴かおれかどちらかに相違ないのだ。ところが、おれは親父の殺される日まで、ずっと四、五日のあいだも、その庭へ出たことはないし、最近にハンカチをなくした覚えもない。すると、その親父の死骸のそばに落ちていたハンカチは、兄貴の持ち物だったと考えるほかはないのだ」

「だが、お父さんが、どうかしてそれを持っていられたというような……」

「そんなことはない。親父は、ほかのことではずぼらだけど、そういう持ち物なんかには、なかなか几帳面《きちょうめん》な男だった。これまで、一度だって、他人のハンカチを持っていたりしたのを見たことがない」

「……しかし、若しそれが兄さんのハンカチだったとしても、必ずしもお父さんの殺された時に落したものとは限るまい。前日に落したのかも知れない。もっと前から落ちていたのかも知れない」

「ところが、その庭は、一日おきぐらいに、妹が綺麗《きれい》に掃除することになっていて、ちょうど、事件の前日の夕方も、その掃除をしたのだ。それから、皆が寝るまで、兄貴が一度も庭へ下りなかったこともわかっている」

「じゃ、そのハンカチを細かに調べて見たら、何かわかるかも知れないね。例えば……」

「それは駄目だ。おれはその時だれにも見せないで、すぐ便所へほうり込んでしまった。何だかけがらわしいような気がしたものだから。……だが、兄貴を疑う理由はそれだけじゃないんだよ。まだまだいろいろな事実があるんだ。兄貴とおれとは、部屋が違うけれど、同じ二階に寝ていたのだが、あの晩一時頃には、どういうわけだったか、おれは寝床の中で目を覚ましていて、ちょうどその時、兄貴が階段を下りて行く音を聞いたのだ。その時は便所へ行ったのだろうぐらいに思って別段気にとめなかったが、それから階段を上がる足音を聞くまでにはだいぶ時間があったから疑えば疑えないことはない。それと、もう一つ、こんなこともあるんだ。親父の変死が発見された時、兄貴もおれもまだ寝ていたのを、母親と妹のあわただしい呼び声に、驚いて飛び起きて、大急ぎで下におりたんだが、兄貴は、寝間着をぬいで、着物をはおったまま、帯もしめないで、それを片手につかんで縁側の方へ走って行った。ところがね、縁側の靴ぬぎ石の上へ、はだしでおりたかと思うと、どういうわけだか、そこへピタリ立ち止まってしまったんだ。考えようによっては、親父の死骸を見て余りの事にためらったのかとも思われるが、しかし、それにしては、なぜ手に持っていた兵児帯《へこおび》を、靴ぬぎ石の上へ落したのだ。兄貴はそれほど驚いたのだろうか。これは兄の日頃の気性から考えて、どうも受けとれないことだ。落したばかりならいい。落したかと思うと、大急ぎで拾い上げた。それがね、おれの気のせいかも知れないけれど、拾い上げたのは、どうやら帯だけではなかったらしいのだ。なんだか黒い小さな物が（それは一と目で持主のわかる、たとえば財布というようなものだったかも知れない）石の上に落ちていたのを、咄嗟《とっさ》の場合、先ず帯を落しておいて、拾う時には帯の上から、その品物も一緒につかみとったように思われるのだ。それは、おれの方でも気が転倒している際だし、ほんとうに一しゅん間の出来事だったから、ひょっとすると、おれの思い違いかも知れない。しかしハンカチのことや、ちょうどその時分に階下へおりたことや、何よりも、この頃の兄貴のそぶりを考え合わせると、もう疑わないわけにはいかぬ。親父が死んでからというもの、家じゅうの者が、なんだか変なんだ。それは単に家長の死を悲しむというようなものではない。それ以上に、なんだかえたいの知れぬ、不愉快な、薄気味のわるい、一種の空気がただよっている。食事の時なんか、四人の者が顔を合わせても、だれも物をいわない。変にじろじろ顔を見合わせている。その様子が、どうやら、母親にしろ、妹にしろ、おれと同じように兄貴を疑っているらしいのだ。兄貴は兄貴で、妙に青い顔をして黙り込んでいる。実に何とも形容の出来ない、いやあないやあな感じだ。おれはもう、あんな家の中にいるのはたまらない。学校から帰って、一歩家の敷居をまたぐと、ゾーッと陰気な風が身にしみる。家長を失ってただささびしい家の中に、母親と三人の子供が、黙り込んで、てんでに何かを考えて、顔を見合わせているばかりだ。……ああ、たまらない、たまらない」

「君の話を聞いていると怖くなる。だが、そんなことはないだろう。まさか兄さんが……君は実際鋭敏過ぎるよ。とりこし苦労だよ」

「いや、決してそうじゃない。おれの気のせいばかりではない。もし理由がなければだが、兄貴には、親父を殺すだけの、ちゃんと理由がある。兄貴が親父のためにどれほど苦しめられていたか。したがって、親父をどんなににくんでいたか。……殊にあの晩は、母親が怪我までさせられているのだ。母親思いの兄貴が激昂《げきこう》の余り、ふと飛んでもない事を考えつかなかったとはいえない」

「…………」

「…………」

「恐ろしいことだ、だが、まだ断定は出来ないね」

「だからね、おれは一そうたまらないのだ。どちらかに、たとい悪い方にでも、きまってくれれば、まだいい。こんな、あやふやな、恐ろしい疑惑にとじ込められているのは、ほんとうにたまらないことだ」

「……」

三、十日目

「おい、Sじゃないか。どこへ行くの」

「ああ、……別に……」

「ばかに憔悴《しょうすい》しているじゃないか。例のこと、まだ解決しないの？」

「ウン……」

「あんまり学校へ来ないものだから、今日はこれから、君のところをたずねようと思っていたのさ。どっかへ行くところかい」

「いや……そうでもない」

「じゃ、散歩っていうわけかい。それにしても、妙にフラフラしているじゃないか」

「……」

「ちょうどいい。そのへんまでつきあわないか。歩きながら話そう。……で、君はまだ何か煩悶《はんもん》しているんだね。学校へも出ないで」

「おれはもう、どうしたらいいのか、考える力も何も、なくなってしまった。まるで地獄だ。家に居るのが恐ろしい……」

「まだ犯人がきまらないのだね。そして、やっぱり兄さんを疑っているの」

「もう、その話は止してくれたまえ、なんだか息が詰まるような気がする」

「だって、一人でくよくよしてたってつまらないよ。話して見たまえ、僕にだってまたいい智恵がないとも限らない」

「話せといっても、話せるような事柄じゃない。家じゅうの者が、お互い同士疑いあっているのだ。四人の者が一つ家にいて、口もきかないで、にらみあっているのだ。そして、たまに口をきけば、刑事か、裁判官のように、相手の秘密をさぐり出そうとしているのだ。それが、みんな血を分けた肉親同士なんだ。そして、そのうちのだれか一人が、人殺し――親殺しか、夫殺しなんだ」

「それはひどい。そんなばかなことがあるものじゃない。きっと君はどうかしているんだ。神経衰弱の妄想かも知れない」

「いいや、決して妄想じゃない、そうであってくれると助かるのだが」

「…………」

「君が信じないのも無理もない。こんな地獄が、この世にあろうとは、たれにしたって想像も出来ないことだからな。おれ自身も、なんだか悪夢にうなされているような気がする。このおれが、親殺しの嫌疑で、刑事に尾行されるなんて。……シッ、うしろを向いちゃいけない。すぐそこにいるんだ。この二三日、おれが外に出れば、きっとあとをつけている」

「……どうしたというのだ。君が嫌疑を受けているのだって？」

「おればかりじゃない。兄貴でも妹でも、みんな尾行がつくのだ。家じゅうが疑われているのだ。そして家の中でもお互いが疑いあっているのだ」

「そいつは……だが、そんな疑いあうような新しい事情でも出来たのかい」

「確証というものは一つもない。ただ疑いなんだ。嫌疑者がみんな放免になってしまったのだ。あとには、家内の者でも疑うほかに方法がないのだ。警察からは毎日のようにやってくる。そして、家じゅうの隅から隅まで調べまわる。このあいだも、タンスの中から血のついた母親の浴衣が出たときなんか、警察の騒ぎようったらなかった。なあに、なんでもないのだ。事件の前晩に、親父から茶碗を投げつけられた時の血が、洗ってなかったのだ。俺がそれを説明してやると、その場は一時おさまったが、それ以来、警察の考えが一変してしまった。親父がそんな乱暴者だったとすると、なおさら家内の者が疑わしいという論法らしいのだ」

「このあいだは、君はひどく兄さんを疑っていたようだが……」

「もっと低い声でいってくれたまえ、うしろの奴に聞こえるといけない。……ところが、その兄貴は兄貴でたれかを疑っている。それがどうも、母親らしいのだ。兄貴がさも何気ないふうで、母親に聞いていたことがある。お母さん櫛《くし》をなくしやしないかって。すると母親はびっくりしたように息を呑んで、お前どうしてそんなことを聞くのだと反問した。それっきりのことだ。取りようによっては、なんでもない会話だ。だが、あれにはギックリと来た。さては、このあいだ兄貴が帯で隠したのは、母親の櫛だったのかと……。

「それ以来、おれは母親の一挙一動に注意するようになった。なんという浅ましいことだろう。息子が母親を探偵するなんて。おれはまる二日のあいだというもの、蛇のように目を光らせて、隅の方から母親を監視していた。恐ろしいことだ。母親のそぶりは、どう考えて見てもおかしいのだ。なんとなくソワソワと落ちつかないのだ。君、この気持が想像出来るか。自分の母親が自分の親父を殺したかも知れないという疑い。それがどんなに恐ろしいものだか。…おれはよっぽど兄貴に聞いて見ようかと思った。

兄貴はもっとほかのことを知っているかも知れないのだから。だが、どうにも、そんなことを聞く気にはなれない。それに兄貴の方でも、なんだかおれの質問を恐れでもするように、近頃はおれから逃げているのだ」

「なんだか耳にふたしたいような話だ。聞いている僕がそうなんだから、話している君の方は、どんなにか不愉快だろう」

「不愉快というような感じは、もう通り越してしまった。近頃では、世の中が、何かこう、まるで違った物に見える。ああして、往来を歩いている人たちの暢気《のんき》そうな、楽天的な顔を見ると、いつも不思議な気がする。あいつらだって、あんな平気な顔をしているけれど、きっと親父かお袋を殺しているのだ。なんて考えることがある。

……だいぶ離れた。尾行の奴、人通りが少なくなったものだから、一丁もあとからやって来る」

「だが君、たしかお父さんの殺された場所には、兄さんのハンカチが落ちていたのではないか」

「そうだ。だから、まるきり兄貴に対する疑いがはれたわけではないのだ。それに、母親にしたって、疑っていいのかどうか、はっきりはわからない。妙なことには、母親は母親でまた、たれかを疑っているのだ。まるで、いたちごっこだ。滑稽《こっけい》な意味でではなく、なんともいえぬ物すごい意味で。……昨日の夕方のことだ。もうだいぶ暗くなっていた。なんの気なしに、二階から降りて来ると、そこの縁側に母親が立っているのだ。何かをソッと伺っているという様子だ。いやに眼を光らせているのだ。そして、おれが降りて来たのを見ると、ハッとしたように、さりげなく部屋の中へはいってしまった。その様子がいかにも変だったので、おれは母親の立っていた場所へ行って、母親の見つめていた方角を見た」

「………」

「君、そこに何があったと思う。その方角には、若い杉の樹立が茂っていて、葉と葉のあいだから、稲荷《いなり》を祀《まつ》った小さなほこらがすいて見えるのだが、そのほこらのうしろになんだかチラチラと赤いものが見えたり隠れたりしているのだ。よく見ると、それは妹の帯なんだ。何をしているのか、こちらからは、帯の端しか見えないから、少しもわからないけど、そんなほこらのうしろなんかに、用事のあろうはずはない。おれはもうちょっとで、声を出して、妹の名前を呼ぶところだった。が、ふと思い出したのは、さっきの母親の妙なそぶりだ。それと、おれがほこらの方を見ている間じゅう背中に感じた母親の凝視だ。これはただ事でないと思った。若しかしたら、すべての秘密があのほこらのうしろに隠されているのではないか。そして、その秘密を妹が握っているのではないか、直覚的にそんなことを感じた」

「………」

「おれは、自分でそのほこらのうしろを探って見ようと思った。そして、昨日の夕方から今しがたまで一生懸命にそのおりを待っていた。だが、どうしても機会がないのだ。第一、母親の目が油断なくおれのあとを追っている。ちょっと便所へはいっても、用を済ませて出て来ると、ちゃんと母親が縁側へ出て、それとなく監視している。これはおれの邪推かも知れない。出来るならそう思いたい。だが、あれが偶然だろうか。昨日から今朝にかけておれの行くところには必ず母親の目が光っているのだ。それから、不思議なのは妹のそぶりだ。……

「君も知っている通り、おれはよく学校を怠ける。だから、近頃ずっと休んでいるのを、たれも別に怪しまない。ところが、妹のやつ、兄さんはなぜ学校へ出ないのだと聞くのだ。今まで一度だってそんなことを聞いたことはないのに、事件があってから、二度も同じことを聞くのだ。そして、その時の眼つきが実に妙なんだ、まるで泥棒同士が合点《がってん》合点をするような調子で、何もかも呑み込んでいるから安心しろという、どう考えても、そうとしかとれないような合図をするのだ。妹はてっきりこのおれを疑っているのだ。その妹の目も光っている。やっとのことで、母親と妹の目をのがれて庭へ出て見ると、あいにく、二階の窓から兄貴がのぞいている。そんなふうで、どうしても機会がないのだ。……

「それに、たとい機会が与えられたとしても、ほこらのうしろを見ることは、非常な勇気のいる仕事だ。イザとなったら、おれにはこわくて出来ないかも知れぬ。だれが犯人だかきまらないのも、むろん堪《た》まらないことだ。といって、肉親のうちのだれかに相違ない犯人を、確かめるというのは、これも恐ろしい。ああ、おれはいったいどうしたらいいのだ」

「…………」

「つまらないことをいっている間に、妙な所へ来てしまったね、ここはいったい何という町だろう。ボツボツあと戻りをしようじゃないか」

「…………」

四、十一日目

「おれはとうとう見た。例のほこらのうしろを見た……」

「何があった？」

「恐ろしいものが隠してあった。昨夜、皆の寝しずまるのを待って、おれは思い切って庭へ出た。下の縁側からは、母親と妹がすぐそばで寝ているので、とても出られない。そうかといって表口から廻るにも、彼らの枕もとを通らなければならぬ。そこで、おれは二階の自分の部屋が、ちょうど庭に面しているのを幸い、そこの窓から屋根を伝って地面へ降りた。月の光が昼のようにその辺を照らしていた。おれが屋根を伝う怪しげな影が、クッキリと地面にうつるのだ。なんだか自分が恐ろしい犯罪者になったような気がした。親父を殺したのも実はこのおれだったのではないか。ふっとそんなことを考えた。おれは夢遊病の話を思い出した。いつかの晩も、やっぱりこんなふうにして、屋根を伝って、親父を殺しに行ったのではないか。……おれはゾーッと身ぶるいがした。だが、よく考えて見れば、そんなばかばかしいことがあろう道理はないのだ。あの晩、親父の殺された刻限には、おれはちゃんと自分の部屋で目を覚ましていたはずだ。

「おれは足音に注意して、例のほこらのうしろへ行った。月の光でよく見ると、ほこらのうしろの地面に掘り返したあとがあった。サテはこれだなと思って、手で土をかき分けて見た。一寸二寸と掘って行った。すると存外《ぞんがい》浅い所に手ごたえがあった。とり出して見ると、それは見覚えのある、自分の家の斧だった。赤くさびた刃先のところに、月の光でも見分けられるほど、こってりと黒い血の塊《かたま》りがねばりついていた

「……」

「斧が？」

「うん、斧が」

「それを、君の妹さんが、そこへ隠しておいたというのか」

「そうとしか考えられない」

「でも、まさか妹さんが下手人《げしゅにん》だとは思えないね」

「それはわからない。だれだって疑えば疑えるのだ。母親でも、兄でも、妹でも、またおれ自身でも、みんなが親父には恨みを抱いていたのだ。そして、恐らくみんなが親父の死を願っていたのだ」

「君の云い方はあんまりひどい。君や兄さんはともかく、お母さんまでが、長年つれ添った夫の死を願っているなんて、どんなにひどい人だったか知らないが、肉親の情というものはそうしたものじゃないと思う。君にしたって、お父さんが亡くなった今では、やっぱり悲しいはずだ……」

「それが、おれの場合は例外なんだ。ちっとも悲しくないんだ。母にしろ、兄にしろ、妹にしろ、だれ一人悲しんでやしないんだ。非常に恥かしいことだが、実際だ。悲しむよりも恐れているのだ。自分たちの肉親から、夫殺しなり親殺しなりの、重罪人を出さねばならぬことを恐れているのだ。ほかの事を考える余裕なんかはないのだ」

「その点は、ほんとうに同情するけれど……」

「だが、兇器は見つかったけれど、下手人がだれであるかは少しもわからない。やっぱりまっ暗だ。おれは斧を元の通り土に埋めておいて、屋根伝いに自分の部屋へ帰った。それから一と晩じゅう、まんじりともしなかった。さまざまな幻が、モヤモヤと目先に現われるのだ。お袋が般若《はんにゃ》のような恐ろしい形相をして、両手で斧をふり上げているところや、兄貴が額に石狩川のようなかんしゃく筋を立てて、何とも知れぬおめき声を上げながら、兇器をふり下しているところや、妹が何かを後手《うしろで》に隠しながら、ソロリソロリと親父の背後へ迫って行く光景や」

「じゃ君は昨夜《ゆうべ》寝なかったのだね。道理で恐ろしく昂奮していると思った。君は平常《ふだん》から少し神経過敏の方だ。それがそう昂奮しちゃ身体《からだ》にさわるね。ちっと落ついたらどうだ。君の話を聞いていると、あんまり生々しいので、気持がわるくなる」

「おれは平気な顔をしている方がいいのかも知れない。妹が兇器を土に埋めたように、この発見を、心の底へ埋めてしまった方がいいのかも知れない。だが、どうしてもそんな気になれないのだ。むろん世間に対しては絶対に秘密にしておかねばならぬけれど、少なくともおれだけは、事の真相を知りたいのだ。知らねばどうしても安心が出来ないのだ。毎日毎日家じゅうのものが、お互いがお互いを探りあっているような生活は堪まらないのだ」

「今更いっても無駄だけれど、君はいったい、そんな恐ろしい事柄を、他人のおれに打ち明けてもいいのかい。最初はおれの方から聞き出したのだが、この頃では、君の話を聞いていると恐ろしくなる」

「君は構わない。君がおれを裏切ろうとは思わない。それに、だれかに打ち明けでもしないと、おれはとても堪まらないのだ。不愉快かも知れないけれど、相談相手になってくれ」

「そうか、それならいいけれど。で、君はこれから、どうしようというのだい」

「わからない。何もかもわからない。妹自身が下手人かも知れない。それとも、母親か、兄貴か、どっちかをかばうために兇器を隠したのかも知れない。それから、わからないのは妹がおれを疑っているようなそぶりだ。どういうわけで、やつはおれを疑うのだろう。あいつの目つきを思い出すと、おれはゾーッとする。若いだけに敏感な妹は、何かの空気を感じているのかも知れない」

「…………」

「どうも、そうらしい。だが、それが何だか少しもわからないのだ。おれの心の奥の奥で、ブツブツ、ブツブツつぶやいているやつがある。その声を聞くと不安で堪まらない。おれ自身にはわからないけれど、妹だけには何かがわかっているのかも知れない」

「いよいよ君は変だ。謎みたいなことをいっている。さっき君もいった通り、お父さんの殺されなすった時刻に、君自身がチャンと目を覚ましていたとすれば、そして、君の部屋に寝ていたとすれば、君が疑われる理由は少しだってないはずではないか」

「理窟ではそういうことになるね。だが、どうしたわけか、おれは、兄や妹を疑う一方では、自分自身までが、妙に不安になり出した。全然父の死に関係がないとは云いきれないような気がする。そんな気がどっかでする」

五、約一カ月後

「どうした。何度見舞いに行っても、あわないというものだから、ずいぶん心配した。気でも変になったのじゃないかと思ってね。ハハハハハ。だが、痩《や》せたもんだな。君の家の人も妙で、くわしいことを教えてくれなかったが、いったいどこがわるかったのだい」

「フフフフフ、まるで幽霊みたいだろう。今日も鏡を見ていて恐ろしくなったよ。精神的の苦痛というものが、こうも人間をいたいたしくするものかと思ってね、おれはもう長くないよ。こうして君の家へ歩いて来るのがやっとだ。妙に身体に力がなくて、まるで雲にでも乗っているような気持だ」

「そして病名は？」

「何だかしらない。医者はいい加減のことをいっている。神経衰弱のひどいのだって。妙なせきが出るのだよ。ひょっとしたら肺病かも知れない。いやひょっとしたらじゃない、九分九厘そうだと思っている」

「お株を始めた。君のように神経をやんではたまらないね。きっとまた例のお父さんの問題で考え過ぎたんだろう。あんなこと、もういい加減に忘れてしまったらどうだ」

「いや、あれはもういい。すっかり解決した。それについて、実は君のところへ報告に来たわけなんだが……」

「ああ、そうか。それはよかった。うっかり新聞も注意していなかったが、つまり犯人がわかったのだね」

「そうだよ。ところが、その犯人というのが、驚いちゃいけない、このおれだったのだよ」

「えッ、君がお父さんを殺したのだって。……君、もうその話は止そう。それよりも、どうだいその辺をブラブラ散歩でもしようじゃないか。そして、もっと陽気な話をしようじゃないか」

「いや、いや、君、まあすわってくれたまえ。とにかく筋道だけ話してしまおう。おれはそのためにわざわざ出かけて来たんだから。君はなんだかおれの精神状態を危ぶんでいる様子だが、その点は心配しなくてもいい。決して気が変になったわけでも、なんでもない」

「だって、君自身が親殺しの犯人だなんて、あんまりばかばかしいことをいうからさ。そんなことはいろいろな事情を考え合わせて、全然不可能じゃないか」

「不可能？　君はそう思うかい」

「そうだろう、お父さんの死なれた時間には君は自分の部屋の蒲団の中で、目を覚ましていたというじゃないか。一人の人間が、同時に二カ所にいるということは、どうしたって不可能じゃないか」

「それは不可能だね」

「じゃ、それでいいだろう。君が犯人であるはずはない」

「だが、部屋の中の蒲団の上に寝ていたって、戸外の人が殺せないとはきまらない。

これは、ちょっとだれでも気づかない事だ。おれも最近まで、まるでそんなことは考えていなかった。ところが、つい二、三日前の晩のことだ。ふッとそこへ気がついた。というのは、やっぱり親父の殺された時刻の一時頃だったがね、二階の窓の外で、いやに猫が騒ぐのだ。二匹の猫が長い間、まるで天地のひっくり返るようなひどい騒ぎをやっているんだ。あんまりやかましいので、窓をあけておっ払うつもりで、おき上がったのだが、そのとたんハッと気づいた。人間の心理作用なんて、実に妙なものだね。非常に重大なことを、すっかり忘れて平気でいる。それがどうかした偶然の機会に、ふっとよみがえって来る。墓場の中から幽霊が現われるように、恐ろしく大きな物すごい形になってうかび上がって来る。考えて見ると、人間が日々の生活をいとなんで行くということは、なんとまあ危なっかしい軽業《かるわざ》だろう。ちょっと足をふみはずしたら、もう命がけの大怪我だ。よく世の中の人たちはあんなのんきそうな顔をして、生きていられたものだね」

「それで、結局どうしたというのだ」

「まあ聞きたまえ。その時おれは、親父の殺された晩、一時頃に、なぜおれが目を覚ましていたかという理由を思い出したのだ。今度の事件で、これが最も重大な点だ。いったいおれは、一度寝ついたら朝まで目を覚まさないたちだ。それが夜中の一時頃、ハッキリ目をさましていたというには、何か理由がなくてはならない。おれは、その時まで、少しもそこへ気がつかなんだが、猫の鳴き声で、すっかり思い出した。あの晩にもやっぱり、同じように猫が鳴いていたのだ。それで目をさまされたのだった」

「猫に何か関係でもあったのかい」

「まあ、あったんだ。ところで、君はフロイドのアンコンシャスというものを知っているかしら。ともかく、簡単に説明するとね、われわれの心に絶えず起って来る慾望というものは、その大部分は遂行《すいこう》されないでほうむられてしまう。あるものは不可能な妄想であったり、あるものは、可能ではあっても社会上禁ぜられた慾望であったりしてね。これらの数知れぬ慾望はどうなるかというと、われわれみずから無意識界へ幽囚《ゆうしゅう》してしまうのだ。つまり、忘れてしまうのだが。忘れるということは、その慾望を全然無くしてしまうのではなくて、われわれの心の奥底へとじ込めて、出られなくしたというに過ぎない。だから、僕たちの心の底の暗闇には、浮かばれぬ慾望の亡霊が、ウヨウヨしているわけだ。そして少しでも隙があれば飛び出そう、飛び出そうと待ち構えている。われわれが寝ている隙をうかがっては、夢の中へいろいろな変装をしてのさばり出す。それが嵩じては、ヒステリーになり気違いにもなる。うまく行って昇華作用を経れば、大芸術ともなり、大事業ともなる。精神分析学の書物を一冊でも読めば、幽囚された慾望というものが、どんなに恐ろしい力を持っているかに一驚《いっきょう》を喫《きっ》するだろう。おれは、以前そんな事に興味を持って少しばかり読んだことがある。その一派の学説に『物忘れの説』というものがあるのだ。わかりきったことをふと忘れて、どうしても思い出せない、俗に胴忘《どうわす》れという事があるね。あれが決して偶然でないというのだ。忘れるという以上は、必ずそこに理由がある。何か思い出しては都合の悪いわけがあって、知らず知らずその記憶を無意識界へ幽囚しているのだという。いろいろ実例もあるが、たとえばこんな話がある。

「かつて或る人が、スイッツルの神経学者ヘラグースという名を忘れて、どうしても思い出せなかったが、数時間の後に偶然心にうかんで来た。日頃熟知している名前を、どうして忘れたのかと不思議に思って連想の順序をたどって見たところ、ヘラグース――ヘラバット・バット（浴場）――沐浴《もくよく》――鉱泉――というふうにうかんで来た。そしてやっと謎が解けた。その人は以前スイッツルで鉱泉浴をしなければならないような病気にかかったことがある。その不愉快な連想が記憶を妨げていたのだとわかった。

「また精神分析学者ジョオンズの実験談にこういうのがある。その人は煙草ずきだったが、こんなに煙草をのんではいけないと思うと、その瞬間パイプの行方がわからなくなる。いくらさがしても見つからない。そして忘れた時分にヒョイと意外な所から出て来た。それは無意識がパイプを隠したのだ……なんだかお談義《だんぎ》みたいになったが、この忘却の心理学が、今度の事件を解決するカギなんだ。

「おれ自身も、実は飛んだことを胴忘れしていたんだ。親父を殺した下手人が、このおれであったということをね……」

「どうも、学問のある奴の妄想にはこまるね。世にもばかばかしい事柄を、さも仔細《しさい》らしく、やかましい学説入りで説明するんだからな。そんな君、人殺しを胴忘れするなんて、間抜けた話がどこの世界にあるものか。ハハハハハ、しっかりしろ。君は実際、少しどうかしているぜ」

「まあ待て、話をしまいまで聞いてから何とでもいうがいい。おれは決して君のところへ冗談を云いに来たのではない。ところで、猫の鳴き声を聞いておれが思い出したというのは、あの晩に、同じように猫が騒いだ時、すぐ屋根の向うにある松の木に飛びつかなかったか、きっと飛びついたに相違ない、そういえば、なんだかバサッという音を聞いたようにも思う、ということだった……」

「いよいよ変だなあ。猫が松の木に飛びついたのが、殺人の本筋とどんな関係があるんだい。どうも僕は心配だよ。君の正気がさ……」

「松の木というのは、君も知っているだろう。おれの家の目印になるような、あのばかに背の高い大樹なんだ。そして、その根元のところに親父の腰かけていた、切石がおいてあるのだ。……こういえば、大概君にも話の筋がわかっただろう……つまり、その松の木に猫が飛びついた拍子に偶然枝の上にのっかっていたる或るものにふれて、それが親父の頭の上へ落ちたのではないかということだ」

「じゃ、そこに斧がのっかっていたとでもいうのか」

「そうだ。正にのっかっていたのだ。非常な偶然だ。が、あり得ないことではない」

「だって、それじゃ偶然の変事というだけで、別に君の罪でもないではないか」

「ところが、その斧をのせておいたのがこのおれなんだ。そいつを、つい二、三日前まで、すっかり忘れてしまっていたのだ。その点がいわゆる忘却の心理なんだよ。考えて見ると、斧をのせた、というよりも、木の股へおき忘れたのは、もう半年も前のことだ。それ以来、一度も思い出したことがない。その後斧の入用が起らないので、自然思い出す機会もなかったわけだけれど、それにしても、何かの拍子に思い出しそうなものだ。又思い出してもいいほどの或る深い印象が残っているはずだ。それをすっかり忘れていたというのは、何か理由がなければならない。

「今年の春、松の枯れ枝を切るために斧やのこぎりを持って、その上へ登った。枝に股《また》がったあぶない仕事なので、不用な時には、斧を木の股へおいては仕事をした。その木の股というのが、ちょうど例の切石のま上に当るのだ。高さは二階の屋根よりも少し上のところだ。おれは仕事をしながら考えた。若しここから斧が落ちれば、どうなるだろう。きっとあの石にぶつかるに相違ない。石の上に人が腰かけていれば、その人を殺すかも知れない。そこで、中学校の物理で習った『落体の仕事』の公式を思い出した。この距離で加速度がつけば、むろん人間の頭蓋骨を砕くくらいの力は出るだろう。

「そして、その石に腰をかけて休むのが親父の癖なのだ。おれは思わず知らず、親父を殺害することを考えていたんだ。ただ心の中で思ったばかりだけれど、おれは思わずハッと青くなったね。どんな悪い人間にしろ、仮りにも親を殺そうと考えるなんて、なんという人外《じんがい》だ！　早くそんな不吉な妄想を振い落してしまおうと思った。そこでこの極悪非道の慾望が、意識下に幽囚されたわけだ。そして、その斧は俺の悪念をうけついで、チャンと元の木の股に時機の来るのをまっていた。この斧を忘れて来たというのがフロイドの学説に従えば、いうまでもなく、おれの無意識の命じた業《わざ》なんだ。無意識といっても普通の偶然の錯誤を意味するものではなくて、チャンとおれ自身の意志から発しているのだ。あすこへ斧をおき忘れておけば、どうかした機会に落ちることがあるだろう。そして若しその時、親父が下の石に腰かけていたら、彼を殺すことが出来るだろう。そういう複雑な計画が、暗々《あんあん》のうちに含まれていた。しかも、その悪だくみを、おれ自身さえ知らずにいたのだ。つまり、おれは親父を殺す装置を用意しておきながら、故意にそれを忘れて、さも善人らしく見せかけていた。くわしくいえば、おれの無意識界の悪人が、意識界の善人をたばかっていたのだ」

「どうもむずかしくってよくわからないが、なんだか故意に悪人になりたがっているような気がするな」

「いや、そうじゃない。若し君がフロイドの説を知っていたら決してそんな事は云わないだろう。第一斧のことを半年の間も、どうして忘れきっていたか。現に血のついた同じ斧を目撃さえしているじゃないか。これは普通の人間としてあり得ないことだ。第二に、なぜそんな場所へ、しかも危ないことを知りながら、斧を忘れたか。第三に、なぜ、ことさらにその危ない場所をえらんで斧をおいたか。三つの不自然なことがそろっている。これでも悪意がなかったといえるだろうか。ただ忘却していたというだけで、その悪意が帳消しになるだろうか」

「それで、君はこれからどうしようというのだ」

「むろん自首して出るつもりだ」

「それもよかろう。だが、どんな裁判官だって、君を有罪にするはずはあるまい。その点はまあ安心だけれど。で、このあいだから君のいっていた、いろいろな証拠物件はどうなったのだい。ハンカチだとか、お母さんの櫛だとか」

「ハンカチはおれ自身のものだった。松の枝を切る時に、斧の柄《え》にまきつけたのを、そのままおき忘れた。それがあの晩斧と一緒に落ちたのだ。櫛は、はっきりしたことはわからないけれど、多分母親が最初親父の死体を見つけた時に落したのだろう。それを兄貴がかばいだてに隠してやったものに相違ない」

「それから妹さんが斧を隠したのは」

「妹が最初の発見者だったから、充分隠すひまがあったのだ。一と目で自分の家の斧だとわかったので、きっと家内のたれかが下手人だと思い込み、ともかく、第一の証拠物件を隠す気になったのだろう。ちょっと気転の利く娘だからね。それから、刑事の家宅捜査などがはじまったので、並の隠し場所では安心が出来なくなり、例のほこらの裏を選んで隠しかえたものに相違ない」

「家内じゅうの者を疑った末、結局、犯人は自分だということがわかったわけだ。盗《ぬす》人《びと》をとらえて見ればなんとかだね。なんだか喜劇じみているじゃないか。こんな際だけれど、僕は妙に同情というような気持が起らないよ。つまり、君が罪人だということとがまだよく呑み込めないんだね」

「そのばかばかしい思い違いだ。それが恐ろしいのだ。ほんとうに喜劇だ。だが、喜劇と見えるほど間が抜けているところが、単純な物忘れなどでない証拠なんだ」

「いって見れば、そんなものかも知れない。しかし、おれは、君の告白を悲しむというよりも、数日の疑雲《ぎうん》がはれたことを祝いたいような気がしているよ」

「その点は、おれもせいせいした。皆が疑い合ったのは、実はかばい合っていたので、だれもあんな親父さえ殺すほどの悪人はいなかったのだ。そろいもそろって無類の善人ばかりだった。その中で、たった一人の悪人は、皆を疑っていたこのおれだ。その疑惑の心の強い点だけでも、おれは正に悪党だった」


（「写真報知」大正十四年九月から十月にかけて三回連載）

『屋根裏の散歩者』解説

落合教幸

本書には江戸川乱歩の七つの短篇が収められている。本格探偵小説寄りの作品「屋根裏の散歩者」では、明智小五郎が密室で起こった殺人事件の謎解きをする。「押絵と旅する男」では、汽車で出会った老人から幻想的な出来事が語られる。それぞれが乱歩の奇抜な発想を味わうことのできる七篇である。

大正十二（一九二三）年に雑誌「新青年」で「二銭銅貨」が掲載された後、乱歩はいくつかの短篇を発表した。十三年の終わりには勤めを辞め、専業作家となった。

翌十四年からは多くの短篇を発表していった。のちに乱歩の代表作とされるような作品には、この時期に書かれたものも多い。大正十五年はじめには、大阪から東京へと転居している。乱歩の転居はまだ続くが、これ以降は東京で活動するようになる。

しかし昭和二（一九二七）年には、休筆を宣言している。これまでの期間に書かれたものを乱歩の初期作品ということができる。

一年半ほどの休筆を経て、昭和三年に「陰獣」で復帰することになった。ここから、「孤島の鬼」「蜘蛛男」など、長編作品に比重が移っていく。昭和のはじめには、これらの長編作品によって乱歩の名声は上がって行ったが、長篇だけを発表していたわけではなく、この時期にも特徴的な短篇は書かれている。

本書の短篇は、大正期に書かれた「屋根裏の散歩者」「疑惑」「火星の運河」「鏡地獄」と、昭和に入ってから書かれた「押絵と旅する男」「虫」「目羅博士の不思議な犯罪」の、大きく二つに分けることができる。以下では作品の発表順に見ていくことにしたい。

「屋根裏の散歩者」

二十代の乱歩は職を転々とし、東京や大阪で引越しを繰り返していた。処女作「二銭銅貨」を発表した大正十二年当時、乱歩は大阪の守口に住んでいた。翌十三年には専業作家となることを選び、大阪毎日新聞広告部を辞めている。ここから執筆量が増えていった。

大正十四年一月号の「新青年」に、明智小五郎が初登場する「D坂の殺人事件」が掲載される。そのあと、「心理試験」「黒手組」「赤い部屋」「幽霊」「白昼夢」「指環」

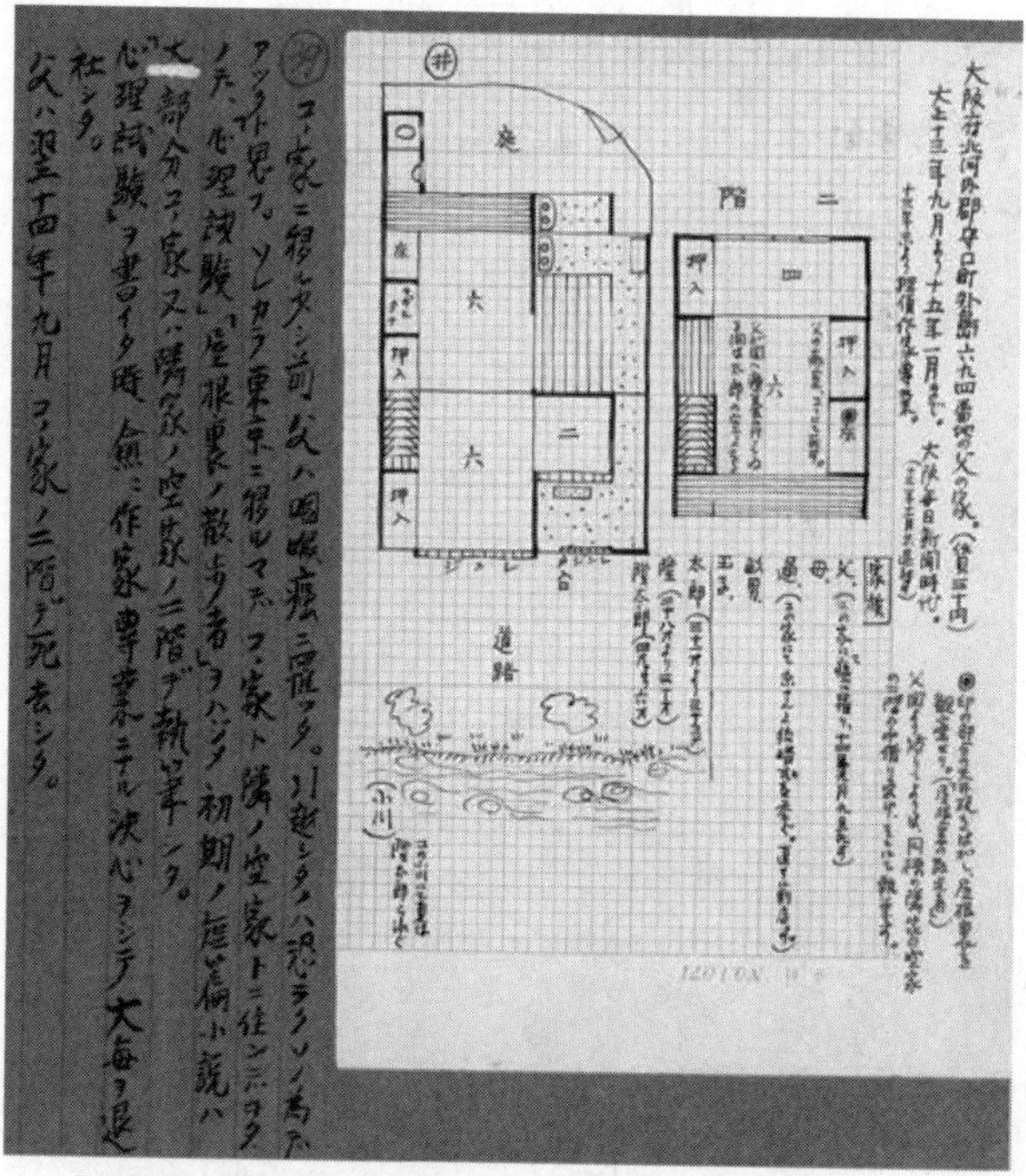

「屋根裏の散歩者」執筆時の住居見取図（「貼雑年譜」より）

と、乱歩は続けて短篇を発表していった。これら短篇の連続掲載がひと段落して、六月に書いた「屋根裏の散歩者」は八月増刊号に掲載されることになる。

この頃、乱歩の父親は癌にかかっており、三重県の山中に小屋を借り、そこで療養生活を送っていた。「屋根裏の散歩者」の結末部分は、そこへ見舞に行った際に書いたという。

この作品は、「D坂の殺人事件」と同様に、密室殺人の工夫から発想されている。二階の畳を上げて、床板にある節穴から、階下へ向けてピストルを撃つ、というのが当初の発想だった。

もう一つの発想は、数年前、乱歩が鳥羽造船所に勤務していた時代にまでさかのぼる。会社勤めに嫌気がさし、勤務をサボっていた乱歩は、宿舎の押入れに隠れていた。このときは押入れに籠もっていただけだったが、そこから天井裏に移動したら、というように結びつき、この小説につながっていったのである。

そこであらためて、その時住んでいた大阪の家の天井を確認すると、板が外れるようになっている箇所がある。その部分から中を覗き込んだときの様子が、小説の中でも使用されている。

「疑惑」

同じ年の八月九月に書かれた「疑惑」は、旬刊誌「写真報知」に三回にわたって掲載された。「新青年」の編集長森下雨村の紹介で、乱歩は「写真報知」にも書くことになった。「写真報知」は報知新聞社から出ていた雑誌で、野村胡堂もかかわっていた。このときの作品掲載に、胡堂の後押しもあったことを乱歩は後に知ることになる。乱歩はこの雑誌に、「算盤が恋を語る話」「日記帳」「盗難」「指環」「百面相役者」といった作品を発表している。十四年十二月から「空気男」の連載が四回まで進んだところで、雑誌は廃刊になった。

「疑惑」は精神分析探偵小説を書いてみようとしたものだと乱歩は述べている。

「火星の運河」

大正十五年一月に乱歩は東京へ転居した。この時期には、雑誌「苦楽」に「闇に蠢く」、「サンデー毎日」に「湖畔亭事件」、「写真報知」に「空気男」という、長篇小説の連載三つを並行して書いている。これらの作品は成功したとは言えず、結末まで連載することができたのは「湖畔亭事件」一篇という状況だった。

探偵小説の中心的雑誌だった「新青年」への掲載作品は減り、「屋根裏の散歩者」

以降は「踊る一寸法師」だけだったから、編集長の森下雨村からは原稿を督促されていた。

乱歩は大正六年の日記に書きつけていた、散文詩のようなものを書き直して「火星の運河」として提出した。夢に見た風景を書きつづったものである。

「鏡地獄」

その頃、白井喬二や長谷川伸といった大衆文芸の作家たちが、二十一日会というものをつくっていた。純文学のように狭い読者層へ向けたものではなく、従来の通俗小説のようなものとももちがった小説を書こうとしていた。大正十四年から刊行された「大衆文藝」はその機関誌である。乱歩は探偵小説が大衆文芸としてあつかわれることに違和感を持っていたが、誘われてこの会に参加することになった。「大衆文藝」は原稿料の出ない雑誌だったが、「灰神楽」「お勢登場」、そして「鏡地獄」を提供している。

「鏡地獄」の思いつきは、雑誌「科学画報」の質疑応答欄からだった。球体の内面を全部鏡にして、その中心に物を置いたら、どんな像が映るでしょうか、という質問である。

乱歩はこれ以外にもレンズや鏡に対する興味を描いた作品を多く書いている。「押絵と旅する男」もそのひとつで、双眼鏡、顕微鏡、あるいは幻燈といったものに強く惹かれていたのだった。

「押絵と旅する男」

「新青年」の編集長をしていた横溝正史からは、休筆期間にもしきりに原稿をたのまれていた。「新青年」は乱歩にとっても特別な雑誌であったから、いい加減なものを書く訳には行かなかった。「押絵と旅する男」は、昭和二年の終わりごろ、一旦書いたものを、納得がいかず破棄している。

先輩作家の小酒井不木を訪問するために、乱歩と横溝は名古屋の大須ホテルに宿泊していた。名古屋在住の不木を中心として、「耽綺社」が結成され、その会合が毎月名古屋で開かれていた。耽綺社は国枝史郎、長谷川伸といった作家が参加し、合作小説を発表した。「飛機睥睨」などである。

作家たちの宿泊には、大須ホテルが利用されることが多かった。もとは遊女屋であったところを改装して、洋館を増築した旅館である。

横溝は耽綺社の座談会を「新青年」に載せるため、編集者として名古屋を訪れてい

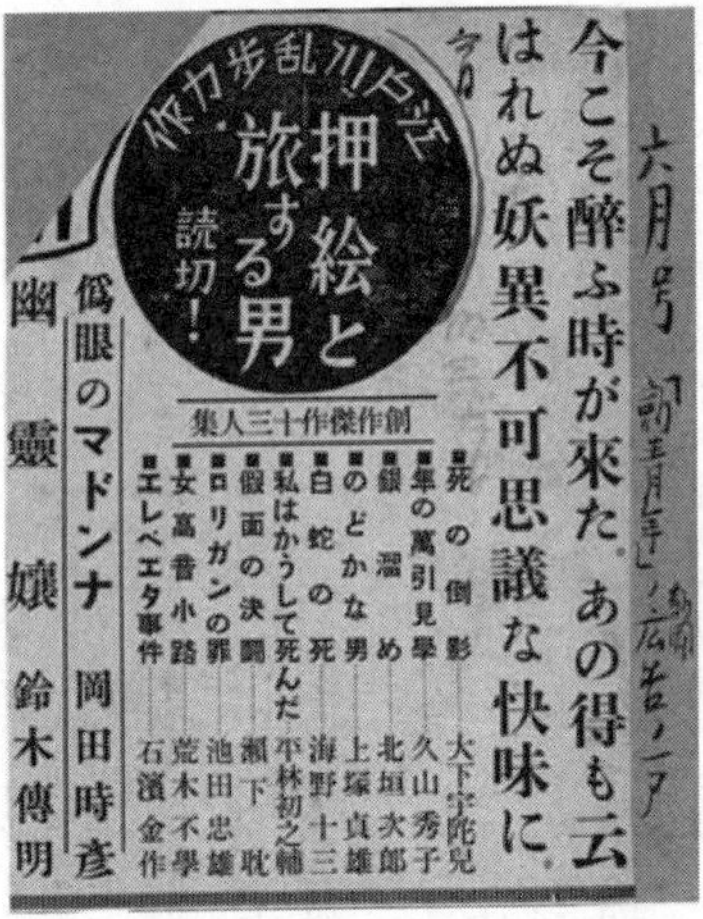

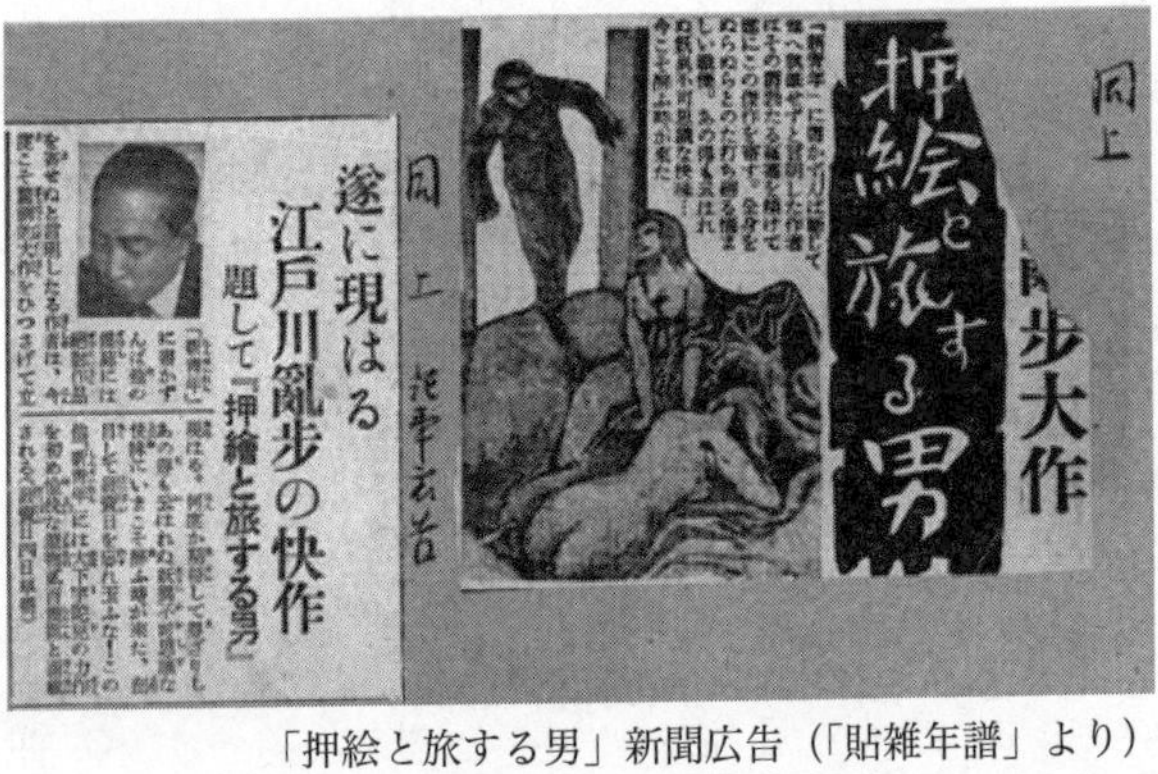

「押絵と旅する男」新聞広告（「貼雑年譜」より）

て、乱歩と同じ部屋に宿泊していた。原稿を催促する横溝に、乱歩は一つ書いたのがあると告白する。しかし満足な出来ではなかったので、横溝が寝ている間に、ホテルの便所で原稿を破り捨てた。そして翌朝、原稿を処分したことを話し、横溝をくやしがらせたというように書いている。

横溝のほうでもこのことを書いている。「代作ざんげ」という戦後の文章である。乱歩は休筆期間の放浪中で、京都に宿泊していた。横溝はそこを訪れ、二、三日かけて乱歩を説得し、原稿執筆を承諾させた。「それじゃ、こうしよう。僕はこれからまだひと月ほど旅をするつもりだが、帰りには名古屋の小酒井さんのところへよるから、君もそこへ来てくれ。旅行中に書いておいて渡すから」乱歩はこのように約束したので、横溝は東京へ引き上げた。

そして約束の日に名古屋の小酒井不木のところで落ち合ったのだが、乱歩は書くことができなかったという。横溝は考え、「僕も今度の号に小説を書いている。自分の口からいうのも何んだが、それほどの愚作とは思えない。それをあなたの名前にしてくれないか」という提案をしたのだった。乱歩はそれを承諾し、横溝正史の書いた「あ・てる・ている・ふぃるむ」という作品が、江戸川乱歩の名前で掲載されることになった。

「その晩、江戸川さんと二人で名古屋の宿屋へ泊ったのだが、枕を並べて寝ていた江戸川さんが、むっくりと起きて、鞄の中をゴソゴソ探していたが、やがて便所へ行った。そして再び部屋へ帰って来て曰く、「実は僕、書いていたんだよ。しかしあまり自信がないから、小酒井さんの前で出しかねたのだ」私は驚喜して蒲団からはね起きた。「それじゃそれを下さい。さっきのことは電話をかけて取消すから」「いや、実は、今便所の中へ破って捨ててきた」ところが諸君、その時、江戸川さんが便所へ捨てた小説というのが、後に乱歩ファンを驚喜せしめた「押絵と旅する男」なのだから、私は今でもこのいきさつを思い出すと穴へ入りたいのである。」(「代作ざんげ」、「X」昭和二十四年四月)

これが横溝の側の証言で、会話のあったのが夜か翌朝かという違いはあるが、ほぼ同様の内容を記している。

このようにして「押絵と旅する男」の草稿は処分されてしまった。「そのときの原稿は後の「押絵と旅する男」とは比べものにならない愚作であった」と乱歩は書いている。しかしこの発想はあらためて書かれることになる。

一年半後、編集長はすでに延原謙になっていたが、書き直された「押絵と旅する男」は「新青年」に掲載されることになった。

乱歩自身も「私の短篇のうちで最も気に入っているものの一つ」と書いているし、多くの読者に愛読されている作品である。

「虫」

「パノラマ島奇談」「一寸法師」の連載が昭和二年の初めに終了すると、乱歩は休筆を宣言する。昭和三年の夏に復帰するまで一年半の間、合作などをのぞくとほとんど小説を書かなかった。

乱歩は早稲田大学正門前の下宿屋を購入して、妻にその運営をまかせた。そして乱歩自身は放浪の旅に出たのである。

円本《えんぽん》といわれる小型の全集がそのころ大量に刊行されていて、そのいくつかに乱歩作品も収録されていた。休筆期間の収入は、そういったものに支えられていたが、次第にそれも少なくなっていった。

昭和三年になると、書くことへの気力も戻りつつあり、雑誌「改造」からの依頼を受けて新しい作品を書くことにした。

ところが、四、五十枚の注文に対して百枚以上になってしまったため、この作品は横溝正史の編集する「新青年」へとまわすことになった。これが「陰獣」である。

「陰獣」は「新青年」に三回に分けて掲載され、評判になった。

同じ時期に書かれた「芋虫」も「改造」のために用意されたものだった。こちらは反軍国主義的な内容であったため、すでに左翼的な評論などで内務省から睨まれていた「改造」には載せることができなかった。そのためこの作品も「新青年」へとまわされることになる。

「改造」には逆に、「新青年」に予告の出た「虫」を掲載することになった。「新青年」の予告は「蟲蟲蟲蟲蟲……」というように二十文字が四行、「蟲」の字が並んだ奇妙なものだった。

「虫」は微生物が肉体を蝕んでいく恐ろしさを描こうとしたものだった。犯罪のきっかけとなったのは、恋を打ち明けた主人公を女が笑い、主人公自身も笑ったという屈辱であった。アンドレーエフの「私は狂人か」の影響があると乱歩は書いている。若き日の乱歩はこの作品をノートに翻訳している。

昭和三年から四年にかけて書かれた短篇は、「芋虫」「押絵と旅する男」「虫」と少なかったが、どれも力作と評価されるものである。この後「孤島の鬼」で読物雑誌への長期連載に進み、「蜘蛛男」からは明らかに娯楽を意識した作品を発表していくようになる。

「目羅博士の不思議な犯罪」

休筆以降の乱歩は、娯楽的な読物雑誌からの依頼にも応じるようになっていった。講談社の雑誌に「蜘蛛男」「魔術師」「黄金仮面」と連載をしていき、乱歩の名は一般読者にも広く知られていった。博文館からは「文藝倶楽部」という読物雑誌が出ていたが、これにも「猟奇の果」を連載した。

「目羅博士」は「文藝倶楽部」昭和六年四月増刊号に掲載された。

この作品は「目羅博士の不思議な犯罪」として発表されたが、後に「目羅博士」と短く改題されている。「目羅博士の不思議な殺人」という題で収録されたこともある。

乱歩は、H・H・エーヴェルスの「蜘蛛」から着想を得ている。「蜘蛛」は「新青年」の昭和三年二月増刊号に浅野玄府の訳で掲載されていて、おそらくこれを読んだのだろう。

また「蜘蛛」はエルクマン＝シャトリアンの「見えない眼」の影響を受けていると考えられているが、こちらを乱歩が読んでいるかは不明である。

「ミステリマガジン」平成二十六（二〇一四）年八月号は「幻想と怪奇　乱歩生誕一二〇周年」と題した特集になっている。ここには「目羅博士の不思議な犯罪」「蜘蛛」

「目羅博士の不思議な犯罪」新聞広告（「貼雑年譜」より）

「見えない眼」に加えて、「目羅博士」の続編として書かれた竹本健治「月の下の鏡のような犯罪」も並べられ、新保博久による解説も詳しい。

「目羅博士」には社会学者ガブリエル・タルドの名に言及する箇所がある。タルドは模倣についての研究でも有名だが、乱歩は大学時代にこれを読み、卒業論文などの参考文献にもしていたようである。乱歩は早稲田大学で経済を専攻していた。研究者となることも考えていたという。「貼雑年譜」を見ると「経済学上の慾望の研究」「競争進化論」といった文章をこの時期に書いていることが記されている。

このように見てくると、乱歩の作品は彼のそれまでの経験が様々な形で反映されていることがわかってくる。乱歩の小説は奇抜な発想に満ちているが、一方で乱歩ほど内幕を書き残した作家も珍しい。特に本書に収められている短篇は、そのようなつながりも見ることができる作品となっている。

（立教大学江戸川乱歩記念大衆文化研究センター）

監修／落合教幸
協力／平井憲太郎
　立教大学江戸川乱歩記念大衆文化研究センター

本書は、『江戸川乱歩全集』（春陽堂版　昭和29年〜昭和30年刊）収録作品を底本としました。旧仮名づかいで書かれたものは、なるべく新仮名づかいに改め、著者の筆癖はそのままにしました。漢字は変更すると作品の雰囲気を損ねる字は正字体を採用しました。難読と思われる語句には、編集部が適宜、振り仮名を付けました。

本文中には、今日の観点からみると差別的、不適切な表現がありますが、作品発表当時の時代的背景、作品自体のもつ文学性、また著者がすでに故人であるという事情を鑑み、おおむね底本のとおりとしました。

説明が必要と思われる語句には、各作品の最終頁に注釈を付しました。

（編集部）